U0098817

滄海叢刊

現代散文新風貌

楊昌年 著

1988

東大圖書公司印行

© 現代散文新風貌

作者 楊昌年
發行人 劉仲文
出版者 東大圖書股份有限公司
總經銷 三民書局股份有限公司
印刷所 東大圖書股份有限公司
地址／臺北市重慶南路一段六十一號二樓
郵撥／〇一〇七一七五—〇號
初版 中華民國七十七年二月
編號 E 82048①
基本定價 伍元壹角壹分
行政院新聞局登記證局版臺業字第〇一九七號

自序

自從六十二年返回師大母校執教，致力於開授現代文學系列課程，十四年來，對於文學理論的研究，稍具系統。

了解到人爲的文學如人一般的具有始盛終衰的生物性；同時也如人一樣的優缺互見具有不全性。新風貌的興起常是針對舊風貌缺失的改進，而不斷因革的過程又形成了文學風貌的循環性。五四文風以自由、語體反動舊文學的格律和與生活語言的脫節，但在六十九年之後，五四文風也已老化，時值二十世紀末葉，業已風行，日漸興盛的是與尖端科技、精緻文化相應的精緻文學，就潮流趨勢言，它的精緻形式，正是針對五四平易風貌而行的變革。

在精緻文學潮流中的散文一支，近年來已多有新開發的風貌，爲便利青年們賞析、研究、教學、創作所需，自七十三學年度起，在師大國文系開授「現代散文」課程，披材析論，歷經了四年的教學研究，大致完成了析介現代散文新風貌的系統。

因爲是析介風貌，選材不需全錄，而只是擷取所需；當然，新開發的風貌不止於此，選材及析論也難以周全妥善，容在今後賡續改進。付梓匆促，敬請我教育文化界各位先進，同道，不吝指教。

此書之成，學生梁錦潮、陳春秀兩君貢獻助力，尤以內子儀蒨鼓勵協助尤多，特藉篇幅敬表謝忱。

是爲序。

七十五年六月十五日於臺北

現代散文新風貌　目次

陸　新釀式散文……九九

玖 小說體散文

壹　詩化散文

一、特　色

在分析這類受現代詩影響的散文——詩化散文——之前；必須要明瞭詩與散文這兩種文體在創作手法上的差異，以至表達題材時所產生的不同效果。

散文與詩同爲我國文學的兩大洪流。前者自先秦以來向爲知識分子闡述思想識見的利器，流風所及不但要兼爲敍事、說理、抒情的工具；至於公文、書信、廣告等等雜務都要一肩挑起。後者則較爲專精，雖偶有旁騖但一直不離抒情的傳統。也由於詩專於抒情，發展出的技巧也較爲精純豐美。

回顧我國璀璨的文學晶粹，不乏形式內涵皆臻絕美至善的散文，論辭藻之優美、聲調之鏗鏘、想像之雄奇，皆足以媲美詩中極品。但是，每種文體必定有其基本筆調，由於散文以知識爲基礎；以達意爲本務；善於說理、敍事，若以一般散文平淡、直述的手法來寫景、抒情，想像空間常受到約束，而韻味有時而窮，不若詩之恣放無涯又能有餘不盡。一種文體要表達無限的題材必然有其侷限，這跟詩與散文相互的高下無關。因爲文學作品之優劣，主要責任不在文體而在作者。況且，眞正的文學大師，往往能突破樊籬，另開風氣。

反過來說，詩由於要求精鍊，比較無暇顧及人物情節的交待、剖析。有時要借力於典故，甚至割捨不提作凌空一擊的投入，張力較大，抽象層次也較高。因此，一般讀者遇到典故複雜、背景特殊的作品時，除非旁徵博引，多番研求；否則很難進入詩的核心。碰到用字淺白，但情義深遠的作品時，一般人是明白了，却往往流於膚淺。但散文却是漸入的，善於從繁雜的思緒中分析出秩序，從鬱結矛盾的情懷中抽絲剝繭地歸納出理路。讀者有跡可循，較易進入而產生共鳴。因此在處理由於人事錯綜而逼出的特異的複雜的情感時，散文或長篇的敍事詩較能勝任，短篇詩歌是難以負擔的。

文體既有優劣互見的限制，而藝術却要求完美。因此，現代散文要提昇藝術深度，必須在其自由、靈活、理路清晰的基礎上，於修辭、音調、句法、意象等方面超越平淡、直述的單調手法。一方面取法傳統文學的傑作，另一方面吸收現代詩的精鍊與想像，來豐富它本身的韻味。

就詩化散文興起的背景及因素言：

各種文學風格由肇始以至極盛，無論它執領風騷的時間多長，總會衰落凋謝，而新興的文學潮流又往往是舊文體舊風貌的反動，文學史就在這種循環更迭的力量中運轉無窮。五四新文學運動，就以其自由創作的特性作爲古典文學格律範限的反動力。但凡新風格的產生，必然有它獨特的文學主張和表現手法，奠定本身在文學史上的意義，但在正面揭櫫的方向之後，却又常帶有反面的缺失。五四新文學提倡「我手寫我口」確實能從日趨僵化的舊文學窠臼中開闢一個自由、活潑的新局面，但當這一陣新鮮的浪潮湧過之後，人們開始反省，文學難道就只是口語的筆錄，平淡眞的是最佳妙的創作手法嗎？

由文學史的演變看來，每逢舊有的文學到了僵硬甚至腐爛的時候，便有幾個先知先覺的青年作家出來，把老文學浸到新語言裏，使它再度年輕、發育，而且成熟。文藝復興的但丁，浪漫運動的華茲華斯，現代小說的漢明威，現代詩的艾略特，莫不如此。……他們不但放逐了舊文字，抑且創造了新文字；不但是語言的革命家，抑且是語言的藝術家，胡適做到的只是前者。口語，在它原封不動的狀態，只是一種健康的材料而已。作家的任務在於將它選擇而且加工，使它成爲至精至純的藝術品。

五四提供了文學的新養份，但要這株新文學的嫩芽得以茁壯，必須仰賴現代作家傾注更多的心力。以散文一環來說，白話文可以說是把藝術品還原到原料的階段，而現代散文的工作就是重新把原料加以藝術處理，把這些民族的喜、怒、哀、樂，重組成有血有肉，感性、理性交滙合融的有機體。

誠然，我國傳統以來，藝術皆重拙而輕巧，但白話文却不是經歷過風霜雨雪，千錘百鍊後的反璞歸眞，它只是一個急於忘掉過去的雛兒，急於拋却一切傳統的束縛，夢想著建立自我的風貌。結果是四顧茫茫，舊的已經丢掉，新的還未建立，只能一面盲目抓緊任何自認足以依歸的物事；一面赤裸裸的反省。在寒冰烈火中，它開始理悟，盲目的否定或認同都只是無知和幼稚，現在，它仍然勇於求新求變，更勇於承認接受傳統中的精純豐美，它的脚步日趨堅毅而且穩健。的確，現代散文在數十年的努力中，風格內涵競出爭豔，簇簇如滿園繁花錦繡，雖各有天地但皆能爲人間添一分嫵媚。

毫無疑問，詩是文學王國中的貴族，是文學藝術中最純淨的精粹。現代散文在建立風格中；尤其要在平淡、直述中開展繽紛的姿采，順理成章的受到現代詩的影響與啓示而發展出詩化散文。把詩的表現重點（精鍊、想像）移來散文中，以濃美的語彙辭藻、新力的句法、深密的意象聯想、鏗鏘起落的音節等等……構成散文世界中一個嶄新而且充滿潛力的新品種。一方面滿足讀者對美感的要求；另一方面也能使作者高超勃發的才思慧感有更淋漓飛騰的展現，最最重要的是，使得主題中所傳達的思想情感，能有深刻的拓展和廣大的詮釋。

二、表現重點分析

㈠以詩句的精鍊擺脫散文舊樣的鬆散冗瑣，從而產生力與美來饗宴讀者。

㈡意識流動跳接迅捷，超越散文舊樣平敍明晰的舊軌。

㈢有如詩作一般的有餘不盡，意象密度要求較高，保留有深廣的想像天地，引領讀者循著作者想像聯想的軌線自去想像聯想。使得讀者不僅能有自得式的參與感，而所獲致的感性理性自然也更爲強大。

㈣具有彈性，對各種文體、各種語言能有兼容包蓄的高度適應力。文體語氣愈是變化多姿，散文的彈性也就愈大。

㈤意象豐奇，善用複疊意象，不用單一意象。

㈥使用各種詩作中常用的修辭技巧：如詞性混用、擬人擬物、代稱，譬喻隱喻象徵等……。

㈦新詞彙的使用符合現代的要求，甚至以不避俚俗來達成鮮活要求。新詞與古典詞彙相間使用，不但表現了新舊鎔合的可行應行，亦且造成了散文的繁富之美。

㈧除了古典僻典以外，不避用典實，同時使用現代的新事典。

㈨標點使用打破常規：以長句造成氣勢；以短小詞語形成切頓。

㈩句法講求如詩作一般的割裂，倒裝、移換、轉折、複疊與歐化；也講求如古典散文一般的簡潔渾成。

⑪注意到人爲文學理應符合大自然的律動性，講求如詩作一般的音響感以造成韻律感受。同時也注意到色彩點染，視覺感受的效果。

㈢鮮活的動感顯示最能與現代人的生活、心態相配合。

㈣承祧使用着古典散文豪婉兼具，剛柔相濟的手法。

㈤有近似詩作的濃縮堅實，「點」的精美深刻；但不似詩作抽象，保留有散文「線」的延展引領的具象完足性，明朗度遠較詩作爲高。

三、作家作品例擧分析

㈠洪淑嫚：騁思

1. 文　例

我喜歡做天神的孩子，祂多麼富有，創造了萬般神奇，又造了我來欣賞。我喜歡活著，眞眞實實，熱熱切切地活著，誰讓生命老是充滿著眞善和美呢？

我喜歡走在春風中的校園。

我喜歡去回憶裏重溫舊夢，但不喜歡再活一次。人總是要長大的，我喜歡長大。

我也喜歡繽紛的世界，那紅的、粉的、紫的、白的杜鵑，總是興沖沖的壓下來；多就是美，那細細的枝葉怎樣支撐著一樹繁華！她們總是一堆堆的開，一堆堆的謝，一波波的花浪也總是綿綿密密地翻騰著，搖落一陣花雨，亂撲撲地，地上便堆著掃不盡的殘紅了。

我喜歡每個落雨的日子，可以賴在牀上聽雨打芭蕉，領略幾分悠閒的意趣，也可以撐起傘去逛書店。我喜歡那四壁圖書，它總給我崇高的感覺，探索貧窮世紀中唯一的寶藏，怎不令我歡喜得手足無措呢？

我也喜歡把落花夾在日記本的日子裏，讓那曾經輝煌的尊榮在我的記憶裏凝成永恒。

我喜歡看貓躺在屋頂上曬太陽的那股懶散勁兒，但不羨慕牠，因爲牠到底只是一隻貓，而我喜歡做人。

我喜歡作突然的決定，讓別人出其不意的驚呼，因爲我喜歡那盪漾在眼角眉梢的笑意。

我喜歡雲的漂泊和流浪，但不喜歡像它一樣，我喜歡家，喜歡媽媽整日不休的叮嚀，妹妹烏烏溜溜的丹鳳眼，也喜歡她嗲聲嗲氣找我的麻煩。每次走在孤寂的路上，窗裏的燈光就那樣溫溫熱熱的貼緊了我的心。淺綠的扉門，滿園的花朵，厨房裏飄不盡的香氣啊……我傻癡癡呆呆的微笑，迫不及待地想告訴全世界的人：「多奇妙！我有個家」。

我喜歡騎著單車，兜兩袖清風追逐落日最後的燦爛。我喜歡光脚走在濕濕的土上，讓青草搔癢我的脚心。我喜歡雙手插在滿是皂泡的洗衣桶，讓那雪白蓋上我的雙臂，我喜歡看他們一個個幻滅，一個個再生。當然我也喜歡挽起褲脚拖地板，我喜歡體會那種情調。

我喜歡朋友，特別是在暖暖的殘陽下，跟他們坐在草地上聊天，我們的歡聲笑語總是被扯得細細碎碎，當風起的時候。

那山永遠沉默地屹立著，它表現了太多的謙遜，告訴我許多深遠的眞理，在它面前，我怎能不驚喜贊嘆呢？

每當人家對我說：「沒關係，我教你」的時候，我便喜歡得不知如何是好了，天神老是這樣寵愛祂的孩子，我一無是處，却老是被愛包圍著，啊……我……。

我喜歡豬形的撲滿，牠們總是挺著圓鼓鼓的肚子，我把他們放在枕邊伴我入眠，平凡的人創造詩意，而平凡的生活總是需要點綴的。

我多麼喜歡坐火車，喜歡它不斷的，因爲我喜歡追求我所喜歡。

我喜歡教堂尖頂的十字架，那總是給我偉大的感覺，我多麼喜歡跪在牠脚下肩起自已的十字架。

我喜歡聽高山流水，想像著我的王子躍過翻滾的波濤，拉著我跨上馬背絕塵而去。

我喜歡臺北，祇因爲那城裏有個他。我喜歡從信裏看到他囑我用功，喜歡躺在樹幹上想念他，喜歡跟他在一起的時光，喜歡說那些旁人看來毫無意義的儍話。「你爲什麼對我那麼好！」天啊！不爲什麼，祇因我喜歡，我極喜歡，而一喜歡，便祇有深深地喜歡了。

我喜歡懷抱著這樣多的喜歡，我幾乎喜歡得痛苦，因爲我表達不出我的喜歡。

2.分　析

(1)主題是生之喜悅的感受。

(2)我喜歡……我喜歡……我喜歡……修辭中的叠句。

(3)眞眞實實、熱熱切切、綿綿密密、溫溫熱熱、癡癡呆呆……修辭中的叠詞。

(4)我喜歡走在春風中的校園——切頓，長段之後出現，以長短對比的原理加强讀者感受。

(5)四段以各色杜鵑的形容造成視覺美感。

(6)那細細的枝葉怎樣支撑著一樹繁華——想像細密。

(7)九段妹妹的形容——諧趣之使用。

(8)九段之末顯示眞切感受。

(9)兜兩袖淸風追逐落日最後的燦爛——動感。

(10)我們的歡聲笑語總是被扯得細細碎碎，當風起的時候——修辭中的倒裝。

(11)十二段表現人生理念——對自然的學習。

(12)因爲我喜歡追求我所喜歡——使用叠詞造成的新穎。

(13)十六段理念表現人生意義。

(14)十七、十八段表現眞切，雖然十七段稍有幼稚。

(15)十八段結尾使用類叠造成層進式效應。

(16)結尾使用反面角度形成新穎，留有餘味。

(二)余光中：咦呵西部（節錄）

1.文例：

一過米蘇里河，內布拉斯卡便攤開它全部的浩瀚，向你。坦坦蕩蕩的大平原，至潤，至遠，永不收捲的一幅地圖。咦呵西部！咦呵咦呵咦——呵——我們在車裏吆喝起來。是啊，這就是西部了！超越落磯山之前，整幅內布拉斯卡是我們的跑道。咦呵西部。昨天量愛奧華的廣漠，今天再量內布拉斯卡的空曠。

芝加哥在背後，矮下去，摩天樓羣在背後，舊金山終會在車前崛起，可兌現的預言。七月，這是，太陽打鑼太陽擂鼓的七月，草色吶喊連綿的鮮碧，從此地喊到落磯山那邊。穿過印地安人的傳說，一連五天，我們朝西奔馳，踹著篷車的陳迹。咦呵西部。滾滾的車輪追趕滾滾的日輪。日輪更快，旭日的金黃滾成午日的白熱滾成落日的滿地紅。咦呵西部！美利堅大陸的體魄裸露著。如果你嗜好平原，這裏有巨幅巨幅的空間，任你伸展，任你射出眺望像亞帕奇的標槍手，抖開渾圓渾圓的地平線像馬背的牧人。如果你癮在山岳，如果你是崇石狂的患者米顛，科羅拉多有成億成兆的岩石，任你一一跪拜。如果你什麼也不要，你說，你仍可擁有猶他連接內瓦達的沙漠，在什麼也沒有的天空下，看什麼也沒有發生在什麼也沒有之上，如果你什麼也不要，要飢餓你的眼睛。

咦呵西部，多遼闊的名字。一過米蘇里河，所有的車輛全撒起野來，奔成嗜風沙的豹羣。直而且寬而且平的超級國道，沒遮攔地伸向地平，引誘人超速、超車。大夥兒施展出七十五、八十英里的全速。霎霎眼，幾條豹子已經竄向前面，首尾相銜，正抖擻精神，在超重噸卡車的犀牛隊。我們的白豹追上去，猛烈地撲食公路，遠處的風景向兩側閃避，近處的風景，躲不及的，反向擋風玻璃迎面潑過來，濺你一臉的草香和綠……。

2. **分　析：**

(1)主題：節錄的部分以異國自然的景與車駛的動態表現力與美的感受。

(2)內布拉斯卡便攤開它全部的浩瀚，向你——擬人動感，倒裝。

(3)永不收捲的一幅地圖——譬喻。

(4)咦呵咦呵咦——呵——音響感，引發讀者與西部片的經驗連結，感受豪力。

(5)整幅內布拉斯卡是我們的跑道——譬喻。

(6)七月，這是太陽打鑼太陽擂鼓的七月，草色吶喊連綿的鮮碧，從此地喊到落磯山那邊——擬人，動感的鮮活。

(7)我們朝西奔馳，踹著篷車的陳迹——與開拓西部的背景歷史連結，但並無懷古的感慨。

(8)旭日的金黃滾成午日的白熱滾成落日的滿地紅——去掉標點連成長句，以色彩的視覺感受著時間的變化。

(9)任你射出眺望像亞帕奇的標槍手——形容視限之直而遠，亞帕奇，印地安族名。

(10)如果你「癮」在山岳——詞性混用，名詞作動詞。

(11)崇石狂的患者「米顛」——典實使用。

(12)在什麼也沒有的天空下，看什麼也沒有發生在什麼也沒有之上——使用類疊的新穎設計。

(13)要「飢餓」你的眼睛——詞性混用，名詞作動詞。

(14)奔成嗜風沙的豹羣——譬喻。

(15)猛烈地撲食公路——譬喻，動感。

(16)遠處的風景向兩側閃避，近處的風景，躲不及的，反向擋風玻璃迎面潑過來，濺你一臉的草香和綠——擬人的形容，結尾以動感表現視覺、嗅覺的感受。

㈢余光中：聽聽那冷雨（節錄）

1. 文　例：

驚蟄一過，春寒加劇。先是料料峭峭，繼而雨季開始，時而淋淋漓漓，時而淅淅瀝瀝，天潮潮地溼溼，卽連在夢裏，也似乎把傘撐着。而就憑一把傘，躲過一陣瀟瀟的冷雨，也躲不過整個雨季，連思想也都是潮潤潤的。每天回家，曲折穿過金門街到厦門街迷宮式的長巷短巷，雨裏風裏，走入霏霏令人更想入非非。……不過那一塊土地是久違了，二十五年，四分之一的世紀，卽使有雨，也隔着千山萬山，千傘萬傘。二十五年，一切都斷了，只有氣候，只有氣象報告還牽連在一起。

這樣想時，嚴寒裏竟有一點溫暖的感覺了。這樣想時，他希望這些狹長的巷子永遠延伸下去，他的思路也可以延伸下去，不是金門街到厦門街，而是金門到厦門。他是厦門人，至少是廣義的厦門人，二十年來，不住在厦門，住在厦門街，算是嘲弄吧，也算是安慰。……再過半個月就是清明。安東尼奧尼的鏡頭搖過去，搖過去又搖過來。殘山剩水猶如是。皇天后土猶如是。紜紜黔首紛紛黎民從北到南猶如是。那裏面是中國嗎？那裏面當然還是中國永遠是中國。只是杏花春雨已不再，牧童遙指已不再，劍門細雨渭城輕塵也都已不再。然則他日思夜夢的那片土地，究竟在哪裏呢？

在報紙的頭條標題裏嗎？還是香港的謠言裏？還是傅聰的黑鍵白鍵馬思聰的跳弓撥弦？還是安東尼奧尼的鏡底勒馬洲的望中？還是呢，故宮博物院的壁頭和玻璃櫥內，京戲的鑼鼓聲中太白和東坡的韻裏？

聽聽，那冷雨。看看，那冷雨。嗅嗅聞聞，那冷雨，舔舔吧那冷雨。雨在他的傘上這城市百萬人的傘上雨衣上屋上天線上雨下在基隆港在防波堤在海峽的船上。……

……溪頭的山，樹密霧濃，蓊鬱的水氣從谷底冉冉升起，時稠時稀，蒸騰多姿，幻化無定，只能從霧破雲開的空處，窺見乍現卽隱的一峯半壑，要縱覽全貌，幾乎是不可能的。至少入山兩次，只能在白茫茫裏和溪頭諸峯玩捉迷藏的遊戲，囘到臺北，世人問起，除了笑而不答心自閑，故作神秘之外，實際的印象，也無非山在虛無之間罷了。雲繚煙繞，山隱水迢的中國風景，由來予人宋畫的韻味。那天下也許是趙家的天下，那山水却是米家的山水。而究竟，是米氏父子下筆像中國的山水，還是中國山水上紙像宋畫。恐怕是誰也說不清楚了吧？

……………………………………

……饒你多少豪情俠氣，怕也經不起三番五次的風吹雨打。一打少年聽雨，紅燭昏沉。兩打中年聽雨，客舟中，江闊雲低。三打白頭聽雨在僧廬下，這便是亡宋之痛，一顆敏感心靈的一生：樓上，江上，廟裏，用冷冷的雨珠子串成。……

……至於雨敲在鱗鱗千瓣的瓦上，由遠而近，輕輕重重輕輕，夾着一股股的細流沿瓦漕與屋簷潺潺瀉下，各種敲擊音與滑音密織成網，誰的千指百指在按摩耳輪。「下雨了，」溫柔的灰美人來了，她冰冰的纖手在屋頂拂弄着無數的黑鍵啊灰鍵，把晌午一下子奏成了黃昏。

……雨來了，雨來的時候瓦這麼說，一片瓦說千億片瓦說，說輕輕地奏吧沉沉地彈，徐徐地叩吧撻撻地打，間間歇歇敲一個雨季，卽興演奏從驚蟄到清明，在零落的墳上冷冷奏輓歌，一片瓦吟千億片瓦吟。

在日式的古屋裏聽雨，聽四月，霏霏不絕的黃霉雨，朝夕不斷，旬月綿延，濕黏黏的苔蘚從石階下一直侵到他舌底，心底。到七月，聽颱風颱雨在古屋頂上一夜盲奏，千噚海底的熱浪沸沸被狂風挾來，掀翻整個太平洋只為向他的矮屋簷重重壓下，整個海在他的蝸殼上嘩嘩瀉過。不然便是雷雨夜，白煙一般的紗帳裏聽羯鼓一通又一通，滔天的暴雨滂滂沛沛撲來，強勁的電琵琶忐忐忑忑忐忐忑忑，彈動屋瓦的驚悸騰騰欲掀起。不然便是斜斜的西北雨斜斜，刷在窗玻璃上，鞭在牆上打在闊大的芭蕉葉上，一陣寒瀨瀉過，秋意便瀰漫日式的庭院了。

……回憶江南的雨下得滿地是江湖下在橋上和船上，也下在四川在秧田和蛙塘下肥了嘉陵江下溼布穀咕咕的啼聲。雨是潮潮潤潤的音樂下在渴望的唇上舐舐那冷雨。

因為雨是最最原始的敲打樂從記憶的彼端敲起。瓦是最最低沉的樂器灰濛濛的溫柔覆蓋着聽雨的人，瓦是音樂的雨傘撐起。……雨來的時候不再有叢葉嘈嘈切切，閃動溼溼的綠光迎接。鳥聲減了啾啾，蛙聲沉了閣閣，秋天的蟲吟也減了唧唧。……

2. 分　析：

(1) 主題：懷鄉

(2) 驚蟄一過，春寒加劇——古典詞語意象，古典的承襲。

(3) 料料峭峭、淋淋漓漓、淅淅瀝瀝等——疊詞使用。

(4) 走入霏霏令人更想入非非——同音詞連接不同的意象。

⑸即使有雨，也隔着千山萬山，千傘萬傘——音似詞連接不同意象，傳達懷鄉情緒。

⑹不是金門街到厦門街，而是金門到厦門——街名聯想地名。

⑺再過半個月就是清明。……殘山剩水猶如是。皇天后土猶如是。紜紜黔首紛紛黎民從北到南猶如是。那裏面是中國嗎？那裏面當然還是中國永遠是中國。只是杏花春雨已不再，劍門細雨渭城輕塵也都已不再。然則他日思夜夢的那片土地，究竟在哪裏呢？——古典的詞語、詩句典實的化用。

⑻還是傳聽的黑鍵白鍵馬思聰的跳弓撥弦——聯想，現代音樂家的琴與弦中可見故土。

⑼聽聽，那冷雨。看看，那冷雨。嗅嗅聞聞，那冷雨。舔舔吧那冷雨——以類疊方式表感覺與感情的混合。

⑽雨在他的傘上這城市百萬人的傘上雨衣上屋上天線上雨下在基隆港在防波堤在海峽的船上——去掉標點以長句强化。由雨衣到屋頂到天線是向上攀升，從基隆港到防波堤到海峽的船上是往外伸展，合起來成爲全體形象。

⑾笑而不答心自閑……山在虛無之間——古典詩句化用。

⑿一打少年聽雨，紅燭昏沉。兩打中年聽雨，客舟中，江濶雲低。三打白頭聽雨在僧廬下，這便是亡宋之痛，一顆敏感心靈的一生：樓上，江上，廟裏，用冷冷的雨珠子串成。——化用南宋蔣捷虞美人詞意象，連結今古，表露鄉愁。

⒀至於雨敲在鱗鱗千瓣的瓦上，由遠而近，輕輕重重輕輕，夾着一股股的細流沿瓦漕與屋簷潺潺瀉下，各種敲擊音與滑音密織成網，誰的千指百指在按摩耳輪。「下雨了，」溫柔的灰美人來了，她冰冰的纖手在屋頂拂弄着無數的黑鍵啊灰鍵，把晌午一下子奏成了黃昏——以疊詞與形容表現細密感受，其後聯想爲人的動作使時間改變。

⒁雨來了，雨來的時候瓦這麼說，一片瓦說千億片瓦說，說輕輕的奏吧沉沉地彈，徐徐地叩吧撻撻地打，間間歇歇敲一個雨季，即興演奏從驚蟄到清明，在零落的墳上冷冷奏輓歌，一片瓦吟千億片瓦吟——以疊詞，擬人，聯想成細密的音響與感覺、感情。

⒂到七月，聽颱風颱雨在古屋頂上一夜盲奏，千尋海底的熱浪沸沸被狂風挾來，掀翻整個太平洋只爲向他的矮屋簷重重壓下，整個海在他的蝸殼上嘩嘩瀉過。不然便是雷雨夜，白烟一般的紗帳裏聽羯鼓一通又一通，滔天的暴雨滂滂沛沛撲來，強勁的電琵琶忐忐忑忑忐忐忑，彈動屋瓦的驚悸騰騰欲掀起。不然便是斜斜的西北雨斜斜，刷在窗玻璃上，鞭在牆上打在濶大的芭蕉葉上，一陣寒瀨瀉過，秋意便瀰漫日式的庭院了。——聽颱風颱雨……不然便是雷雨夜……不然便是斜斜的西北雨，層纍句法。修辭以強力意象顯示陽剛，以之與本文柔婉的底色作剛柔之濟。

⒃回憶江南的雨下得滿地是江湖下在橋上和船上，也下在四川在秧田和蛙塘下肥了嘉陵江下溼布穀咕咕的啼聲。雨是潮潮潤潤的音樂下在渴望的唇上舐舐那冷雨——感覺與懷念的連

接，以長句，不同意象的連接，音響感，疊詞的使用綜合表現感情。

⒄因爲雨是最最原始的敲打樂從記憶的彼端敲起。瓦是最最低沉的樂器灰濛濛的溫柔覆蓋着聽雨的人，瓦是音樂的雨傘撐起——歐化的句法，敲起與撐起前後呼應。以聯想之深密與擬人，疊詞表現感情。

⒅雨來的時候不再有叢葉嘈嘈切切，閃動溼溼的綠光迎接。鳥聲減了啾啾，蛙聲沉了閣閣，秋天的蟲吟也減了唧唧——使用音近的疊詞造成音響感受。以模擬事物的聲音來製造文字的節奏。

⒆全篇統一的特色在疊詞使用，韻律特性，句式綿密，擬人而使自然物生命化，感覺與感情的混合。

⒇由於主題側重悲感，表現偏重於情，所以氛圍呈現迷離。

四、參考書篇

望鄉的牧神　余光中　藍星

逍遙遊　余光中　文星

左手的繆思　余光中　文星

書名	作者	出版社
聽聽那冷雨	余光中	純文學
焚鶴人	余光中	純文學
青青邊愁	余光中	純文學
年輪	楊牧	四季

貳　意識流散文

一、特色

意識流（Stream of Consciousness），是直敍體的一支，根據作者（或是作者所創造的人物）的意識爲展開情節的線索，順著意識的流動，感覺的進展而進行，可以說是一種「無形式的形式」。原爲美國人詹姆士所創用之心理學術語，把人類的心念比喻爲流水，瞬刻萬變、無法捉摸。纔說把捉者已爲新水而非原水；但雖謂人的精神作用變動無常，而其現象則永流不斷，相繼推湧以起。諸種精神現象之在在顯現絕非偶然、孤立的，實有其內在的理路思源而融滙統合成流，正如無數之水滴合成一流連爲一體而不露痕跡，故名之爲意識流。

文學創作的途程必然是作者面對浩悠宇宙的一切人事而有所思索、有所感動，遂發爲語言繼而以文字記錄、修飾之。因此在文學作品尚未成形之前，最原始的自然就是尚存於作者腦海的感情、思想、事件、人物等，唯其原始，所以最爲眞實，最爲純粹。

意識流文學的本質就是透過文字，重現作者遭遇外界事物時內心所激起的反應。如果是以散文方式表現，很可能只是一個片段，一些錯綜事件引發的思路和感情反應，而沒有完整的結論或答案。如果事件、人物雖然複雜，但對作者却代表同樣的意義，在處理這些情節時，爲了作品的表現效果及層面的深廣，往往會以一種象徵意義來替代涵蓋所有的枝節。

文學創作者處於現今多元化的社會背景，他的衝擊必然是錯綜而複雜。要一一解析現實上紛擾的問題，以散文的篇幅實難以負荷，必然要留待小說與戲劇才能逐步消融這些困擾而達到觀照的層面。其次，源於時代的推演，教育程度的普遍提昇，個人及自由主義的昂揚，人性尊嚴的自覺等等，我們已不能也不必强調個人的見解而欲求別人追從。即使眞有一點從切身苦痛經驗中掙扎而得的結晶，也只能提供作爲參考而已。由於文化背景不同、生命情調互異，每個人自有其獨特的對存在意義的詮釋，因此意識流散文所顯示的重點在於作者的感覺，透過作品讓讀者在同樣的情境中去經驗，而後做出反省。儘量剖白而不誘導、不煽情、不濫指路向。

一般而言，散文的出發點不外是思想、情感、生活。從思想肇始，必然有主線脈絡供我們追索；而情感亦一定如逝水涓涓，雖有翻湧沉潛但必定歸滙於海；至於生活，縱使對我們完全陌生，但只要透過想像、沈思，描模也必定能得其十之六、七。惟獨以感覺出發的散文最難表現，也最難掌握，但一旦融進作者的世界，其共鳴與震撼也必然最深！

現代文學發展中，意識流手法已由少見陌生的新格漸漸蔚爲大國，普遍地被接受使用。不僅是散文主要表現方式之一；更在小說創作中佔有不可或缺的地位，用以替代鬆散老舊的敍述成份，使得小說語言更爲濃縮堅實。

二、表現重點分析

㈠以迅捷、流動、飄忽、放任自由爲特色，最足以表現現代人焦慮、矛盾、彷徨的心態。

㈡隨著敍述者意識的流動，想到哪裏寫到哪裏，情節進行常是跳動而不規則的。

㈢代替傳統敍述手法，使讀者能直接參與，因之參照悟得的共鳴及快感均能提高。

㈣表現包括獨白與心理成份，不但有表現細密心理的功能，甚且更能把握想像轉換時細微部份的表現。意識層面的隱秘部份（潛意識與下意識）也能昇浮呈現。

㈤主詞省略，盡量不出現或延緩出現。

㈥動作、對話、形容、敍述、心理成份等全予混列，甚至也不依情節程序而分段。

㈦對話不須單列，不加主詞說明，亦不加特定的標點（冒號與提引號）。

㈧去掉時空連接的說明，不必要的動作、形容、敍述全刪。

㈨安排伏線，使有前後呼應的功能。

㈩功能綜合處理雖然零碎，但具有價值的各類題材（人、事、物）仍在，使表現豐美而不致影響結構。

(十一)雖有旁支衍伸，但全篇仍須有明確的主線以表現主題。

三、意識流與樂府詩

意識流的鮮活，或許讀者會以為只是來自域外的獨創。其實域外引入的並非首創獨創，早在一千八百多年前的漢代，我古典文學中的樂府詩就已做到、建立起這種手法的規格。與今相較，不同的只是詞彙的使用，創作手法原理、原則、技巧都是相同的。

現以現代本國作家叢甦的「攸里西斯在新大陸」與漢樂府相和歌瑟調曲「婦病行」為例，進行分析：

(一)叢甦：攸里西斯在新大陸（節錄）

1. 文　例

惱人，一大早被鬧鐘吵醒。時間還早，揿住鬧鈴，蒙頭再睡，夢裏卡麗普叟(註：女妖)正梳理她的髮。白長的手，梳理著。白長的胴體，垂著的髮像蛛網，金色的，長而密。蒙頭再夢。不成。翻身。可惡的汽車聲，像流水。嗚，菩薩，隔壁的淋浴聲，像倒垃圾。非起來不可了，竟聯合起來圍攻。早餐：煮蛋，鹹火腿，漿糊體的麥片。冰牛奶冰澈五臟六腑。美國人恐怕多半因此而冷血；或，因本來冷血而愛飲冰牛奶。老張約打橋牌。對了，上次輸他了，還欠著兩塊。×教授明晚家宴。教授太太，一張小薄嘴，夠厲害。該又會嚷：這次你不能再逃了，史太太和我已約好給你介紹。△小姐，約在唐人街吃飯。這麼一把年紀連個女朋友也沒有，眞該罰。逃不掉了。趕快拔腿吧！糟糕！怎麼穿越紅燈了！好在命大，否則五年內成名的計畫豈不糟塌了！趕快找教室吧。這些美國人高得欺人，又氣人。連女孩子們也像竹筍，穿了高跟鞋後該怎麼？絕對不能「對他」她們，情願下輩子再打光桿兒。撿個靠邊的位子坐吧，不太顯眼。那穿灰皮茄克的小伙子自然不需要那麼神氣，你吃奶的時候我已經敎人了。呼！後生可畏！長江後浪推前浪。臺北亦復如此。教授很年輕，想喚他聲老弟。××先生，你上次那篇論廿世紀小說的論文很好。自然，你可願考慮發表？自然，聽說你曾有不少作品發表？嗯！好說但巨著尚在未來，自然不能先告訴他。下課後到樓下去檢信，一大把賀年片和聖誕卡。聖誕快樂，新年幸福！快樂！幸福！點頭，哈腰。塞進大衣口袋，圍上圍巾，衝到自助餐廳用午餐。排隊，拿托盤。淨亮的刀叉。噯，黑咖啡，大杯，請。一塊五。好。合臺幣——。環視一週，黑壓壓的。找個中間桌子擠下去，好看人。中國人眞不少，只要長相離中國人不太遠的話就假定他是好了。那邊那包頭的印度人有點刺眼。幹嗎包著頭？無論冬夏。好跟黑人有個區別。誰也不願被誤認爲尼格魯，對不？老張在那邊招手了。回招一下。晚上打橋牌，咖啡涼了，好，啃帶血的牛排，轉著脖子看人。下午至書局，買一包聖誕卡寄回臺灣。空郵，修補皮鞋兩雙，三元。對了，學生陳凱在紐約結婚了，該買張卡寄他。等一下，或是他訂婚了，記不太清楚了。他的信來有半年了，不知扔在那兒，也可能是他已經生第一個小孩子了。眞的，記不清了。總之，反正是喜事。結婚週年卡，生日卡，畢業卡……生小孩的卡，週年卡，啊，買進了一條狗也有賀卡。這張不錯，素靜雅緻。老天！弔喪卡。好，多買幾張吧，有備無患……。

2.分析：

意識表現爲中國留美的老學生的生活心態，一如傳說中的攸里西斯，他有著屬於流浪者的諸般苦惱。現摘錄前段部分，並加分段，在夾註號中說明分析。

(1)惱人，一大早被鬧鐘吵醒（主詞省略）。時間還早（感覺），撳住鬧鈴，蒙頭再睡（動作），夢裏卡麗普叟正梳理她的髮。白長的手，梳理著。白長的胴體，垂著的髮像蛛網，金色的，長而密。（夢境的敍述）——表時態，主角的心態，夢境中的美女，暗示主角的嚮往與不平衡的癥結。

(2)蒙頭再夢。不成（感覺）。翻身（動作）。可惡的汽車聲，像流水。嗚（聽覺聯想），菩薩（受到干擾之後無奈的祈求），隔壁的淋浴聲，像倒垃圾（聽覺聯想）。非起來不可了，竟聯合起來圍攻。（想像意識決斷）——表不能賡續美夢的因素與起床前的留戀無奈，同時暗示尋夢正是爲不理想的現實求取補償。

(3)早餐（省略起床後進餐前的一些）：煮蛋，鹹火腿，漿糊體的麥片（形容）。冰牛奶冰澈五臟六腑（感覺）。美國人恐怕多半因此而冷血（聯想）。或，因本來冷血而愛飲冰牛奶。（相對的聯想）

——跳接起床與進餐，表早餐時的感覺與想像。

(4)老張約打橋牌。對了，上次輸他了，還欠著兩塊（記憶）。×教授明晚家宴（記憶）。教授太太，一張小薄嘴，夠厲害（感覺印象）。該又會嚷（想像）：這次你不能再逃了，史太太和我已約好給你介紹。△小姐，約在唐人街吃飯。這麼一把年紀連個女朋友也沒有，眞該罰（想像教授太太的話，省略對話特定標點）。逃不掉了。趕快拔腿吧（逃避心態的直接反應，伏筆）！糟糕！怎麼穿越紅燈了（主角已走在街上，邊走邊想，因出神而忘了紅燈，餐後，出門上街過程全省）！好在命大，否則五年之內成名的計劃豈不糟塌了？（驚悸之後，意識拉回到現實，主角自慰式的自言自語）

——主角因回憶而生的反應與現實情況跳接。

(5)趕快找教室吧（已到學校路上情形省略）。這些美國人高得欺人，又氣人。連女孩子們也像竹筍（感受），穿了高跟鞋後該怎麼（想像，省略結果）？絕對不能「對他」她們，情願下輩子再打光桿兒。（身高不合的自知之明，與前呼應，暗示主角戀愛婚姻蹉跎落空的不平衡）——將走在路上的心理與到校後的感覺跳接。

(6)撿個靠牆的位子坐吧，不太顯眼（主角閉鎖心態的顯露）。那穿灰皮茄克的小伙子自然不需要那麼神氣（以自卑與不合羣的心態看人而生的反感），你吃奶的時候我已經教人了（間接說明主角的年齡，與前教授太太的話相呼應，是與衆不同的老大。這是一句沒說出來的獨白，主角以此來維護自尊謀求平衡）。呼！後生可畏！長江後浪推前浪。臺北亦復如此（對現實社會體認的感歎）。教授很年輕（感覺），想喚他聲老弟（與自己相比之下的一種衝動）。××先生，你上次那篇論廿世紀小說的論文很好（教授對主角說的話，主詞及對話標點全省）。自然（主角心裏的話，沒說出來），你可願考慮發表（教授的問話）？自然（主角的答話），聽說你曾有不少作品發表（教授的問話）？嗯，好說（說出的主角答話）但巨著尚在未來。自然不能先告訴他。（主角獨白，沒說出來）——表在教室裏進行的情形。

(7)下課後到樓下去檢信（時空情節的連接），一大把賀年片和聖誕卡。聖誕快樂，新年幸福（暗示反諷）！快樂！幸福！點頭，哈腰（動作）。塞進大衣口袋，圍上圍巾，（動作，表時態是冬季）——表下課後與午餐前。

(8)衝到自助餐廳用午餐（表爭取時間的必要）。排隊，拿托盤（動作）。淨亮的刀叉（感覺）。噯，黑咖啡，大杯，請。一塊五。好（對話與動作的間雜）。合臺幣（想到一杯咖啡合臺幣六十元，當然不好。——號代表噤聲的省略）——。環視一週，黑壓壓的。找個中間桌子擠下去（動作形容），好看人（心態的自白）。中國人眞不少，只要長相離中國人不太遠的話就假定他是好了（感覺）。那邊那包頭的印度人有點刺眼（感覺）。幹嗎包著頭？無論冬夏（疑問）。好跟黑人有個區別。誰也不願被誤認爲尼格魯，對不（找到了答案）？老張在那邊招手了（視覺）。回招一下（動作）。晚上打橋牌（約會），咖啡涼了（感覺），好，啃帶血的牛排（無奈的適應），轉著脖子看人。（看女人）——表中午餐廳的情形。

(9)下午至書局（時空情節的連接），買一包聖誕卡寄回臺灣。空郵，修補皮鞋兩雙，三元（記事）。

對了，學生陳凱在紐約結婚了，該買張卡寄他（記起了事件）。等一下，或是他訂婚了，記不太清楚了。他的信來有半年了，不知扔在那兒，也可能是他已經生第一個小孩子了。眞的，記不清了（疑慮心理）。總之，反正是喜事（自找臺階）。結婚週年卡，生日卡，畢業卡…生小孩子的卡，週年卡，啊，買進了一條狗也有賀卡（主角在選卡形容卡架上的琳瑯）。這張不錯，素靜雅緻（欣賞的感覺，與主角老大的心理相配）。老天！弔喪卡。（恍然、驚詫之後的憮然之歎）

——表主角下午辦事、購物的情節與心理。

(二)樂府詩例舉分析：婦病吟

1. 詩例：相和歌瑟調曲婦病行

婦病連年累歲傳呼丈人前一言當言未及得言不知淚下一何翩翩屬累君兩三孤子莫我兒饑且寒有過愼莫笪笞行當折搖思復念之亂曰抱時無衣襦復無裏閉門塞牖舍孤兒到市道逢親交泣坐不能起從乞求與孤買餌對交啼泣淚不可止我欲不傷悲不能已探懷中錢持授交入門見孤兒啼索其母抱徘徊空舍中行復爾耳棄置勿復道

2. 分　析：

婦病連年累歲（一般敘述，婦病多年），傳呼丈人前（病婦動作，傳喚找她的丈夫來），一言當言，未及得言，不知淚下一何翩翩（病婦的心理與動作，話未出口，由於悲傷，淚流不息），屬累君（囑托拖累你），兩三孤子，莫我兒（莫使我兒）饑且寒，有過愼莫（孩子如有過錯，請你千萬不要）笪笞（均是打人用的竹器，此處作動詞，意爲責打），行當（即將）折搖（夭折，婦人自謂將死），思復念之（希望你常想著我的這番話，多多可憐孩子們吧！）——自屬累君一句起，都是病婦的臨終遺言，如果譯爲語體，是應加上主詞和對話特定標點冒號，提引號的。

亂曰（樂之卒章）：抱時無衣，襦復無裏（跳接省略病婦之死，此言病婦死後，其夫本想抱着孩子去市上的，但孩子們沒有長衣，只有短衣，而短衣又是沒有裏子的單衣。與前「莫我兒饑且寒」一句中「寒」字相應，敍寫貧窮實況，在其夫的動作感覺中呈現，病婦之夫的主詞省略），閉門塞牖（夫的動作，無奈只好把門窗關好），舍孤兒到市（把孩子留在屋裏，夫來到市上），道逢親交（親友），泣坐不能起（形容夫的悲傷動作），從乞求與孤買餌（夫向親交乞求，請親交給錢替孤兒買糕餅以延續活命。與前莫我兒饑且寒一句中「饑」字相應。使用敍寫而省略了對話），對交啼泣，淚不可止（敍寫夫的悲傷動作），我（指親交）欲不傷悲，不能已（親交感覺，做不到，不能不傷悲），探懷中錢持授（親交動作，拿出錢來給夫）。交入門（此處兩人分道及夫持錢買餌一線均已省略，跳接到親交來家裏探視），見孤兒啼索其母抱（親交所見，年幼孤兒不知母死，猶哭着要亡母抱），徘徊空舍中（親交的無奈徘徊），行復爾耳（親交的感慨，想到孤兒失恃，貧窮難以保全，不久也將和他們的亡母一樣），棄置勿復道（親交的自言自語，古詩樂府常用的結尾，丟開它不去想它，煩惱無奈時的自遣之詞）——這一段敍述病婦死後的情景，人物方面增加了親交，而孤兒也有了動作。

四、作品例舉　宋惠娟：勇者的畫像　朝聖

媽！不要叫了。再睡一會，再和黑暗溫存。又是稀飯，不吃也罷。糟糕！校長站在門口。管他！硬著頭皮進去——嘻皮笑臉對嘻皮笑臉。複習卷不到九十分的出來，少一分打一下。虐待狂？不是虐待，是疼你們愛你們爲你們好。不然，二〇〇天以後你們拿什麼和人家比？黃××，不打你！士可殺，不可辱？那麼，用力一點。賴瓜要結婚了，信上也沒寫和誰？博士？還是小白臉？是愛情戰勝了賴瓜？還是賴瓜投降向「麥克」？太陽眞不公平，爲什麼慷慨地將所有的光芒全灑向她，却吝於分一絲給陰暗凍餒垂亡的……？該包多少？上回阿岑結婚包六百，小段結婚買戒指，大麗結婚包八百，阿吟結婚買戒指，同住了三年的死黨，也不能太寒酸，包八百好了。假如這是定期存款，也該存了不少，不加倍拿回來眞不甘心，可是，可是……午餐鷄腿、茼蒿、滷蛋、玉米，色香味俱全。都是媽咪惹的禍，驚顧衣帶不寬緩，倒憑空增添了幾顆青春豆。今天的作文題目是負荷，形式不拘……懷孕的、年老者上課可坐椅子，作文課名正言順，誰能奈我何？呵呵！看看小說，還是乖乖改作文吧!!最有氣質的系，賺最少的錢，改最多的作業，下輩子絕不再重蹈覆轍。葉××，妳怎麼了？臉色這麼難看！心痛！這麼冷的天氣才穿三件衣服，難怪！穿上這件毛衣。六點半好媳婦，七點白衣童子，七點半新聞氣象，八點五路福星，十點環球電影

院，十二點睡覺。臥如弓，擁抱黑暗。忠孝仁愛信義和平好孩子要乖禮義廉恥，羊跑去哪裏？孔子孟子莊子墨子老子荀子列子，整潔秩序又沒得獎狀。四時讀書樂與妻訣別書過故人莊桃花源記……中華民國萬歲。(勇者的畫像)

燕歸幾朝風雨。紅樓低喟著亙古不變的故事，大王椰英姿勃發高聳入雲，一顆雀躍奔騰的心隨著古老的曲調冷凝成冰。七百個日子，淒慘灰暗，體內的源流汩汩而出，在每一個笑臉之下分不清那個是眞誠那個是毒蠍。我是拘於羑里的文王是宮刑後的太史公，是孫臏是文天祥。蜷伏在齷齪森陰的象牙塔中獨自造車獨自咀嚼寂寞一任泉源枯萎。

而今又重回慈母的襁抱。在神聖的殿堂裏，我是急待餵食的嬰兒是懺悔的浪子，在燈的牽引撫慰下又得再生。於是，我貪婪吸吮。從日出到日落，從白天到黑夜。

我愛黑夜甚於愛白天，愛黑暗甚於愛光明。當夜幕低垂，孤燈熒熒裏的一個我就是整個宇宙。生命的苦汁盈盈在握，淺斟低唱後的絲絲甜意遂沁入心脾，任思緒隨處飄蕩。無生無死無榮無辱無成無敗無得無失，也許我是莊周也許我是蝴蝶也許兩者都是也許兩者都不是也許我只是我。

也許時間該永遠停頓。(朝聖)

五、參考書篇

中國人	叢甦	時報
想飛	叢甦	聯經
玉米田之死	路平	聯經
幻想的男子	隱地	爾雅
擁抱我們的草原	季季	皇冠「屬於十七歲的」

叁　寓言體散文

一、特　色

由於人性的排拒權威，不易接受正面理念，早在孟子卽已善用譬喻，迄至莊子的多用故事，這一種新的散文線路，卽是淵源前述，而以超現實題材中造境一面設計形成的。

寓言體散文創作重在題材，必須找到一個雅俗共賞，廣度具夠的敍事來表徵中心理念。那是一個故事（沒有故事、形容，卽易成爲純說理的雜文），敍述者不是站在指導地位的崖岸高層，而是站在與讀者們平等的地位，顯示他和大衆一樣的平凡，一樣的會犯錯甚至不能自覺。藉著這份平等的親切感來影響讀者，把理念藏在取材現實的事件之中，揭示人性的弱點、原型或是潛能，顯示人類生活的一些原理原則，使讀者藉著故事的快感（感官作用）、進至會意，終而自然領悟而具備美感（心智作用）的永恒性。

形式和作用有如小小說，形容功能已遠較古典時代的寓言故事進步精采，部份對話甚至已突破散文規格進展到小說、戲劇的領域，但它簡單的結構與衝突性仍不如小說戲劇，它的質料仍是散文。

當然在創作時也不無顧忌：如故事不能不精采，但太精采了又容易寵壞讀者使理念淹失；不能沒有抒情成份，但又不宜溺於情而坐使理念不明。

還有，在寓言體散文的結尾，是否有必要加上作者的說明評估？古典時代常是如此，如史記中的「太史公曰」，聊齋中的「異史氏曰」，雖然有時因題材之故不得不加以闡明，但時至今日，已是沒有必要的多餘。基於尊重人性中的反對權威，要求自主，文學創作者必須克制「好爲人師」的原型，在作品中避免說教，不下結論，保留廣大的想像天地，讓讀者自去思忖追尋，使能享受到自得的珍貴的成就感。美感的恒存將由此而益形堅固，調適的效應也將因此而益彰。

二、表現重點分析

㈠形式、內涵類同於雜文（方塊）。

㈡形式短小，適合現代讀者經濟閱讀時間之需求。

㈢表現趣味性，常以寓言、故事爲敘事成份。

㈣理念顯示常在最後，結構如極短篇，小小說，升起之後即不再降落。

(五)表現自然，不說教，結尾甚至不加說明。

(六)要求修飾、美化，具備現代感，使用幽默媒體但要求恰當不過份。

(七)主題多爲現代人性、人生之提昇調適。

(八)只是片段，系統完足性不夠。

(九)予讀者的是「點」的刺戟引發，而非「線」的引領（說明少），或「面」的震撼（情事理等題材少）。影響讀者深思不足。

(十)拘於形式，作者的感性、觀念未能恣放深廣。

三、作家作品例舉分析

王鼎鈞「人生三書」部份選介

(一)文　例

一位青年，拿著一封介紹信，到一家大飯店求職。他坐在樓下的豪華大廳裏，等候召喚上樓晉見老闆。他覺得，能夠在這座大樓中充任一名職員，十分幸運。

這天，老闆極其忙碌，一直沒有功夫跟前來求職的青年接談。終於一名執事人員找到了大廳內這個被遺忘的人物，他枯坐已久，饑腸轆轆。當他聽說「老闆已經下班回家」和「現在沒有工作可以安插」之後，難過已極。

走出門外，他望著這幢巍巍的建築物說：「下次再來的時候，我要做這飯店的主人。」

三十年後，他的豪語宏願果然成爲事實。他買下這座飯店，並且對他的好友透露當年求職受挫的經過，好友頗爲他受過的委屈不平，他却說：「不然，我感謝那件事情，那事情造就了我。如果那時候老闆客客氣氣的錄用了我，那麼今天我可能只是升成了飯店的中級職員而已。」

所有的成功人物，幾乎都從挫折中產生。倘若這世界完全溫柔而合理，令每一人處處稱心滿意，我們將喪失歷史上過半數的聖賢豪傑，甚至根本沒有英雄和藝術家。（求職記）

× × ×

皇帝喜歡欣賞篆字，訪求那寫篆字寫得最好的人，封爲「天下第一書家」。天下第一書家享受各種特權和優待，應酬太多，聽到的讚美太多，漸漸的，他不再勤苦的練習寫字了，他認爲那已經不必、不需要了。

可是天下的書法家並非個個都在荒廢時間。終於有一天，一個自稱後學的人登門求教，——其實就是比賽寫字。那個時代的人物很含蓄，他們見了面只是喝茶，談天，沒有一句話涉及書法。然後有一個節目是下棋，那是一種特殊的棋，我們都不知道玩法，只知道棋盤是臨時在一張紙上畫三個圓圈兒。來客用主人的紙筆畫棋盤，主人，也就是「天下第一書家」望著那三個圓圈兒變了臉色。他知道來客在篆書方面的造詣超過他，他應該讓出「天下第一書家」的榮銜。下完了棋，主人立刻向皇帝辭職。

新的「天下第一書家」得意極了，也驕傲極了。慢慢的，他也懶惰極了。他不需要再辛苦練字，他只要隨便寫幾筆就引起一片采聲。「敬求墨寶」的人絡繹不絕，他只是隨便應付。他忘記書法是一件嚴肅的事了。

對於他，時間是靜止的，對於別人可不然。終有一天，有一個遠方的客人來求教，那人不是別人，正是當初那位讓出「天下第一書家」地位的失敗者。他們見了面，客客氣氣的喝茶、談天，最後下棋。客人提起筆來畫棋盤，主人看見紙上的三個圓圈兒，默然不語。第二天，「天下第一書家」復歸原主。

不記得這是那個朝代的故事了，反正這個故事對任何時代都適用。（天下第一書家）

× × ×

在西遊記裏面，豬八戒怎會有一付豬相呢？原來他在投胎轉世的途中，來到分歧的地方，不知走那一條路才好；後來看見其中一條路足跡稀少，另一條路上却絡繹成羣，就決定朝人多的地方走，不料誤入豬羣，轉世成豬。

「跟著衆人走」未必錯，但是要先弄清楚路的盡頭是什麼地方。盲從是可笑的，甚至是可怕的。社會上一時的風尚或慌亂往往是盲從造成的，風尚是喜劇，慌亂就是悲劇了。所以修身齊家，處世治事，也要有愼固安重的修養，人少的地方不心怯，人多的地方不頭昏。（變豬）

老師要學生證明「熱漲冷縮」。一個學生學證說：「暑假天氣熱而假期長，寒假天氣冷而假期短。」

這是行政院蔣院長在全國教育會議上所講的一個小故事，他希望教師能了解孩子，別認爲提出這種答案的孩子就是頑皮的、不堪教誨的孩子。

如何證明熱漲冷縮的原理是物理學範圍以內的事。這個學生忽然改用人事現象作答，雖不「眞實」，却有趣味。這不是科學的答案，這是文學的答案。正如有人引用三國演義裏的一句話：「既生瑜，何生亮」，說周瑜的父親是周旣，諸葛亮的父親是諸葛何。那不是史學的知識而是文學的趣味。中國人眼中的「天河」，威爾斯人稱之爲「銀街」，秘魯人稱之爲「星塵」，而英文謂之「牛奶路」。它何嘗是河是街？何嘗有銀子和牛奶？但是我們能因此責罰誰呢？

孩子們富有想像力，又有遊戲的衝動，偶而在題外涉趣，可以使頭腦活潑，心胸開朗，也可以鍛鍊語言能力，增加機智。如果他有足夠的天分，這就是他發揮創造力的起點。教師如果也有這樣的天分，可以善爲誘導，使他能繼續發展；否則，出之以容忍的態度，不失爲中策。最壞的是斥罵責罰，那可能是在封閉一個內蘊豐富的心靈。（冷熱短長）

× × ×

文學家有時出語驚人。例如：「人若預知他到六十歲時是什麼樣子，他在廿歲時便已自殺。」

可是，有一個六十歲的人看見這句話並不吃驚。他說：「我已經知道自己到六十歲時是什麼樣子，絲毫未有需要自殺的感覺。我沒有浪費光陰。我每一步都走得很踏實。我沒有虧欠良心。我自信活著對社會有益處。我要活下去。」

稍後，他說：「我從未聽說過廿歲的人爲了六十歲自殺。我倒見過六十歲的人爲了虛度一去不返的廿歲而自殺。」（幾歲自殺）

×　×　×

一位小學教師在服務四十年之後退休。有人以爲她對教學一定厭倦了，她說：「不，我從沒有覺得厭倦。」

年年用同樣的教材、教同樣的學生，說同樣的話、做同樣的事，怎麼不厭？她說：「每年換一個班級，對我都是一次新挑戰；每一堂課都是我的新經驗。」

她是用創造的態度工作、生活，「創造」是不會重複、雷同的。上帝每年創造一個春天，每個春天都新鮮得像初創時一樣，我們這些「照著上帝的樣子造成」的人也有類似的能力。（春草年年綠）

×　×　×

生男還是生女好？「生男好」！很多夫婦如此回答。

古人重男輕女，現代人也重男輕女，然而理由不同。在現代父母心目中，撫養女兒太躭心了！女兒不漂亮，父母失眠，女兒太漂亮，父母也會失眠。女兒沒有男朋友，父母著急，女兒的男朋友太多，父母也會著急。女兒天眞爛漫，不懂世故，父母爲之心跳，女兒歷經滄桑，飽嘗世味，父母又爲之心碎。男孩走錯了路，還可以浪子回頭，大器晚成，女孩子走錯了路，往往就「覆水難收」了！現代父母把女兒當做精神上的奢侈品，惟恐負擔不起。「天之驕女」們有幾人知道？（現代兒女）

× × ×

「我有錢，你沒有，你應該尊敬我。」

「你有錢是你的，我爲什麼要尊敬你？」

「我把我的錢分給你四分之一，你可以尊敬我嗎？」

「你不過僅僅給我四分之一，我爲什麼要尊敬你？」

「要是我送給你二分之一呢？」

「要是那樣，我的錢跟你的錢一樣多，我又何必尊敬你？」

「我把所有的錢通通給你，你可以尊敬我了吧？」

「什麼話！那時候我有錢，你沒有錢，我怎麼尊敬你！」

這是一個很有意義的笑話，說明世界上有很多東西是無法用金錢購買的，例如尊敬、友誼、信任、眞正的感動，它們都是非賣品。

請一次客，如果賓主盡歡，可以熱鬧一陣子，熱度維持兩星期。送禮如果送得恰當，可以看見微笑，時限是一個月。

捐款，你捐得愈多，愈要對接受捐款的人客氣，疏遠，免得傷了他的自尊心。借錢給朋友，莎士比亞早已說過，結果可能使你反而喪失朋友。

要想得到尊敬、友誼或者信任，靠自己的人格對別人具有吸引力，加上奮鬪不倦，露出無限發展的潛力。這樣別人對你自然會推許倚重，恭而敬之，而且人情如同美酒，愈久愈醇。（非賣品）

× × ×

處長到職以後，開始逐個了解屬員。某天，他問左右：「×長的電話號碼是多少？」立刻有一個職員飛快的打開電話簿，送到面前。處長覺得此人反應敏捷，服務熱心，將來或許可以大用，就在記事本上寫下他的名字。

處長討厭打火機，又常常忘記帶火柴，每逢掏出煙來，常覺手足無措，這時候，那個「反應敏捷，服務熱心」的屬員就搶上一步，卡擦一聲，把火送到嘴邊。處長發現此君根本不會吸煙，帶火完全是爲了伺候人。這是擔當重任的材料嗎？他掏出日記本來，在此君的名字下面加了一個「？」。

「反應敏捷，服務熱心」的人自有一套本事把處長公館上上下下弄成熟人，於是也常常陪處長太太打牌。處長太太脾氣很大，手氣不順的時候胡亂摔牌，此君却沒口的稱讚處長太太牌藝高超。有一天，太太心煩，一張牌摔下去跳起來，飛進便所的大門，落進抽水馬桶裏去了。此君立即離座，撈起這張牌，沖洗一番，放回原處，並且說：「太太，我用肥皂水洗乾淨了。」

處長看見這一幕，就掏出日記本，把此人的名字畫掉。

過分討好別人反而招致輕視。從此以後，處長經常找這個人「服務」，例如買香煙、點火之類，從未考慮給他重要的職位。（自輕）

× × ×

有一個教育家辦了一座實驗學校，定下與衆不同的校規：凡是每門功課都及格的學生一律勒令轉學。理由是：這樣的學生太正常，也太平凡，可以到一般學校去讀書。

對於一部份功課不及格的學生，這位教育家充滿興趣。他要研究的是：這些學生的國文爲什麼不及格？數學爲什麼不及格？是教材的問題嗎？教法的問題嗎？教育制度的問題嗎？

有一個學生任何功課都不及格，贏得教育家最大的注意。這個學生的才能可能是現行學校課程無法啓發的，是現在的教育制度無法造就的。這學生可能有非常之才，有待用非常的方法來發掘鍛鍊。

社會好比一座學校，每一種行業好比是一門功課。有人幹那一行都合適，也有人幹來幹去總覺得格格不入。如果你有這種遭遇，且莫自暴自棄，可能這是你的過錯，也可能不是。很可能，你還沒有找到合脚的鞋子；也可能，鞋店裏所有的鞋子都不合脚，你得自己另外定做一雙。

所以，有生命力的人總是不停的試驗，不停的奮鬬，不停的適應也不停的創造。世上本來只有「三十六行」，由於有才能的人另闢蹊徑，後來有「三百六十行」了。現在，是「三千六百行」了。（天生我材）

× × ×

「命運」是一個容易引起爭論的題目。有人強調它的魔力，有人否認它的存在。我們在參與討論之前，最好再讀一遍海明威的「老人與海」。

「老人與海」描寫一個經驗豐富的漁人，在海上架著釣竿，拋下釣餌，漂流了幾十晝夜，終於捕得一條大魚，打破了一切漁人的紀錄。這個偉大的漁翁拋出釣絲以後，水面以下，屬於命運，（因爲不知道什麼時候有魚上鈎，也不知道上鈎的魚究竟多大。）水面以上，屬於意志。（他要端坐船尾，晝夜守候，雖然極其疲勞辛苦，但他絕不中止。）

強調命運支配一切的人，無異在說漁人可以高臥艙中，任其自然；另一種完全相反的論調等於說，只要你出海，必定可以捕到一條魚比你的船還要長。這兩種說法，都不能給人生以正確的指導。惟有二者折衷、調和、兼顧，庶乎近之，這就是古人說的「盡人事，聽天命」。

釣魚的季節到了，魚塘旁邊出現許多「釣者」，也出現一些「觀釣者」，我們不知釣者能否得魚，但是我們確知觀釣者不能得魚。（老人與海）

× × ×

「康老子」是宋代戲曲裏面的人物，他把祖上留下來的萬貫遺產完全敗光，淪爲乞丐，僅剩一條毯子，白天披在身上當衣服，夜裏蓋在身上當舖蓋，忍饑挨餓，受盡痛苦，對於自己從前的行爲非常後悔。有一天，一個波斯商人在街頭碰見他，注意他的毯子，發現這床毯子是用冰蠶的絲製成的，全世界沒有第二條，堪稱無價之寶，立即高價買去。於是康老子又有錢了，又變成富翁了，又可以揮霍享受了。他在很短的時間內把這筆財產花光，再度淪爲乞丐。可是現在他沒有毯子了，他在街頭凍死。

這個故事讓我們看到了人性中可悲的一面。意志薄弱的人會再犯以前犯過的錯誤，終於萬刼不復。這不是由於無知，而是明知故犯，不能控制自己心裏的惡念。

「康老子」的故事是人世間最可怕的故事之一，充滿了警告的意味。這樣的故事我們不可不知，也不可不懂。（康老子）

× × ×

美女多半無成就，有人說這是因爲「上帝給她們美貌，就不再給她們頭腦」，恐怕很寃枉。他們中間也頗有一些人天分很高，然而無成如故。

眞正的原因是：美女爲一大堆能幹的男人簇擁奉承，沒有什麼障礙需要她越過，沒有什麼挑戰需要她戰勝。日子過得瑣碎而舒服，無法激起她的雄心定下太遠的目標，縱有遠程目標，也無法專心有恒。

最近某一所著名的女校開同學會，早期的學長都來了，大家發覺人長得愈美，丈夫的成就愈大，長得愈平庸，自己的成就愈大。（現代紅顏）

× × ×

美國人工昂貴，而自動化的機器愈做愈精巧，有一家商店的老闆決定全部採用機器人代替店員。機器人能夠把一個店員份內應該做的事情做好，而且任勞任怨，不眠不休。老闆非常滿意，無奈顧客却是一天比一天減少。

他對所有的顧客發出調查問卷，從收回的答案中發現顧客不喜歡和機器來往，因爲機器沒有「個性」。

商店老闆要求製造機器人的專家想辦法。專家把這些機器運回工廠，增加設計，把「個性」放進去，重新運回工作崗位。這回它們顯得像個「人」了。可是一個月後，它們集體怠工，向老闆提出抗議，理由是老闆沒有顧到它們的自尊心。

這一則寓言把人和機器做了一個巧妙的比較。人之可貴、可愛，在他有個性。一個人如果沒有個性，你不會喜歡他，但是一個有個性的人給你帶來的問題是「如何讓他喜歡你」，也就是說，人們如何能夠在自己的個性裏面有足夠的空間容納別人的個性。

叔本華說過，人好比刺蝟，彼此靠得近了會刺痛皮膚，距離遠了又覺得寒冷。我們可以不做這種刺蝟，發展自己的個性也尊重別人的個性。（你我他）

× × ×

有一次，我搭乘火車到遠方去。車上的人都是第一次走這條路，大家在一個叫做「犧牲」的地方上了車，都不知道下一站的站名。

當列車長來到客車車廂的時候，大家圍著他問長問短。列車長說：下一站叫「成功」，再下一站叫「享受」，然後是「腐化」。

「終點在什麼地方？」大家問。

「最後一站叫滅亡。」列車長說。

大家譁然，要求列車回到起點。列車長說：「這一列火車沒有後退的裝置」。大家不肯罷休，拉著他，纏著他，逼著他想辦法。他說：「車在享受站要停留一段很長的時間，大家可以利用那一段時間修一條新線，讓火車繞一個彎兒回到起站，也就是那個叫犧牲的地方。你們願意幹嗎？」

「願意！」自然願意，誰也不想「滅亡」。

我們修成了那條新線。從那時起，火車沿途的站名是犧牲——成功——享受——犧牲——成功。這條線救了我們全體。（我們修鐵路）

× × ×

某君志大才高而時運不濟，找一位「半仙」相面。相士看了某君的正面、側面，走相、坐相，鄭重的說：「上帝造人，規定人的下巴與地面採取垂直的方向，您的下巴跟地面幾乎平行，跟天意未合，不是福德之相。你的下巴低一點……再低一點……對了，就是這樣。請記住，保持這個姿態，上帝會喜歡你。」

「就這麼簡單？」

「很簡單，可是很多人辦不到。試試看，你的下巴還能往裏收嗎？……你的頭部能不能再低一點？……對了，再低一點。經常採取這種姿態，會改變你一生的命運。」（看相）

× × ×

兩個武士決鬥，兩人都用矛尖指著對方，用怒目盯牢對方的眼睛，待機而動，一觸卽發。

其中一人厲聲說：「你趕快投降吧！」

另一個武士相當膽怯，但是仍然硬著頭皮說：「我要跟你拼個你死我活！」

「我再警告你一次，」原先那人說：「這是你最後的機會。你到底降不降？」

另一個咬緊牙關說：「不降！」

他以爲對方會衝過來，心中暗暗禱告。誰知對方長嘆一聲、擲矛於地說：「既然你堅決不肯投降，還是我投降算了！」

近代田徑史上一位長跑名將，奪得金牌處處。新聞記者問他：「在跑道上你好像永不疲勞。難道你眞是鐵人？」

「沒有那回事！」他說：「我也是血肉之軀，可是我知道我的對手跟我同樣疲乏，也同樣恐懼失敗。」（誰能得救）

× × ×

三國演義裏面有一段故事：兩個大將肉搏，圍著一棵大樹團團轉，一個空手，一個拿著刀。那個拿刀的狠狠一刀砍來，對方一閃身，刀砍在樹上，拔不出來，徒手的立即撲上去，轉敗爲勝。

拿刀的本來佔優勢，等到刀和樹木黏在一起，就居於劣勢了。這劣勢正是他原有的優勢條件造成的。這就是變數。

手中有刀的捨不得立刻放棄他的寶刀。而徒手的人本來就是準備用兩隻拳頭拼命的，所以毫不猶疑的撲上去。他不能逃走，不能讓敵人拔出刀來再追上他，他要反撲。一個握刀的人突然變成徒手，往往打不過那本來赤手空拳的人。這就是抓住機會，掌握變數。

還記得那句名言嗎？危機就是危險之中才有機會，沒有危險就沒有機會。這種機會是計算機算不出來的，計算機只能告訴你一方持刀，一方徒手，無法告訴你那一刀何時砍在樹上，更難預料徒手的人要回身反撲還是逃之夭夭。（有危險就有機會）

× × ×

美女周圍有許多强健聰明的男子窺伺，他們中間最後只能有一人得手。一天，月下花前，美女對下跪的求婚者說：「你得先到阿卑爾斯山上的雪窟裏採一朵紅花回來」。

求婚者變色，站直，迫切的問：「你知道嗎？我很可能因此粉身碎骨。」美女哽咽著說：「我知道！我知道！」

「你一定要我去？」

「你一定得去！」美女撲到求婚者懷中，大哭起來。

求婚者裹糧入山，幾次在大風雪中絕處逢生，最後竭力攀上懸崖峭壁，摘下這自然界的異卉，小心翼翼捧回來。

現在，求婚者是新郎了。結婚進行曲聲中，一個廣告畫兒般的男童捧著這朵花，走在前面。紅氈兩旁的來賓，個個睜大了眼睛，驚喜讚歎，有些心腸軟弱的女賓，想起人們要爲愛情受多少折磨，不住的擦眼淚。

洞房花燭之夜，新郎提出他久懸心中大惑不解的問題：你爲什麼一定要我去冒那麼大的危險？

新娘的聲音裏有一片深情：「我愛你，想嫁你，可是你會有許多情敵，他們一定想盡辦法陷害你，除非你能做他們絕對辦不到的事，削弱或者殺死他們的嫉妒心。幸福得到愈易，嫉妒的人愈多，這是我祖父說的。」（新婚之夜）

㈡分　析

1. 表現有爲讀者做結論的，如：1、5、6、7、8、9、10、11、12、13、14、18、19等

篇；未有結論任讀者自去省思的如：2、3、4、15、16、17等篇。

2. **各篇理念簡述**：

⑴一篇啓示人生一體兩面的原型：禍兮福所倚，福兮禍所倚。

⑵二篇啓示人生進展應是永無休止，不進則退。

⑶三篇表現人性盲從之可悲。

⑷四篇說明人生不凡與平庸之別，天才的言行由於不同於凡俗，常被誤認爲是白痴，其實正是他想像力豐富，具備創意之處，很可能突破建樹卽由於此。

⑸五篇述人生至理，每一階段均應有執著努力的重心，必須警惕力行，以避免人性蹉跎缺失，導致悔恨。

⑹六篇述人生之理一如自然，日新又新，教師應是「血氣可衰，志氣不竭」（南宋魏了翁言）心理年齡遠較生理年齡年輕，以不斷革新來服務，並充實平衡已身。

⑺七篇顯示現代人生男女仍未能平等，必須調適的是應以平等心態對待兒女，以促成女性獨立意識的自覺强化。

⑻八篇述人生之理，人際關係是濃短淡長，所謂「君子之交淡如水」，同時這也是人性「近之則不遜，遠之則怨」的道理。

⑼九篇說明人生至理，「人格」的重要，有自尊的才能贏得他人的尊重。

(10)十篇述人生教育之旨，因材施教，個別輔導，尊重個性，協助成長。

(11)十一篇述人生之理，惟有在「盡心盡力」之後，始可避免悔恨。

(12)十二篇述人性中「慣性」的可怕可悲，「不二過」很難，但心志堅強的仍能做到。

(13)十三篇述人性人生層次，美女因追求的男子多，養成驕縱托大，不去學習自立技能，同時追求者多，必難抉擇，多數是蹉跎或隨便嫁一個，嫁後又忍不住自憐，時常還耽溺在以往的光榮中，一切反不如自立自強的普通女子。

(14)十四篇述人性的刺蝟性，如前所述的近則不遜遠之則怨，必應注意調適。

(15)十五篇述人性人生至理，直線進行絕不如圓形回歸，享受之後，人性放縱卽是腐化，必應再出發、再創造，體認快樂不是在成功之後，而就在爭取成功的過程。

(16)十六篇述人生謙和得益的至理。

(17)十七篇述人生堅持終成的道理。

(18)十八篇述人生變數之理，提示人生應該謹慎、勤持，爭取創造優勢。

(19)十九篇述人性，常忽略已有或輕易得來的，難能卽是可貴。另一面也代表去經歷難能，正是人生的充實，本應爭取而不必逃避的。

四、參考書篇

開放的人生　王鼎鈞　爾雅

我們現代人　王鼎鈞　四季

人生試金石　王鼎鈞　四季

靈感　王鼎鈞　九歌

碎琉璃　王鼎鈞　四季

肆 揉合式散文

一、特 色

有鑒於文學發展始盛終衰的生物性，可使我們警覺到一甲子之前興起的五四文風業已老邁衰微，卽將在新起風貌的代興之下歸至沉潛，而成爲文學史上的一段里程。盛衰之理是由於文學的不全性，昔年五四，以其自由語體的新異之姿，形成爲格律拘限，而與生活脫節的古典文學的反動，雖然以它的優點糾改了上一文風的缺失，但先天的不全性仍然存在，自由語體化的另一面卽是空泛平凡的藝術深度不夠。時至今日，五四文風業已逐漸老化，代興的精緻文學始兆已現，卽將以其優美精深的藝術特性，風行現代，成爲文學上新的主流。

現代文學旣在這樣一個運會趨勢之下，進行著必然的改革，醞釀形成爲壯濶的江河。而在散文發展之中，最具主流形相的就是揉合式散文，由於它的條件相當，很有可能成爲文學巨流中新的洪峯。

揉合式散文，名稱的訂定表徵了現代文學三線綜合的規格（現代語言、古典承祧與域外移植）。顯具的特色第一是現代語言的使用，新的詞彙不斷產生，有以拼合方式重組的：如調適（調整適當）、墮失（墮落流失）；有以原有詞彙倒換組合的；更也有創新的詞（如共識、運作、頻率、龐沛等），這一項特色最足以表徵現代特性。特色之二是古典的承祧：古典的詞彙與句法，只要不屬艱深，儘多有可供延伸現代繼續使用的，如觀照、弔詭等詞彙，一般常用的成語、典實、韻文等，這一項特色，除了國族文學傳統承先的意義之外，古典的精鍊典麗又可以形成不同於五四平易的藝術性。特色第三是歐化的移植使用，如詞彙中的反諷、後涉、造型，句法中的倒裝等，目前而言，揉合式的縱橫兩線不成比例，横面移植，還須在比較、採取的努力之下賡續加强。

由於三線相合而各自仍然明晰可見，所以它是揉合而非融合。這一種最具冠軍相的新樣，發展之中仍然不無缺失，諸如古典的使用容或造成讀者與作品之間的障礙，而精美的藝術講求又難免導致讀者有買櫝返珠之弊。好在這些顧忌並非絕對不能避免，在今後的發展中，相信必能有接近理想的修正完善。

二、表現重點分析

㈠有古典賡續承祧成份、表現典麗。

㈡有歐化移植成份。

㈢講究句法：如「或是——抑是——更或」的層纍；「雖——卻——」的轉折，問句等等。

（常有由古典散文義法化來的句法）

㈣較長段落之後以短句一斷形成切頓，造成峯淵起伏，特能收取強化讀者感受的效應。

㈤要求「情」與「理」的充盈。（感情化的傾向常多用歎詞）

㈥長句造成氣勢，具備力與美。

㈦要求豪婉並具，剛柔相濟。

㈧新詞與典實兼用。（典實或古典成份同時可能造成讀者欣賞的障礙，故深奧處似應加註）

㈨選詞，修飾濃美鮮活、注重音響感與視覺感、動感。使用各種修辭技巧，如移情作用、詞性混用等，標點使用靈活。

㈩常以聯想方式進行扣結，注重含蓄刪節，提供讀者以深廣的想像天地。

⑾可能有文勝於質，使讀者有「買櫝還珠」之弊。溺於情、辭而坐使理念沉失不明。

三、作家作品例舉分析

柯翠芬：隨意小札（節錄）

1.文例：

向來愛的便是清曠自如的生活方式。「閒愛孤雲靜愛僧」，學生生活的從容自適裏，起坐間該常有掩卷忘機、神遊物外的逸趣，或是深思索默、精浮神淪的縱情天地吧？爲此，我住的地方就叫「隨意居」。也爲此，筆墨詩書之間，便常有我任情的痕迹了。

常常，我先聯想到酒。

也許，你很難找到像我這樣愛酒的女孩子。我之愛酒便如愛洪荒中流來的神話，愛弓弦上奏響的傳奇，愛浪莽放獷的豪情，愛美豔凄絕的戀歌；未必是淺酌或豪飲，常只是在手中小心翼翼的捧著，默默凝視著那種蜂蜜般剔透的晶瑩，遙想著「玉碗盛來琥珀光」的情致，抑或是「小槽酒滴珍珠紅」的溫柔。

雖然，我是不能喝酒的。朋友們都說，我空有酒膽，却無酒量。然而亦喜歡酒意上湧，染紅雙臉乃至眉睫之間的暖意，更愛看朋友們酒到杯乾的爽朗，聽他們擊節讚賞美酒的甘醇。雖然，我是不懂得品嚐的。啤酒、高粱、紹與、大麴、竹葉青……在我嚐來一體沒有分別，總是辛辣嗆喉難以下嚥，眞眞能喝也愛喝的只有甜而不烈的果子酒。卽使如此，我亦常是每飲必醉，只能昏沉沉地把自己埋入枕被之中；然而我是愛酒的。也許只爲了酒上的詩情、蒼涼與絢麗，抑或只是爲了一種低迴不去的纏綿，更或許只爲了酒液本身的一種澄澈。

…………………………

也許正因如此，常只需要一瓶未開封的酒，一爐未燃盡的香，一卷微黃的書册，一盞熒熒的燈火，便足夠我擁被坐看一篇秋雨飄搖的長夜了。尤其是，粉壁上懸垂的字迹，總帶著破紙飛出的靈動；挑燈展卷，神遊物外之餘，更易令我聯想起醉後舞刀的超邁，以及青衣笠帽，劍穗翻風，疾雨中蕩舟出海的浪莽俠情。而每當夜風自窗縫間捲入，倏然捲起長垂的淺色窗簾滿室飄拂，嬝嬝柔柔的爐香乍然吹散，突來的幽寒透衣如水，總令我愕然良久，不知該如何去解釋那一縷古典的訊息。

…………………………

……尤其是雨，總能在那低小而平板的屋頂上，敲打出異乎尋常的節奏，聽來份外急促，份外清脆，份外響亮。常令我不自覺的聯想起「響屧廊」來。驟然敲落的時候，總令人又驚又喜。

……窗外那一片碧綠的草地上，常有五顏六色的花傘在層雲下輕輕地浮移。嫩綠的是小草尖端的顏色，嫣紅的像少女撲紅的雙頰，澄黃的如晚霞初被的衣裳，亮藍的却正是晴天朗麗的陽光。傘下年輕的女孩或嗔或笑，盈盈撐起的喜怒哀樂輕忽如薄柔的小傘，轉動間灑落的雨珠原是水霧般細碎的青春。

而我自美濃帶回的紙傘總是默然保持著它沉靜的容色，斜倚著堅實的壁角。竹製的骨節稜稜架起它豔麗而又古拙的紅衣，仰首張望多風多雨多變化的蒼穹。天晴時也像在召喚著煙嵐，起風時便彷彿有輕雨的脚步。若是輕撫著它崢嶸的骨架，便有隱約可聞的雨聲點點滴滴敲進心頭。

是不是因爲古老的紙傘在意象之中已與水色山光溶爲一體？否則我爲何常常想起花深無地的煙雨江南？是不是因爲古老的紙傘在思念中已與追念懷溯揉成一片？否則我爲何常常想起唐詩宋詞裏的纏綣深情？

……………………………………

是呵，鍾愛有雨的日子，即或它不在手邊，我撐起的每一朶傘花也都彷彿是它的分身，伴我行過十里陰濕的長路；若只能站在簷下看雨絲綿綿地飄落，或看雨匆促地敲打著地面，一只只大傘小傘或急或緩地越過一窪一窪的積水，踏碎的波痕裏映亂的影子一片繽紛相錯，再分不清何者是人，何者是傘，何者是水，何者是天，我心頭總有一縷溫柔的思緒，悄悄牽引出繚繞迴環的記憶。

常想起當時爲了買傘遠去美濃的舊事。六月的炎陽下走了一個小時遠路的舊事。地頭那一泊明鏡般的湖水曾令我愕然屏息，滿樹纍纍的椰子却令人瞠目垂涎，悵然久之。置身於湖中小亭，清風自四面林間吹起，趕著水紋一路不停蕩了過來，直是將一身煙塵都滌淨了。湖邊有一些個小孩脫了衣服在玩水，嘻笑的聲音聽在耳中倍覺幽靜。顧盼間的淺笑輕顰，自已都覺得如在畫裏。

那樣婉麗的鄉居，自此一別之後，竟是再也不曾去過；而當時伴我買傘的人，亦已是去如黃鶴了。唯有我拙樸的紙傘爲我柔柔牽起山水和山水以外的記憶，常伴著雨聲的步跫來扣我心扉。

要橫心去面對生死離別，原是很艱困的了。尤其面對著不忍割捨的牽牽絆絆。而這傘仍舊默然保持著它沉靜的容色，斜倚著堅實的壁角，用沉寂來映照多情的面貌。然而它亦總有銷亡的時候。銷亡到即使重回美濃，也已不能再買到與它面貌相同、聲氣相通的兄弟的時候。

……………………

常引起類似聯想的是笠帽簑衣。簑衣已是罕見的東西了。笠帽我倒有兩頂。一頂小的，吊在床頭當燈罩，籠住一圈微暈的燈光。風來的時候，便眨閃著窺覷我手中的書卷。一頂大的，直徑差不多有半公尺長了，瘦勁的竹架上層層包裹著寬長微褐，隱泛出點點濃斑的竹葉，在粉牆上懸垂成一張深思而多皺的面容。是漁翁獨釣寒江的清寂呢？或是俠客踽踽江潭的孤冷？

遂想起楚辭裏的漁父。鼓枻而歌，飄然自去的漁父。「滄浪之水清兮，可以濯我纓；滄浪之水濁兮，可以濯我足。」那種隱逸逍遙的冲和，竟爾轉成後代遯世寧靜的象徵。然則笠帽下的容顏，或者已染上了許多風塵顏色，要更適合屈原一些——更適合我們行吟澤畔，形容枯槁，執著於「知其不可而為」的屈原一些。

常覺得屈原的俠氣是很重的了。眞正的儒者都該是俠骨崢嶸，「可以託六尺之孤，可以寄百里之命，臨大節而不可奪」的。後世的草莽江湖裏，若見到暮野上孤劍獨行的影象，低垂的帽簷下緊壓著冷芒流閃的眼睛，三尺龍泉上掩不住的殺氣冷霧般森然透鞘而出，料知劍上沾滿的多是天下無義丈夫的鮮血；若非仗恃著屈平怨氣的馭發，便是抱持著衆醉獨醒的寂寞了。雖然，草澤湘間的兵刃相見，常只是倔強不屈的一種流變，抑或僅是不平之氣的迸裂而已——

那一向常想起兩句詩來：「結客四方知己遍，相逢先問有仇無。」乍讀時候，竟不知是否應當慘笑如泣了。如果數十年江湖浪蕩，草莽漂泊的結果，竟是必須在這刀光劍影之中去攘臂搏來破滅而且寂寥的生存，而後雨青燈下獨自檢點殘酒中深藏的疲倦，否則竟怕把臂論交之後，發現對方竟是該當刀兵相見的仇敵，却該是一種怎樣諷毒入骨的無可奈何呢？

雖然，亦可以把這種感情視爲江湖間坦率樸野的任性，或是自命爲光明磊落的俠氣吧——磨牙吮血，殺人如麻，而今仇遍天下，我豈有功夫去記你小子姓什名誰，與我有仇無仇！且報名來！有仇則立見生死，無仇且携手尋醉——雖則我寧願承認它僅是一種樸野放獷，一種任性驕縱，然而即使是這樣率性而爲的野氣，在我們今日這多蒼白、多瘦弱、多典雅甚至是多冷靜的時代裏都已難見到了。更何況是眞正的俠者呢？

於是份外想念起屈原來，想見他枯脊清癯的容顏上必有一對燃燒的眼睛；若不是一念轉折使生命自絢麗奔放歸入平淡冷寂，也必會出現在漁父身上的一對眼睛。本來儒道間相關本質的傳承，也只有潛藏於性靈中的眞生命才能解釋。然則流落至今，所謂眞性情與眞生命，常只容得我面對一頂竹笠憑空去追想了。

而性靈生命本無所謂悖斥，只有呈顯風貌的不同。此所以同樣一頂笠帽，在漁父是用以拒斥風雨炎陽的器物，在江湖中人則每用來掩下他刀削樣的額頭下一對冷電般的目光。雖然眸中所藏的情感常在閃逝之間透出不屬於江湖的訊息來，恰似我每愛擊節吟詠的一段詩：

當我死去，請
不要爲我丟擲
貞潔的白花
只因我不願被人窺見
我的多情如窺見我的
殺機隱隱。

2.分　析：

⑴意象、酒、傘、笠帽。

⑵主詞省略，古典承祧成份：詞語如清曠自如、掩卷忘機、神遊物外、深思索默、精浮神淪，韻文引用如：閑愛孤雲靜愛僧。

⑶首段之後出現切頓，形成起伏，强化感受。

⑷類疊句：愛神話、傳奇、豪情、戀歌。轉折句遙想……抑或。想像形容如洪荒中流來、弓弦上奏響，浪莽放獷，韻文引用如玉碗盛來琥珀光、小槽酒滴珍珠紅。

⑸句法的轉折與層疊：轉折如「雖然……然而……更」「雖然……卽使……然而」層疊如「

也許……抑或……更或許……」。

(6)類疊句（酒、香、書册、燈火）。動感如：破紙飛出。佳妙在詞語使用修飾的剛柔相濟：剛性如醉後舞刀、青衣笠帽、劍穗翻風、疾雨中蕩舟出海的浪莽俠情，柔性如嬝嬝柔柔、幽寒透衣如水。

(7)雨的音響感與古典響屧廊的聯想。

(8)視覺美顯示鮮活，結尾形容極具輕柔之妙。

(9)「稜稜架起」形容新穎鮮活，而這一段中的擬人亦屬佳妙，尾句音響好。

(10)「是不是……否則」句法好，傳達出懷鄉與懷古的意象。

(11)由愛物（傘）之情引發現實人事，由景的想像引發作者敏感思緒。

(12)買傘舊事與鄉居經驗憶念與感觸相溶，前者憶景的鮮活與後者悵觸對比深刻。

(13)抒情之後的理念，絕無永恒的人生至理。

(14)笠帽意象以擬人引發後段對屈原「知其不可而爲」的懷想景羡。

(15)標舉儒者形象內質，以之與後世使者相較，顯示豪氣與豪雄攘爭之後的寂寥，部分也表徵了作者的不平。

(16)表現人生無奈之情，寂寥感受深密，諷毒入骨形容無奈最是深切。

(17)古典意象（李白蜀道難句）與粗獷現代詞語並列，歸結到對現代人僞弱的反諷，引發後段對古人眞性情、眞生命的追懷。

⒅理念的剖明，詩句自剖深刻而特殊。

四、作品例舉：戈壁　水念

相信影響決定人生行事的是性格使然，又因常做一些作品析評的習慣，所以有時也會把自己拿來分析鑑照一番。

不喜歡山，一想到山就警覺到汗出的膩熱，心情頓時就煩躁起來。儘管對它的寬厚沉穩博大十分欽服，但明知自己絕不是什麼木訥近仁的載道之器，也就釋然地將一份崇「高」之心止於「仰」一界。

不敢狂言是樂水的智者，只是由衷地想著要去泳游其中。除却那份清涼爽快之外，它的動感或與我的急性子有關。乘風破浪固屬豪力馳騁的快意，而錦鱗的奮躍逆游，可不是又象徵著生命突破肯定的意義？

最早的水緣是汨羅江畔的故鄉，志士才人的抑悒精魂長沉於此，那是一條千古嗚咽的河。是我飲着長江之水長大，曾沿著長河之湄流浪溯游向上，到過金沙江的點點黃金之岸。童年少年，夜夜在浩盪江聲的懷裏入睡；如今，我是一枚過淮脫水乾枯的枳，念念不忘的無非江南的水色青青。我之所以愛水，只因我所生所長，原本就是在那一片水鄉澤國啊！

喜歡水，也喜歡水液、水滴。

不喜獨酌而喜聚飲，忮求以一仰脖子亮出杯底的乾脆來表徵我的率直爽朗。酒興之下，或許能暫時卸下僞俗的面具，亦或能有豪情之起。那麼，「拼却醉顏紅」的有膽無量也就值得了。即使沒有紅袖的殷勤捧鍾，純男性距離的接近也已能快意。可惜的是，使我一直記得深刻的有李演賀新涼裏的一句「人世間，空熱我，醉時耳。」每每就在酣熱之際冷然翻出，酒熱不長，醒後的空寥更重。一如不忍夢醒而寧願無夢，也曾想過要與這種短促而必然成空的情感刀斬永絕，又警覺到那仍是變相的逃避，至少我還能以勇決在酒後去清醒地面對空寥吧！因此，我雖不至於日日病酒，但也不辭那偶然一度的空熱與寒涼。

喜歡雨，眷念著童年時雨中遊西湖的印象，又爲那古老相傳的故事感動難忘，雨景裏，常就有霧般的想像織起……，那是西湖，江南水鄉裏最最明麗的一泓：翠堤湖光掩映在煙雨迷離裏，許仙的傘下，白娘娘的縞袂勝雪，是她在以明眸的流轉凝睇向許仙示愛。借傘不是巧合邂逅，而是女仙意料中的安排，爲的也不只是報恩，而是她觀照到苦樂相生之理，不辭來蹤跡人間，甘願以經歷苦難來換取一點相生的快樂。想她的爲情跋涉，遠赴靈山盜取仙草，以她的汗血淋漓與神兵神將苦鬪鏖戰，交代的不僅是情愛執著的印證，更是她生命動力的充分揮發，存在意義在她充分運作付出的迸現裏獲得了肯定，比起她和青兒出入仙洞無所事事的空虛生存來，確實是充實得多，有意義得多了。而這些，凡俗儒怯的許仙不能了解，自以爲是的法海更是旣陋且固的冥頑不靈，他何曾想到過要去尊重一個追尋意義突破的生命！他所秉持排拒「異類」嚴守畛域的理念，看似合理，其實却是越俎代庖基本的謬誤。

白娘娘水漫金山寺，滔滔巨浪無非她情愛委屈的淚水決流，更是她爲人性扭曲的可悲所作的悲壯指控。西湖水畔、雷峰塔壞，千百年來，夕陽蒼茫之下憑弔低徊，仍能想見她白袍血刃的英姿顯現，感到她沉沉幽恨的亙古綿長……。

我的感念如塔矗起一層層的不同：底層是屬於一般認知的感性基階，尊重人性裏情愛的本質，爲這場悲劇付與悲憫同情的唏噓。上去一層，是爲感性與理念之間的隔層，龕裏神像的臉，一半是悲一半是喜，告訴我一體兩面的苦樂生之理。樂的獲取卽在於追尋的歷程與未得；美感的光照卽在於它的短促與不全。再上一層，那就是理智的殿堂了，白娘娘莊嚴的塑像在此，白衣燁采，宣示她依循人生追尋——歷難——獲得的原型線路所經的里程。世世代代，想到英雄賡續著有目的、不盲目的奮戰，儘管不成，而人類的良知却因此攪動而漸昇漸明，人類社會，遂能遏止倒退突破停滯而調適向前。

雨霧裏我構築的思想塔層，起念雖仍是企羨情愛相知的渴欲需求。但隨著它的層面向上，我也能有蛻變的自覺，了解到那底層的耽迷不但不必，甚至也是不該的了。

最愛的是豪雨傾盆，大自然悒怒的迸發：電光是它巨臉森厲的刻弧，雷聲叱咤，千萬甲士鐵騎衝鋒的鼙鼓震響，盞盞鐵蹄撥開冪天席地而來，勁矢咻咻射下，橫決掃盪芟薙斬伐，滂沱起地面上嘩流著的一道道溝泓。

有什麼能比得上這種迫使萬物懾服的快意？想想歷史裏的志士才人，當能也與我一樣地具有同感。廣武山頭的阮嗣宗，那種「時無英雄，使豎子成名」的抑悒蒼涼；落日樓頭的辛稼軒，屬於他「把吳鉤看了，欄杆拍遍，無人會，登臨意」的孤憤，是否也曾在大自然如此龐沛的發洩之下，能有一陣子悒結的紓解？

我們正走著前人行過的轍跡，他們的前導與我們的賡續原本是一條恒長不變的路。果若人能死後有知，他們是否能為吾道不孤而稍慰？而我們呢？是只能順應地循行舊道，還是果能另闢新路？

嘩瀉的雨水能夠滌除悒悶，但那被命定嘲弄的人生無奈悲情，究竟要如何才能消除或改變？

五、參考書篇

隨吟記　柯翠芬　晨星出版社

明天　楊昌年　幼獅文化事業公司

伍　連綴體散文

一、特　色

連綴體散文的發展源頭是詠物，在古典文學的範疇中，詠物詩文所佔的比率很大。它的來源出於荀子的賦，抒情、說理、詠物，本是文學的三大主流。屈原、宋玉的作品偏於抒情；荀子的賦，說理詠物兼而有之，可說是三大主流二出於荀賦，只有抒情一線，是源於楚辭的屈宋作品。

就人生之理言：天地不全，人類絕難十全。重要的是身爲萬物之靈的人類，能在有生之年去努力求全，雖未能達到「完人」的絕對，但改進的方向正確，能夠鍥而不舍地自我要求進展，這一種心正是人類高貴屬性的表徵，就人生意義的建樹言，它之所以可行當行正是不移的鐵則。而在人類自我調適改進的過程中，常藉著對物象，自然的深入究明，從而省思悟得之物象，自然的引申意義，用以爲調適進展的學習範本。如向自然學習：山的寬厚博大，水的流動進取。植物方面：如蓮花出汚泥而不染的君子豐標、歲寒三友經寒淬勵的健堅，竹的中空謙遜而有節有格。動物方面：如蟬蛻的更新再生，精衞塡海永恒的決志，以及錦鱗逆游，以生命動力充份的揮發來要求突破……許許多多物象，自然的特性，省思之後，常能感染人類，引發學習，調適的動機，這，也就是「格物」、「致知」的道理所在了。

一連綴體散文題材常是物象與自然，這一類散文創作，也常因與詩化、意識流相綜合而不無雕琢之迹，有時也會產生模式之弊，是以必須注意事件敍寫，以濃後之淡的效應來要求更趨理想。

二、表現重點分析

㈠片斷分割的原則：依作者敍寫的層次前後，或依作者敍寫項目之不同而定。
㈡子題片段應均可歸納在散文主題籠罩之下，各片段並構成爲主題線路上重要的環節。
㈢子題片段常呈平行方式，以表現其相等的份量。
㈣各子題片段之間，應使讀者有比較及層進的感受。
㈤以人、物、景、事、事傳情，而由情及理。常於物象描述之外寓以情理。
㈥要求情理並具，最少必須有情。
㈦敍寫者常採第一人稱。
㈧表現包括敍寫者的意識流。同時也有古典與現代揉合的功能。

㈨注意到詩化句型的修飾，以及各種修辭技巧之夭矯使用。形容過濃時以事件的敍寫來謀求淡化。

㈩結尾注意有餘不盡。

三、作家作品例舉分析

杜十三：室內（節錄）

1. 文　例

椅　子

其實大部分的時間，那一張擠在客廳角落的椅子，和其他的家具並沒有兩樣，只是自從添進了一套華貴的沙發之後，那張椅子却突地顯得陳舊、孤獨了起來，也因此吸引我對它產生了一份奇特的關注。

細藤編成的椅墊，已塌成一個下陷的盆形；撐住椅墊，以優美的弧度弓起的椅把，因久經撫搓而現出光澤；而有著高貴造型，以嫩藤密織而成的橢圓形靠背，也在服侍過無數個舒適的仰躺之後，隱約印出一個頭顱大小的凹痕——我突然發現，這把古老的椅子正是我們家族二十年來坐姿的綜合雕塑。

首先是老祖母在世的時候用它歇養老年的寂寞，讓那細緻、平穩的藤織線條，順著她臃腫的臂，貼著她龍鍾的背，擁著她看朝陽、看晚霞，陪著她穿透深邃的記憶，回味古老歲月中的一些悲歡離合。而後，是不得志的父親用它來支撐失意後的空虛，讓那柔軟、堅韌的質地，撫著他那滿佈傷痕的身心，使他能夠更愜意的呑雲吐霧，啜品香茗，順便摹仿那高貴的座形，擺一個儼然不可一世的姿勢……。

椅子把一切都忠實的複印了下來，直到祖母和父親先後去世，直到添購的新沙發把它擠到客廳不起眼的角落裏。然而，隨著世事多變，喜歡思考的我，却也提前喜歡了那把椅子。

昨晚燠熱，我把椅子搬到陽臺上納涼，面對著滿天的星斗躺在椅內陷入沉思。

夜深之後，我彷彿置身舞臺之前，順著椅背舒適的四十五度仰角，看到了三十年前烽火漫天之下，一片片的斷水殘山，一幕幕的生離死別。

床

年輕的時候，我想，那應該是一個用來沉澱一天的疲憊、悵茫、幻想、激情，而在夜深之時慢慢結晶成夢的地方。或者，它是當你用一身的酸楚或遐思敲叩，却默然不響一聲，而在你全然不知的時候，再悄悄帶你進入另一個瑰麗世界的，一扇奇異的門。

而當有了眞正的愛情之後，我體會到，那原來也是兩個情人同時交出夢來，再用全身充滿願望的細胞，努力使兩個夢融成一個夢的地方，而後，它又會變成一扇門，用來迎接一個新的生命。

然而，在一個偶然的機會，我却很難過的發現，那竟然也是一個人用來清繳一生榮華富貴，或是困苦折磨，最後踏出的一扇門。

至此我才了解：出生的時候，那是扇只有入口的門；年輕的時候，那是扇可進可出的門；而到了老年，那却是一扇只有出口的門了。

進出人世之間隔著冗長的夢，只有一張床，却又隔成了夢裏與夢外、世外與世內。只是夢可進出，人世却只可進不可出，或是只可出而不可進——有了這樣的頓悟，我準備當我的兒子問我什麼是「床」的時候，一本正經的告訴他：

「床，有三扇門，是室內使用的寓言。」

窗

想她的時候，我會一個人獨坐窗前，點一根煙，藉嬝嬝的煙絲遣散一些愁緒。

而星空、流雲、落月、霞光，歸鳥、斜煙、雨霧、雷閃，那些往昔曾經數過、畫過、嘆過、醉過，甚至喊過、追過、淋過、驚過的美景，隨著季節流轉，又一幕幕的輪番回到我的窗前，不同的是，由於她的離去，窗裏的一切，也減褪了它們原有明犀的色彩、姿態、冷暖與明暗……。

而窗却像一張癡情的臉，每當我思緒難平，就悄悄來到眼前和我默默相對，似乎企圖使我回心轉意，再恢復從前對它那般詩情畫意的遐思。

而我知道，愛情失去的時候，詩情畫意的遐思只有增加痛苦。多年來對她思念的折磨，已使我學會在面臨任何美景的時刻變得更冷靜，不再輕易的讓過去的時光和眼前的景況產生任何的糾葛。因此，面對著窗，我通常只是單純的渴求一片陽光，或是一陣清涼而已。

可是多情的窗却從不只這麼想，它認爲它有責任讓我把世界看得更精緻，看得更美麗，總是固執的展開嫵媚的時空座標，硬要以簡潔的方圓尺寸讓我看懂室外風景的深度，再以鮮明的晝夜度量讓我體會歲月優美的寬長……。

於是拗不過窗的執著，今夜，我打算以撫平的心爲紙，爲離去的愛人寫首最好的舊體情詩——以月升月落爲平仄，以風起雨歇爲韻脚，而格律，則取自窗的尺寸與座標。

燈

想知道愛情，就打開夜；想知道夜，就關掉燈。

這是多年以前，一個老朋友對我說過的一句話，可是我却不相信，甚至覺得有點可笑，因爲對我這種冷靜，謹愼而實際的人來說，只相信擁有一盞不滅的明燈，才可能把事情看得更清楚，進而避免一些不必要的差錯。

對愛情，我一向也是持著這種看法，因爲愛情有如惑人的夜色，總是以若隱若現的姿態誇張她的神秘與嫵媚，進而趁人迷糊不清之際撩撥你的心弦，叫你衝動而不克自已——無論如何，我是絕對不可能讓自己犯上這種不可原諒的錯誤的。於是看書的時候我點燈，用餐的時候我點燈，甚至於聆賞音樂、觀賞盆景……我都無不把燈打得通亮，因爲唯有如此，我才能明察秋毫，把事物看得更透徹，進而發掘一些旁人未曾發現的細節而沾沾自喜。

然而我的愛人却不喜歡我的這種態度，因爲每當她來看我，就急忙把室內的燈關掉，再換上一根小小的蠟燭，硬要我陪她在一片朦朧之中欣賞所謂的夜色。可是除了燈暗之後在窗下突然顯現的一片月光讓我感到驚喜之外，那一幕灰暗的夜却依然使我難受。忍不住說了幾句掃興的話，加上一番爭吵，她終於生氣的離開。

當她臨走的時候，我要她把夜也一併帶走，只見她憤憤的打開燈，順便取走了灑在地板上的那片月光。

從此，我失掉了愛情與詩意的生活——這是我至今仍然感到懊悔的一件事。

神位

在室內至中，面向日月之處，有祖先流傳的莊嚴神位。

而所有的擺設，包括門窗桌椅，床燈鏡子，都得以神位的坐向爲指標，安守一個吉祥的位置，以構組一個風暢如水，清平融合的和諧空間。

我不是一個迷信的人，也不見得相信天堂地獄輪廻之說，然而每逢晨昏，我都不忘虔誠的燃一炷香，奉幾杯水，在嬝嬝的煙漫和瓶菊的清芳中，面對著諸神默拜禱唸，只爲了祈求一片清明透徹的寧靜，並感念列祖列宗源遠流長的血脈，滙成了我的形體和血肉。

三十多年來，這個曾經歷經病苦饑渴，雨淋日曬霜凍的形體，已經慢慢的茁長壯大，並且秉承生命的信仰，依照神的旨意，構築了仿造天地的內在世界——包含了人世的性情、回憶、情懷、修養、愛慾、理性與智慧，就像室內端正儼然的家具一樣，在神位的周圍恪守著方位，隨著日月星辰的規律而運作。

因此，神位乃是室內的至尊之位——這也是老祖母在世的時候，時刻將祂打整得一塵不染，日夜以唸珠朝誦的緣故。

中元之夜虔誠的祭過衆神，之後，却因思親心緒紛雜，久久不能入眠。隱約中又聽到了老祖母敲擊木魚誦唱梵詩的聲音，於是，我匆匆起身來到神位之前。

而諸神也在此時紛紛的趕到，鍾馗從門外走進，李白從窗口跨下，孔夫子離開了桌子，父親從椅子上站起；而普羅米修斯也打開了燈，丘比特走下了床，最後，道行高深的釋迦牟尼，莊嚴肅穆的從鏡子裏走出。

2. **分析：**（依子目序）

(1)由古舊的椅引發憶念，祖母暮年的寂寞與父親壯歲的失意空虛，想像到祖母曾在椅中藉著回憶溫習度日，父親曾在椅中自我天地裏構築假象平衡。物是而人非，當敍述者提前喜歡，使用這張椅子，沉思之中椅的經歷、人事、世事滄桑穿透時空在眼前重播，烽火漫天，斷水殘山的艱難已過，家人的生離死別傷情沉重，淋漓的感性自可引發具備經歷的讀者們的共鳴。

⑵由床的聯想勾劃出人生原型，前後三段時期歷歷分明，一如蔣捷虞美人詞中所述：經過歌樓聽雨，紅燭羅帳的旖旎少年，到客舟聽雨，江濶雲低，斷雁西風的壯歲奔波，努力事業，終至於暮年僧廬聽雨的由飛揚而潛沉。人生命定的軌迹必然如此，陪伴人類半輩子的床，必然的經歷也是如此，人在床上出生、休眠、與所愛的人圓夢，創造新的生命，最後多也在床上結束死去。

⑶由眼前景而生心中情，過往的景與過往的情事相揉，離情懷念本是千古不變的素材，源於人事變遷的無奈與人性中有情的共性，雖然鮮明的晝夜度量已不是古典文學中漫長年月的孤寂憶苦，撫平的心已顯示自我的恢復，但憶念仍是難免，是一種折磨，也是一種有過而且值得回味的享受。

⑷美感存在於朦朧，忌諱明朗，人生感覺原理是如此，也是文學表現原理之一，在人性原型言，人與人間，再親近的也必需要有距離。而朦朧正就是一種距離。

⑸一室之中的精神統馭所在，居住者心靈的歸依，這一段是全文的總結，作者意識的中心，不是迷信，而是體悟到人生傳承薪火的意義職責。

四、作品例舉

㈠簡媜：只緣身在此山中（節錄）

山水之欸

清晨，薄如蟬翼的清晨，我不敢貿然去踩徑旁一宿的蜷葉，怕脆碎的聲音太響，驚破這一匹尚未捲收的蟬紗。

深深地吸吮，沁入了山之閨女那冰清的體溫，我不敢貿然地傾吐，怕隔夜的濁氣汚染了這靈秀的山間。

夾徑，接引佛依然以不倦不懈的手，日夜垂念那迷了津渡的衆生。我停佇、問訊，覷他那不曾闔的眼，覺念他是這山這水這世間唯一的清醒者。而此時，醒著，看我，只不過一個愚昧的路人，敢來迢迢領這份山水之情。

迎坡之後，竹如簾。不是風動，也不是心動，是簾上湘繡的竹葉不自覺地在翻夢。是否，有那樣的靈犀與我相契，同夢遊這山林的曲折？

憑欄，才知「登高可以望遠」不是古人詩句，而是每一個欲歸的心靈的高度！那山邈邈，如玉石鎭了這世間的晨、夜，那茫茫的，是不是一匹清水要兒女情癡？

正凝眸，從山的背後探起一條光芒，慢慢地攀起山尖，彷彿還不及撲塵，便滑落了時間這塊裹帕，向人間擲來一顆七眩寶珠！一時，寶珠的顏色溶著，渲染出滿幅的山水畫彩。高屏溪的身姿靈活起來，一如醒來的白蛇。溪太長，身子就止不住要婀娜，柔媚似的秀髮，又安穩如絹帛。

山在水裏，日又在山上，便傾倒了一筐金屑，浮動於水中。我正癡想，這不小心跌落的金屑該如何淘洗時，一葉扁舟划過。不見有釣竿，也不見有竹簍，過眼時，便被他拾去許多沙金。而他仍是悠悠一撐而過，彷彿不知自己沾染了一身金屑，眞是得「無得之得」！這溪水頓時成了一部金剛經，而他，是好一個須菩提！我因而欣羨，他是這樣富有的人。

有鴿羣廻天飛去，那蟬紗果然已被捲收。遠遠的山頭，傳來打板的聲音，我知道寺院的師父們又要挑起一擔的工作了。

才回身，便感覺竹葉如醒張的隻隻鳳眼，隻隻把我看成一身壁上的遊影。

月　牙

山中若有眠，枕的是月。

夜中若渴，飲的是銀瓶瀉漿。

那晚，本要起身取水澆夢土，推門，卻好似推進李白的房門，見他猶然擧頭望明月；一時如在長安。

東上的廊壁上，走出我的身影，嚇得我住步，怕只怕一脚跌落於漾漾天水！

月如鈎嗎？鈎不鈎得起沉睡的盛唐？

月如牙嗎？吟不吟得出李白低頭思故鄉？

月如鐮嗎？割不割得斷人間癡愛情腸？

唉！

月不曾瘦，瘦的是「悠哉悠哉，輾轉反側」的關雎情郎。

月不曾滅，滅的是諸行無常。

山中一片寂靜，不該獨醒。

推門。

若有眠，枕的是月。

天泉

所以，第一聲雷乍響時，我心便似虛谷震撼！

好一陣奔騰的雨，這山頓時成了一匹大瀑布，泉源自天！

從寶藏堂的冷氣中出來，那一身封骨的冰，逐漸化去，彷彿化成了一灘水落地嘩嘩；重新披上山涼這件衣裳，筋骨也輕了幾許，可以羽化了去的感覺。

奔雨如簾，有人正穿過，是哪一位戴著斗笠的師父？一襲長衫不急不徐而過，彷彿寬袖裏藏著好風，一行一履那麼不輕易踏破水珠就去了。

急躁的是燕，忙著穿梭，惹得簾珠子搖撞不安起來，大約是收那攤曬的羽翼的吧！雨線一斷，雨珠更是奔灑了。

大悲殿，遠遠望去，猶如坐禪的禪師，在雨中淨塵。也許，合該要參一參這天泉，源自何方因緣？而這一身塵埃，又是自何惹來？

身上之塵易淨，心上之塵却是如何淨法？當年神秀的「朝朝勤拂拭」，雖是一番勤功夫，却想問他，既然朝朝勤拂拭，怎麼又有朝朝的塵埃呢？

也許，塵埃就生自那一念「我身之執」，世人誰不喜光鮮亮麗地把自己扮將起來，總希望走出街坊是一身出水的模樣，引人讚嘆、稱羨……。如此，就塵封了。

菩提非樹的境界，我懂的，難就難在不肯承認自己也是「本來無一物」，彷彿這一畫押，就被判了死刑，往刼不復了。

其實，又有何不能認了的呢？就像眼前這雨，燕羣是未到認取雨簷風宿的道行，忙不迭地就要往往返返，患得患失；那師父已是如風如雨了，也就任其自然，一路袖藏。

重新披上山涼入髓，眼前這天泉，我是認或不認呢？

竹濤

據說，十五年前，這片山是一園麻竹，兀自青翠於如此窮鄉僻壤。

我想像，那時候的天色也很清朗，晨曦從竹縫中透來的時候，鳥兒早已啾啾，滿山滿谷都沸騰著一鍋晨歌，鳥兒的，松鼠的，山貓的……，唱得十分熱鬧，但這些是沒有人知道的。

偶而，有好事的人，頂著斗笠，提著柴刀，來山中尋幾枝春筍回去。那時候，蛇很多的，綠粼粼地盪在竹枝上，稍一眼花，眞要當成嫩竹綽約的呢！風一過，竹葉是「梭梭」地起濤，蛇族們是「滋滋絲絲」地協奏，眞像管絃！因而，山下的孩子們，雖有愛打野果的，但也少到這兒來，怪荒涼的！

十五年前砍下第一根竹子的地方被埋進了第一根柱子。山石「哐啷」地碎著，參天老竹「咿歪」地睡著；日依舊昇著，月依舊西沉。第一聲鳥鳴啼出了清晨，這已是十五年後的大雄寶殿。

不祇山下的孩子們，連更遠的善男子善女人，他們也專程而來，不是來尋筍，來聽竹，而是三步一拜「南無本師釋迦牟尼佛」，朝著心靈的淨土。

如今，我尋著山路而走，深邃的溪澗兩旁，還留著鬱鬱的古竹，在山嵐裏，有的如虔誠的信徒，參天而拜；有的如觀世音菩薩，俯首垂聽一切衆生……。肥嘟嘟的嫩筍迸地而生，一日日地抽壯，在空谷溪聲的回音裏，交付了成長的聲音。

竹，長成了一節節的立姿，也應是記載了一節節開山闢境的傳奇，我極力欲觸出竹管所見證的辛苦歲月，但我掌上儘是一逕的溜滑感覺；我希望探看地上凝固的斑斑血汗，但那血汗已滲入春泥更護花，只留著一條條平坦的道路，供後人在此閒步、在此靜思、在此嬉笑……。

但，當我閉目，聽風起濤，彷彿一波一波的浪，湧動著一年又一年的艱辛，流入於我的呼吸與胸臆之中，為此，我不禁微溼……。

再細細聽，竹濤不再是竹濤，而是遠遠近近的聲聲梵唱。

簡媜：有情石（節錄）

紅磚石

紅磚，給我安全與溫暖的聯想，因為我的家，就是用紅磚一塊一塊地疊起來的。

那年，爸爸請人在後院的空地上加蓋幾間屋子。卡車把紅磚載在大馬路旁，我們得用手拉車去運回來。我雖然年紀小，也愛湊熱鬧，捲著褲管，跟在大人後面猛跑，彷彿沒了我，這天大的事情就做不成一般。那時，一塊紅磚，對我而言，簡直是又大又重，但我還是緊緊地用兩隻小手抱給爸爸。他偶而的幾句讚美，我就有無限的光榮及雀躍不止的參予感，於是，喜滋滋地再去抱一塊。那時候路上的兩溝手拉車痕陷得十分厲害，磚車一拉過，便顛簸得左右搖擺，我也和大人們一起吆喝著使出全身的氣力去推車，任憑米粒大的汗水像小雨一般地落下來。有時累了，趕不上大人的脚步，他們便會叫我坐在車上，一路顛簸著回家。我兩隻小手總牢牢地按著磚塊不放，深怕它掉下來碎了。那幾日，搬磚、洗磚是我每天的大事。眼看自己洗過的磚塊被蓋房子的師傅一塊一塊地疊成屋子，那股興奮的勁兒，至今仍是難忘的。因為對紅磚有過這樣親切的經驗，覺得一磚一瓦都有自己的小汗水漬，所以，再怎麼說，也是自己的家最溫暖、最可愛的了。

如今，十多個年頭過去了，爸爸也去世。當初幫著爸爸粉刷的牆，在歲月的侵蝕下，隱隱地露出磚塊的暗紅。獨自撫摸著斑剝的牆壁，那股早已灌注在血脈裏對於紅磚的認同，自心深處洶湧而至。環視著四周老舊的牆，一股强烈的情感震撼著我；紅磚，疊出了家的堅固，而我，要用最熱烈的顏色，再次粉刷出家的溫暖，如我的爸爸一般。

洗衣石

只要是一條清澈活潑的河，河岸上總不乏有幾塊粗平的大石頭。你猜是用來做什麼的？如果你在鄉下住過，你一定不難猜到。是用來洗衣服的，對吧?!

小河總愛曲折地拐了老大的彎，從上游竹圍人家的門前溜過，再穿到中游誰家的菜園子借個路。最後，嘩啦啦地向下游人家打聲招呼，便不知去向了。我們家那條河，就是這樣可愛，總有活蹦蹦的水從早流到晚。所以，左鄰右舍們，情願擱著抽水馬達或自己的井不用，彷彿都立了契約似地，一大早就一臉盆一水桶的衣服直往河邊端，後面還跟著兩三個拎洗衣粉、拿刷子肥皂的小丫頭呢！那簡直是朝會！各人佔了一塊石頭，便浸的浸、搓的搓，開朗的笑聲一下子就把晨霧撞散了。有時上游的人拉直喉嚨往下游喊，下游的村婦們便你一句我一句地回她們，又簡直是廣播電臺嘛！我和妹妹，那陣子也迷上到河邊洗衣。倒不是河水多乾淨，主要是湊那份熱鬧。有時去得晚，大石頭全被她們佔光了，我們也捨不得走，蹲在河邊支著頭，聽她們一會兒高聲喊，一會兒嘩啦啦地笑，一會兒又緊張兮兮地湊著耳朵在竊竊私語，彷彿怕小河把她們的聲浪衝到下游去，被下游的村婦們撈到了一般。等到有了空位，我和妹妹便加入她們的行列，一面搓衣服，一面聽河邊消息，好不快活！

那時，我和妹妹有個協定，我洗上衣，她洗褲子。每每比賽誰先洗完，輸了就得晾衣服。我都想辦法勾引她講話，趁她嘰哩呱啦的時候，悶不吭聲地拼命洗。有時被她識破了陰謀，她便瞪大眼，歪著嘴巴，罵一聲：「小人!!」然後兩三下就把一條褲子洗完。我不服氣，從桶子裏把褲子拉出來，翻給她看：「這就叫乾淨了?」她也不服氣，拉出來上衣，指給我看：「這也叫乾淨了?」最後，還是不比賽，慢慢搓慢慢揉比較舒服。但是爭執還是難免的，碰到被單之類分不清楚上下時，便不知道該誰洗了。

「這是你的。」她推給我。

「什麼我的?!腳就不用蓋呀?」

「上半身蓋得比較多，是妳的。」

「誰說的?腳比較長，腳蓋得比較多。」

「亂講，我比給妳看!!」她眞箇站起來，張開拇指與食指，從頭量到腰，再從腰量到腳，發現是該我洗的沒錯。以後有被單，就全歸我洗了。

雖然如此，那時，能一大早到河邊石頭上洗衣，便是了不得的享受哩！

河畢竟會乾旱的，大家也不到那兒洗衣了。只有看見誰家竹竿上晾起衣服，才曉得誰家媳婦洗得最早。有次我和妹妹打河邊經過，順便在半枯的河裏洗脚。我問她，那陣子洗衣服，有沒有發現我出了一點小紕漏？她搖搖頭，我抿著嘴打從心底笑起。我要她猜，她猜不著，我告訴她：「我啊——把阿媽上街用的那條大紅花巾給洗走了——」她恍然大悟：「好啊，原來是妳——」我噓著嘴，和她笑個不停。暖和和的陽光下，再次揚起水波，那閃爍的水花在乾裂的石頭上躍起，雙手摩搓著石頭；一陣陣沙沙的聲音，彷彿是石頭在說：嘿！我老早就瞧見了哩！

石明

這種石頭很奇怪，畫在水泥地上會有顏色，大多是黃的，所以我們小孩子便叫它「石明」。那時，幾乎每個人都將它當成寶。從門前小路一直撿到大馬路，裝得滿褲袋、滿口袋，手裏還捧了一大把，回到家裏，統統倒在牆角，又一溜煙地去撿了，還好整條路不是這種石頭舖的，不然也會蠻勁地把小路拖回家的。

我記得很小的時候，家門前剛舖了水泥曬穀場。爸媽雖然告誡不能踩，但我看到小鷄小鴨悠閒地在上面濶步，便也好奇地下去踩看看。踩了不要緊，又不曉得哪兒來的靈感，摸出一塊「石明」，便跪著開始作畫。那簡直是我有記憶以來最大手筆的一幅創作，海濶天空地，從東畫到西，從西畫到南北。雖然自己也看不懂在畫啥，只曉得愈畫興頭愈高。直到爸媽回來，一看，不得了，臉色大變，媽拎著我撳在膝上猛打屁股，全不理會我哭得死去活來。現在曬穀場早已硬幫幫的了，如果仔細找，除了幾隻鷄爪鴨脚之外，搞不好還有一個半個我的脚印和畫痕呢！

這麼恐怖的繪畫經驗並沒有嚇壞我，看見雨水一來，把場子洗得乾淨，曉得就算場子全畫滿了，也有老天爺來洗，於是搬出一大堆「石明」，鮮黃的、鵝黃的，還有黃裏帶點橘的，全用上了，年齡稍大時，愛畫布袋戲裏的人物，一羣小毛頭，蹲下來便畫到天昏地暗才休手，後來，看了幾本童話，又開始畫公主、王子，小腦袋裏，總想像公主是如何地美麗，王子是如何地英俊，王子又是何等地愛著公主……，想到心花怒放時，一發神經，便捏著石頭，把公主、王子的小手全牽在一塊兒啦！這大概是我最早年齡的憧憬愛情了。

家裏一發現牆角邊推著石頭，罵幾聲，便全部掃出去，遇到這種情形，是最肝腸寸斷的了，嚎啕大哭不打緊，還死賴在地上不起來，除非告訴我扔在哪邊，自己才止住哭從地上翻起身，兩隻脚啪啦啪啦地趕緊去撿，深怕被別人先奪了，那時，愛這些石頭愛得要死，抱了一大堆，蹲在水井旁邊又是刷又是磨，把磨刀石上的沙質幾乎要磨光了，媽媽提著菜刀要來磨，發現厚厚黃黃的石粉泥，刀子一過，就刮起一層，免不了又是一頓掀屋頂的罵。我可全不理會，照樣把「石明」磨得圓圓滑滑地，擱在抽屜，有事無事，就欣賞一番。

雨天時出不去，蹲在家裏堆穀子的那間房畫。有時，竈裏燒木炭，黑黑一塊，以爲也是黑石頭，拿了好些塊，裏裏外外畫個痛快，黑嘛嘛東一團西一團，被鄰居阿婆看到了，拉直喉嚨嚷個不停：「夭壽！」這回是阿媽趕出來，隨手竹竿一抽，追著我滿場子要打。嚇得我以後乖乖只敢用黃石頭來畫。唉！良心說，有哪個畫家像我一般，畫畫還得挨皮肉呢?!

上了高中，有次畫素描，同學問我：「畫得不錯嘛，有沒有學過畫?」我說：「阮甲沒那好命咧——」話說完，突然想起那堆寶貝石頭，馬上改個口，神秘兮兮地告訴她：「不過——這玩意兒，我早八百年前就玩過啦!」說嘛，這堆小石頭，可不就是我的老師?!

林清玄：少年遊（節錄）

英雄繫馬，壯士磨劍

夏天，天總是喜歡下雨，而我總是不愛撐傘，任身子淋得濕淋淋，也不喜歡擦拭，也許我獨愛那種涼涼的貼切，也許，我是讓它淋著心裏的苦澀吧。

從那條幽幽的長巷走回來，圍牆裏的建築工人喜愛快樂地吹口哨，不成曲不成調底舒泰的吹著，在雨中竟吹成一路的淒迷，把夏日的雨日也吹得像是深秋的那種樣子，一絲絲穿雨而過。那原是流行著的低俗的曲子，却在高空尖銳地廻著旋著，我抬眼望，只看見他們模糊的身影正砌著一塊一塊的磚頭，想望也望不清楚什麼。

有幾次，我藉靠路燈沿路走回家，那因爲是夜晚，只靜寂的聽見幾種蟲唱，唧唧啾啾，唧唧啾啾。我竟懷念起白日聽到的低俗口哨呢。於是我只有自已孤單單的吹著，夜色却把它割成零碎，任如何也想不起前一刻吹的是那一曲，所以我突然想起童年媽媽教我唱過的一首歌一首很好聽的調子，却怎麼也唱不出聲，倒是媽媽的影子來得清晰，伴我靜靜地走著夜路。

媽媽是最怕下雨了，她愛叮嚀我撑傘，我瞞著她將傘置在家裏，跑到溪畔去玩水，看一條水漲成一片水，我們舞成許多水花。同家又喜歡撒謊，說是忘了帶，說是出來時剛好沒有下雨，甚至抱怨那把紙傘已經那麼破舊了，因此屁股上常是一片紅雲。如今每下雨被淋到，就想到那把破舊的油紙傘，在沒有人逼著撑傘時，才深切覺到媽媽的愛。我知道家前那道小小溪水一定還流，只是不知道有多少稚子還瞞著媽媽到溪畔玩水，玩成一朵朵水花。

一直到媽媽不再叮嚀下雨打把油紙傘，而是叮嚀自己浪遊應注意的瑣務，才知道自己已然長大了。

今天雨下得很大，我走在沒有人的街中巷內，突然想起一些舊事。夜深了，我就坐在闌干上仰望天際，月亮星星都鑽出雲來，星空夜靜，餘雨未息，我知道明天一定天好，遂憶起往日愛唱的一首詩：一切都老了，一切都抹上風沙的銹，百年前英雄繫馬的地方，百年前壯士磨劍的地方，這兒我黯然地卸了鞍，歷史的鎖啊沒有鑰匙，我的行囊也沒有劍。要一個鏗鏘的夢吧，趁月色，我傳下悲戚的「將軍令」，自琴弦……。這樣我就輕輕地唱起這首歌來，心中祇想到莊嚴和悲壯。一個邊地的「殘堡」，看不到英雄繫馬看不到壯士磨劍看不到笙歌樵唱，只有一輪將西的夕陽揮灑它的殘紅，而一個卸了鞍的遊子目睹這種景象，那怕是鐵心石腸，恐怕也要黯然吧。

近來讀書，經常十分敏感，竟會不自覺就呆著，過後一想，當時眼裏一定是迷茫一片，看不清自己的河源，也不知自己的前路。那份感覺一直走入內裏走入中間，等我回顧它即刻就泛濫了，就是不回顧，也知道它細細地流過我的內裏我的中間，洗滌得一片清澈。知道自己花初葉嫩，總也經擔不起那條河流，一陣一陣地激蕩。

或許我離開此地若干年後，還是喜歡淋雨，到那裏那時，就連建築工人唱的鄭聲，也會被想成雅樂吧。

江湖夜雨十年燈

傳說中，古時候的俠士都是佩著一把劍行走江湖的。

又傳說中有一種武士，他們雖然練劍，身上却不帶劍。他們隨時都可以以一根筷子一莖稻草代劍器，甚至可以傷人致死，因此一定要佩劍才能使劍的，已經淪入第二流了。

傳說雖只是傳說，終究是有所本、不無幾分道理，因為劍術練到出神入化，劍氣斂於胸中，舉手投足間總有幾多威力，閃閃逼人，也就是「化身入劍」的境界了。

一把吳鉤劍一把七星劍一把龍鳳劍都是許多少年夢寐以求的，彷彿是一劍在手就能鋤奸去惡無往不利。我也是一個少年，也喜愛擁有一把劍，只要有把小小的劍，就會引來千古常新的遐思。或許有幾分輕狂，終究是眞切的，還有什麼比手裏拿一把劍更美妙的事？

有時候兀自在夜黑中行著，將大街走成一條條細細的小巷，那種蒼涼古樸的細緻更猛然昇起，於是想舞劍想舞成朶朶劍花，此樣的感情一旦升起，就隨著月下的獨影一直長到遠方去，止也止不住。可是長夜將盡，發現囊中已經遺失了劍簇，任是豪氣干雲，在無人的空巷內在無聲的淒寂裏在黯淡的夜色中，即是呼雨喚雨的手揚起，最多也只是一種無效的手勢吧。

有一回也是夜黑，還夾雜沉默的細雨，走著夜路彷彿走著自己的髮自己的影子自己的情調，在自己的生命上舞躍著，才知道自己那麼劍俠那麼李白那麼無所不在。「十五好劍術，偏干諸侯；三十成文章，歷抵卿相；白雖身不滿七尺，而心雄萬夫，王公大臣許以義氣……」李白就這樣說著，他飄然的詩思也就在曠茫的氣勢裏點化出來。如果說李白的詩歌有什麼成就，他胸中那把劍所闡揚出來的氣韻，應是最主要的原因了。

每中夜撫心，看家事國事天下事風聲雨聲讀書聲，想到雨晦風急中原板蕩，一份埋在心裏最底層最無意最難以發現的情懷自顧自的洶湧起來，擊劍立誓的祖逖，血染滿江紅的岳武穆呵！如果這也是一種效法，請賜我一把劍，從延陵季子一直掛下來的那把「立信劍」。

當我回顧，十年，不斷地胸中便有一把正氣之劍，葉著自己的葉花自己的花結自己的果子！所堅執的也便是，生命成自己的生命。那種不知道藏拙的鋒芒，是不是一種揮霍呢？

我眞的不肯相信是一種痛苦，也許劍被磨鈍了，也許我是一本攤開扉頁的書，但是在苦讀書中的文字篇章時我害怕，也驚喜，由於翻過的頁中有太多的歎息才害怕，由於後來的篇章裏顯示著精彩的未知才驚喜。知道自己所走的路是一條不餒的路，微小的感觸已然難以遮掩它們的不足道。

眞的不怕我眞的不怕將自己的歷史以蒼涼的姿態展現出來，或許那樣可以成爲矚望將來，但永不忘記過去的人。可是我眞怕中夜的偶然凝竚，因爲我看到的不只是我自己，而是一葉鮮紅的秋海棠葉，以及它五千年的創痛。

當然有一天我會慶幸「這輩子總算沒有白活」，可是此時此刻多年來回憶的淒美，總教我輕輕朗誦自己喜愛自己塡的詞；想當年帶劍江湖，氣呑萬里如虎，到如今十年夜雨，醉來時響空弦！

林清玄：光之四書（節錄）

光之色

當塞尙把蘋果畫成藍色以後，大家對顏色突然開始有了奇異的視野，更不要說馬蒂斯藍色的向日葵，畢卡索鮮紅色的人體，夏卡爾綠色的臉了。

藝術家們都在追求絕對的眞實，其實這種絕對往往不是一種常態。

我是眞正見過藍色蘋果的人。有一次去參加朋友的舞會，舞會不免有些水果點心，我發現就在我坐的位子旁邊一個擺設得精美的果盤，中間有幾只梨山的青蘋果，蘋果之上一個色紙包紮的藍燈，一束光正好打在蘋果上，那蘋果的藍色正是塞尙畫布上的色澤。那種感動竟使我微微的顫抖起來，想起詩人里爾克稱讚塞尙的畫：「是法國式的雅致與德國式的熱情之平衡。」

………………………………

然後，燈光變了，是一支快速度的舞，七彩的光在屋內旋轉，打在果盤上，所有的水果頓時成爲七彩的斑點流動。我擡頭看到舞會男女，每個人臉上的膚色隱去，都是霓虹燈一樣，只是一些活動的碎點，像極了秀拉用細點的描繪。當刻，我不僅理解了馬蒂斯、畢卡索、夏卡爾種種，甚至看見了除去陽光以外的眞實。

在陽光下，所有的事物自有它的顏色，當陽光隱去，在黑暗裏，事物全失去了顏色。設若我們換了燈，同樣是燈，燈泡與日光燈會使色澤不同，卽使同是燈泡，百燭與十燭間相去甚巨，不要說是一枝蠟燭了。我們時常說在黑夜的月光與燭光下就有了氣氛，那是我們多出一種想像的空間，少去了逼人的現實，卽使在陽光豔照的天氣，我們突然走進樹林，枝葉掩映，點點絲絲，氣氛彷彿濾過，就圍繞了周邊。什麼才是氣氛呢？因爲不眞實，才有氣有氛，令人迷惑。或者說除去直接無情的眞實，留下迂迴間接的眞實，那就是一般人口裏的氣氛了。

……………………………………

這樣一想，陽光確實是無情，它讓我們無所隱藏，它的無情在於它的無色，也在於它的永恆，又在於它的自然。不管人世有多少滄桑，陽光總不改變它的顏色，所以彷彿也不值得歌頌了。熟知中國文學的人應該發現，中國詩人詞家少有寫陽光下的心情，他們寫到的陽光盡是日暮（天寒翠袖薄，日暮依修竹），盡是黃昏（月上柳梢頭，人約黃昏後），盡是落日（大漠孤煙直，長河落日圓），盡是夕陽（去年天氣舊亭臺，夕陽西下幾時回），盡是斜陽（斜陽外，寒鴉數點，流水繞孤村）盡是落照（家住蒼煙落照間，絲毫塵事不相關）……陽光的無所不在，無地不照，反而只有離去時最後的照影，才能勾起藝術家詩人的靈感，想起來眞是奇怪的事。

有陽光的天色，是給人工作的，不是給人藝術的，不是給人聯想和憂思的。有陽光的藝術不是詩人詞家的，是畫家的專利，中國一部藝術史大部分寫著陽光，西方的藝術史也是亮燦照耀，到印象派的時候更是光影輝煌，只是現代藝術家似乎不滿意這樣，他們有意無意的改變光的顏色。抽象自不必說了，寫實，也不要俗人都看得見的顏色，而要透過畫家的眼睛，他們說這是「超脫」，這是「眞實」，這是「愛怎麼畫就怎麼畫才是創作」。

我常說藝術家是上帝的錯誤設計，因爲他們要在陽光的永恆下，另外做自己的永恆，以爲這樣就成爲永恆的主宰。藝術背叛了陽光的原色，生活也是如此。我們的黑夜愈來愈長，我們的屋子益來益密，誰還在乎有沒有陽光呢？現在我如果批評塞倘的藍蘋果，一定引來一陣亂棒，就像齊白石若畫了藍色的柿子也會挨罵一樣；其實前後還不過是百年的時間，一百年，就讓現代人相信沒有陽光，日子一樣自在；讓現代人相信藝術家的眞實勝過陽光的眞實。

陽光本色的失落是現代人最可悲的一種，許多人不知道在陽光下，稻子可以綠成如何，天可以藍到什麼程度，玫瑰花可以紅到透明，那是因爲過去在陽光下工作的佔人類的大部分，現在變成小部分了；卽使是在有光的日子，推窗究竟看的是什麼顏色呢？

光之香

……那年輕的農夫領著我走到稻埕中間，伸手抓起一把向陽一面的穀子，叫我用力的嗅，那時稻子成熟的香氣整個撲進我的胸腔；然後，他抓起一把向陰的埋在內部的穀子讓我嗅，却是沒有香味了。這個實驗我深深的吃驚，感覺到陽光的神奇，究竟爲什麼只有曬到陽光的穀子才有香味呢？年輕的農夫說他也不知道，是偶然在翻稻穀曬太陽時發現的，那時他還是大學學生，暑假偶爾幫忙農作，想像著都市裏多采多姿的生活，自從曬穀時發現了陽光的香味，竟使他下決心要留在家鄉。我們坐在稻埕邊，漫無邊際的談起陽光的香味來，然後我幾乎聞到了幼時剛曬乾的衣服上的味道，新曬的棉被、新曬的書畫，光的香氣就那樣淡淡的從童年中流泄出來。自從有了烘乾機，那種衣香就消失在記憶裏，從未想過竟是陽光的關係。

農夫自有他的哲學，他說：「你們都市人可不要小看陽光，有陽光的時候，空氣的味道都是不同的。就說花香好了，你有沒有分辨過陽光下的花與屋裏的花，香氣不同呢？」……………………………

光之味

……有一次一位漁民請我吃飯，桌子上就有兩盤魷魚，一盤是新鮮的剛從海裏捕到的魷魚，一盤是陽光曬乾以後，用水泡發，再拿來煮的。漁民告訴我，魷魚不同於其他的魚，其他的魚當然是新鮮最好，鱿魚則非經過陽光烤炙，不會顯出牠的味道來。我仔細的吃起鱿魚，發現新鮮雖脆，却不像曬乾的那樣有味、有勁，爲什麼這樣，眞是沒什麼道理。難道陽光眞有那樣大的力量嗎？

……………………………………

對鱿魚、魚翅、烏魚子、筍乾等等，陽光的功能不僅讓它乾燥、耐於久藏，也彷若穿透它，把氣味凝聚起來，使它發散不同的味道。我們走入南貨行裏所聞到的乾貨聚集的味道，我們走進中藥舖子撲鼻而來的草香藥香，在從前，無一不是經由陽光的凝結。現在有毋需陽光的乾燥方法，據說味道也不如從前了。一位老中醫師向我描述從前「當歸」的味道，說如今怎樣熬煉也不如昔日，我沒有吃過舊日當歸，不知其味，但這樣說，讓我感覺現今的陽光也不像古時有味了。

不久前，我到一個產製茶葉的地方，茶農對我說，好天氣採摘的茶葉與陰天採摘的，烘培出來的茶就是不同；同是一株茶，春茶與多茶也全然兩樣；則似乎一天與一天的陽光味覺不同，一季與一季的陽光更天差地別了，而它的先決條件，就是要具備一隻敏感的舌頭。不管在什麼時代，總有一些人具備好的舌頭能辨別陽光的壯烈與陰柔——陽光那時刻像是一碟精心調製的小菜，差一些些，在食家的口中已自有高下了。

這樣想，使我悲哀，因爲盤中的陽光之味在時代的進程中似乎日漸清淡起來。

光之觸

……在埃及八天的旅行，我在亞斯文旅店洗浴時，發現皮膚一層一層的凋落，如同乾去的黃葉。埃及經驗使我眞實感受到陽光的威力，它不只是燒炙著人，甚至是刺痛、鞭打、揉搓著人的肌膚，陽光熱烘烘的把我推進一個不可迴避的地方，每一秒的照射都能眞實的感應。

後來到了希臘，在愛琴海濱，陽光也從埃及那種磅礡波瀾裏進入一個細緻的形式，雖然同樣強烈的包圍著我們。海風一吹，陽光在四周洶湧，有浪大與浪小的時候，我感覺希臘的陽光像水一樣推湧著，好像手指的按摩。

再來是義大利，陽光像極文藝復興時代米開蘭基羅的雕像，開朗、強壯，但給人一種美學的感應，那時陽光是輕拍著人的一雙手，讓我們面對藝術時眞切的清醒著。

到了中歐諸國，陽光簡直成爲慈和溫柔的懷抱，擁抱著我們。我感到相當的驚異，因爲同是八月盛暑，陽光竟有著種種變化的觸覺：或狂野、或壯朗、或溫和、或柔膩，變化萬千，加以歐洲空氣的乾燥，更觸覺到陽光直接的照射。

那種觸覺簡直不只是肌膚的，也是心靈的。

……………………………………

冬天的時候，我坐在陽臺上曬太陽，同一個下午的太陽，我們能感覺到每一刻的觸覺都不一樣，有時溫暖得讓人想脫去棉衫，有時一片雲飄過，又冷得叫人戰慄。曬太陽的時候，我覺得陽光雖大，它却是活的，是宇宙大心靈的證明，我想只要眞正的面對過陽光，人就不會覺得自己是神，是萬物之主宰。

只要曬過太陽，也會知道，冬天裏的陽光是向著我們，但走遠了，夏天則又逼近，不管什麼時刻，我們都觸及了它的存在。

記得梭羅在華爾騰湖畔，清晨吸到新鮮空氣，希望將那空氣用瓶子裝起，賣給那些遲起的人。我在曬太陽時則想，是不是有一種瓶子可以裝滿陽光，賣給那些沒有曬過太陽的人呢？……

——民國七十三年一月六日

五、參考書篇

白雪少年　林清玄　九歌

水問　簡　媜　洪範

月娘照眠床　簡　媜　洪範

陸　新釀式散文

一、特　色

文學創作依題材而分的兩大線路：一是「寫實」，一是「超現實」。就範圍言，超現實遠遠大於寫實，寫實題材只使用了人類現實生活一面；而超現實題材却有四個面：超向未來的新鮮之瞻望（如科幻文學），超向過去的借屍返魂，超向想像天地的造境設計（如童話、寓言等一切造境文學），以及超向茫昧而不可知的幽冥世界。由寫實與超現實的幅度比較可知，創作素材絕不能拘執於寫實一隅，必應善用進入廣大的超現實天地，以求題材廣度的擴展與鮮活恣放。

新釀式散文，題材使用採取超現實大向中的第二主線，使用過去的素材，以之與現代人的心態生活相互連結，產生比較，以及比較之後的調適功能。是借屍返魂，是舊瓶新釀，在舊素材中顯示現代意義，發揮它改裝之後調適人性人生的效應。

人性之中，對於形而上神秘的追尋是永恆的，現代人走著的正是死者過去的轍跡，因此，人類絕難避免回顧。再就另一意義來說，基於人生的不全性，物質與精神兩項的充盈常是不可得兼，物質豐裕而精神虛無，物質貧乏反而精神充盈。在物質文明高速發展豐裕的現代，人類的精神嚴重空虛，漂泊無依，超現實的新釀式正是彌補缺漏，糾改導正的良劑。使用神話素材以剖現人類的原型，使用舊材以與現代連結比較，作用在以過往的素樸堅苦，促使現代人驚心調適，凝聚散漫精神而重新出發。

新釀式散文，通過讀者潛意識原型記憶的引發，提供死者、舊事以之與現代讀者比較，引起讀者的省思，洗刷精神，進入更新層次。由於題材線路的特殊，它對於現代人謀求調適的效應是十分鮮明而且龐沛的。

二、表現重點分析

㈠有直敍神話傳說而加之以現代感受爲詮釋者；亦有變型，只取其意其事而一任作者恣放想像表現者。

㈡基於人性編織夢幻以謀求平衡的常態，這一種風貌存在發展的基因是由於「神話是民族的夢」的需要。

㈢題材呈現，至今古比較之後，讀者的得失感受是：可有爲物質進展豐裕便利的欣慰；同時也有得失互見，在歷史進展之中，人類精神生活反不如前的驚心。從而認知到物質不如精神，文化更重於文明。遂能有向民族精神文化回歸共識的建立。

㈣回顧的效應是民族尋根的作用，由神話的傳說的溫故認知到民族的原型記憶，通過溫馨或是蒼涼的感受，均有助於民族精神的強化。

㈤前瞻的效應是保留表現了傳統與鄉土，具備有類似鄉土文學「禮失而求諸野」的效用，激引讀者對傳統與鄉土的回顧省思，用以來調適現代人的生活心態，使能自現實虛妄之中提昇回歸素樸純眞，或者減低、減緩它陷溺的深度與速度。

㈥最重表現關鍵——情的充盈——，或溫暖或激越或蒼涼或蕩氣廻腸，通過人與事的敘寫，要求收到情感震撼的效果。

㈦必然的線路是由情及理。迄至結尾時，因人因事而生的情已經在不說明什麼的情形之下，自然地傳達了理念。所以，它理念的表白只是淡淡的描畫或是在裊然餘味中留供讀者自去尋索。

㈧表現講究新舊手法之交溶。

㈨意識流與敘寫相間使用。

㈩因屬於超現實範疇，題材不受拘限，不避免現代詞語、名物的使用。

三、作家作品例舉分析

奚淞：夸父追日（節錄）

1.文例：

——夸父不量力，欲追日景……

——山海經大荒北經

和太陽互相凝望了一會，他突然明白他爲什麼要從北方的黑山行走過來了。

你這發光的小東西啊，是你讓我從悠長的睡眠中醒轉來的罷?!你以爲你跑得遠，飛得高，不信我可以追上你嚒?

於是他開始跑起來，越跑越快，不知不覺脫離了北方的故居。他驚異地發現景色改變了，氣候也暖和起來。原來在那引誘他的太陽光線裏還藏有這麼可寶貴的熱，這熱使他感覺到自己的血脈彷彿冰河解凍，漸漸流暢起來。

因此他跑得更起勁，在奔躍中他的身體越發巨大了。他的影子有時一剎間遮暗了山頭，或是突然飛掠過寬廣的水流，使江河中的魚族都驚跳出水面。

搖蕩那頭，讓長手劃開大氣裏的雲煙，也無妨一腳壓倒大片的樹林，踢碎礙事的山石。在那樣不平凡的飛奔中，他完全忘記了過去的寒冷、黑暗、散淡和悠長的生活。全世界只存在於他每一次的騰躍、每一次的飛撲之中。那旺盛的精力以前是禁錮在體內的，如今像傾倒了缸，迸散的水。他一身都是銀亮的汗珠，順流下赤裸的胸膛，滴落留在他長途跑過的土地上。

他眼中的太陽由蒼白變成鵝黃，由鵝黃至於橙紅。最後他看見太陽原來是一個巨大的火球，燃燒在澄藍無盡的天頂，太陽近了。

那熱將他的額和胸烤炙得通紅，那光明使他格外歡喜癲狂，他要撲進那熱裏去，他要追上那運行的太陽……。

崦嵫日所入山也，下有蒙水，中有虞淵。

——離騷王逸註

眼見那火球漸墜往西邊去了，那是西極承接落日的崦嵫山。夸父跑著、跑著，接近了大地的西邊盡頭。當太陽接觸到崦嵫山時，頓時迸散出萬道霞光，把山巒染上黃金輪廓，使大地山川明晃莊嚴一如殿堂。近了，十分迫近了，彷彿只要夸父伸出他的長手，就可以掌握那無限的光明。

然而夸父卻踉蹌著慢了下來，頭髮散亂如蓬，面孔紅得像中了烈酒的醉漢。他搖晃不定的身體勉強以手杖撐持著，在長途的奔躍中他已流盡了汗、耗盡了力。

太陽已在眼前了，夸父將手杖深深插入山石中，想憑藉那手杖的撐助，再往前一步。他全力傾側了身子，伸手向更遠處，那沉重力竭的軀體卻轟然連帶著滾動山石倒落在大地上。

夸父渴欲得飲，飲於河渭，河渭不足，北飲大澤，未至，道渴而死。

——海外北經

他倒下的方向，恰好使他曬得乾裂的唇觸到了冰涼的黃河水，那樣的大渴使他一口氣吸吮乾了整川蜿蜒的黃河。轉翻過火熱焦乾的胸背，他又順勢飲乾了渭水。

可有更豐沛的水澤可以解夸父的大渴嗎？

夸父來自寒冷的幽冥之北，為了追逐太陽倒在大地的西角。他躺在那兒，沸騰的血脈平息了，當太陽一寸一寸沒入崦嵫山時，他面容彷彿仍帶著一份傻笑，凝望沒入黑暗最後的一線光，像一個永不饜足的孩子。

……夸父棄其杖，化為鄧林。

——海外北經

2. **分析**：以古典神話成份與創作作錯綜表現。

(1)追上發光的小東西，是爲企求超越、突破、建樹、永無休止的人性本原與人生之旨，也就是驅迫由冷暗行向暖明的原動之力。

顯示人類生命動力較能充分（不是絕對充分，因爲人的潛能無可估量）揮發之後的一分恣放、肯定與欣喜。類同於海鷗岳納珊的突破。

他要撲進那熱裏去，他要追上那運行的太陽……顯示生命動力的揮發是情、熱、智、力的運作。

⑵夸父的力竭傾倒，表徵兩項：一是人與自然的爭鬪永無止境，兩項的結果，人的必然敗蹶是先天的，因爲所有的人，存在的時間必然有限。

⑶可能更豐沛的水澤可以解夸父的大渴嗎？大渴卽是人類永無饜足的追尋突破的渴欲：本段的尾句——永不饜足——補充說明了這種人性中的尊貴。

⑷由手杖、桃實的存在，印證了雖然人類存在的時間有限，而與自然爭，與一己爭的歷程無限，但每一個人一生所做的努力，無不就是奠矗人類文化文明進展的片瓦拳石，知其可爲而爲，知其不可爲而爲，人生應無不可爲，人類生活的意義與價値在此，不僅是爲了向一己交代，更爲了全人類的前途福祉。

顯示主題意識的另一角度：死亡是個體的結束也是另一個（或一些）生命的開始，同時薪盡火傳又說明具象死寂之後抽象的影響之力仍存。這一種生死同衾的人生原型，代表了人生日形循環回歸之理，一如自然循環運行的規律一般。

四、作品例擧

王孝廉：漂與誓（節錄）

每年春天的津輕海峽，雁羣過後，海面上總是漂浮著很多小木枝，這些小木枝表示著去年由此渡海南飛的雁，今年沒有隨著雁羣回來；不歸的雁，或許是中途離散了，或許是被獵人打死了，總之是再也不會回來的了。海面上漂著的每一根小木枝都是一隻去年來過的雁，當地的人到海邊去把這些小木枝撈起來，集起來用做燒洗澡水的燃料，爲的是焚化這些小枝以安息那些不歸之雁的亡魂，這就是「雁風呂」的傳說。

雁風呂的傳說是古時日本津輕半島上的居民見雁羣棲息在海上，身體看起來很輕而附會產生的傳說吧？雖然雁羣南飛口中啣枝的事是空想的，但也十分悽愴動人，每年三月津輕海峽上漂著來自北方的小木枝，這些小木枝是比較耐燒的，當地的人在每年三月的時候，經過了一個閉門不出的冬天，當他們聽到三月雁鳴的時候，就紛紛地出來撿撈海面上的木枝，因爲這種生活的事實，而有雁風呂的傳說。是三月的歸雁使他們知道春天來了，因此當他們到海邊撈木枝的時候，自然就想到了不歸的雁，在這個傳說的背後，也深含著津輕半島上居民的淒苦生活的痕跡。

在中國東方的海面上，每年三月春來的時候，海面上也漂浮著來自北方的木枝，遠古的時代，中國人對這些漂著的木枝就做了神話的解釋，他們說這些漂在海面上的小木枝是一個葬身海底的多情少女的亡魂所化的鳥，從西山啣來用以塡海的木枝，這個少女就是炎帝的最小的女兒女娃，女娃也是神話中化爲巫山之雲的神女瑤姬的妹妹。

一隻海燕，從遙遠的西山口啣一枝木枝，投向波濤洶湧的東海，要想填平大海，是多麼感人的悲劇，精衞填海的神話，超越了時間與空間而呈現一種永恆地動態的存在，不管是什麼時候，在海邊的中國人，當他們看到漂浮在東海上的小木枝，當他們看到掠過海面而去的海鳥，他們都會想起這個古老的神話。

在中國神話中，一種悲劇性的叛逆精神曾經給後世無數辛勞役役的中國民衆，帶來無限的希望與信心，明知道追逐太陽的終點是一片日落後的黑暗，却仍有渴死于道的夸父；明知道對方是君臨大地的人間之王，却也有常羊山下，斷頭之後以兩乳爲眼，以肚臍爲口，繼續舞干戚而戰的刑天；明知道太行王屋兩山巍峨險峻，却也有率妻帶子移山的愚公……

如果說神秘而不可知的命運或橫在眼前的現實環境是有如波濤洶湧的東海之水，那麼啣西山之木而填海的精衞象徵著一份在信心與執著之下的叛逆與反抗，這個神話的人文意義不在東海能否被填滿，而在精衞持久不懈的努力過程。晉代陶淵明在他的讀山海經詩中說「精衞銜微木，將以填滄海」就是說明了這種悲劇性的努力過程。

也許同是來自北方而漂浮在海面上的木枝，津輕半島上的古代日本人認爲是不歸的雁魂，生活淒苦的農民們撿回去做爲「風呂」的燃料是焚化以祭不歸的雁，「雁風呂」的傳說表現出一種日本民族的詩意與美麗的哀愁，是對一種無可奈何的悲劇而產生的妥協性的嘆息與悼念。古代的中國人由這些漂浮在東海的木枝而想到含寃而死的女娃和填海的精衞，是在一個悲劇以及痛苦的現實下所建立的一種具有無限信心的反抗，在他們的努力過程中，他們一定相信，與其去哀悼那些溺海而死的人間少女，不如更積極地銜木石以塡平東海。在這兩個不同的傳說和神話的深層裏，似乎也可以看出兩個民族之間的思想不同的痕跡吧！

五、參考書篇

花與花神　王孝廉　洪範
彼岸　王　璇　洪範
船過水無痕　王　璇　洪範

柒　靜觀體散文

一、特色

創作原理是出於亞里士多德（Aristote B.C. 384-B.C. 322）在《詩學》（*The poetics*）中所述的悲劇定義：

「悲劇是一種動作的模仿，嚴肅、完整，具有一定的格局，其文字之美麗，運用各種詞藻，透入劇中的各部分（即對話用詩，歌隊的合唱曲用歌），其體裁不是敍述式，而是動作式，由其所演出的憐憫與恐怖，使這種情緒，得到正當的發洩。」

根據上述定義，靜觀體散文的表現在要求引發讀者的憐憫與恐怖。由憐憫而惘然引發良知的運作；由恐怖情緒的引起，通過被虐快感，昇華爲比較之後，自我調適的美感。

所謂「萬物靜觀皆自得」，這一種散文命名的意義在於，提供靜心觀察事物自有所得的歷程，稍同於連綴體散文，符合「格物」、「致知」之理。此外它特別強調「靜觀」，要求使用自然主義文學創作的手法，以冷靜客觀的心志來統馭進行創作，只以事件構築天地，使讀者自行進入，避免表現作者自我的情緒主觀，也不加引導暗示，要求讀者自然感染，引發良知。冷的是它要求絕對冷靜偏向自然主義的手法，但歸結顯示的主題意識，仍然回歸到它痌瘝在抱，悲憫人生的熾烈的熱心。這是以「外冷」爲包裝的創作藝術，雖是有報導文學的質料，但較報導文學更爲豐美深刻。

二、表現重點分析

㈠新開發的散文線路：類似報導文學，由寫實事件的敍寫；或是使用超現實手法，作者自行構架想像天地以表現之。萬物靜觀皆自得，這裏的要求是比客觀更進一步的靜觀。

㈡常是設計由另一角度來看事件，或是將現實情況推回到原始。切開虛美假象之下的僞詐邪惡。但常避開正面只顯示問題而避免提出主觀或解決。

㈢基於人性，以事件的哀婉引發讀者悲憫良知。

㈣基於人性，設計多用貧窮饑餓，死亡等媒體，以喚起讀者恐怖情緒，進而產生比較平衡或轉化爲悲憫良知的萌發。

㈤素材常能顯示現實人生，具備寫實意義、反諷作用，分段常是層進性。

(六)部分使用自然主義手法，冷靜切剖醜暗素材，不加主觀引導說明，自然激動讀者。

(七)使用對比：新與舊、今與昔，純眞與虛假，貧與富……渲染形成感覺之强烈。

(八)必須有事件，由事沿情及理。常用第三人稱。

(九)注重修辭之新力以加强感受。尤其多用象徵。

(十)反諷明顯，有似寓言體美學效應，旨在提昇人性，調適人生。

三、作家作品例舉分析

曉風：癲者（節錄）

1. 文　例：

癲者站在嬰兒室的玻璃窗前，他的鼻子貼在冷冷的玻璃上，他的臉孔因而平板得像一張拙劣的畫。

「那一個是你的孩子?」護士小姐走過來親切的問。

癲者轉過身來，張開嘴，因情急而流淚了。

「沒有，」他口吃的說，「沒有什麼人是什麼人的孩子，所有的孩子都不屬於他們的父母——他們只屬於他們自己的命運。」

「你說什麼?」護士吃驚了。

「我看見他們的未來。」

「你看見什麼?」

「我看見他們將死於刀，死於槍，死於車輪，死於癌，死於苦心焦慮，死於哀毀悲慟，死於老。我看見他們的小臉被皺紋撕壞，他們的骨頭被憂苦壓傷。」

那善良的護士忽然失手，將針藥打了一地，襁褓中熟睡的嬰兒遂同聲哭了起來。

× × ×

癲者在一家百貨公司裏趑趄，立刻引起店員的懷疑。

「要買什麼?」她們大聲咆哮。

「聽說，聽說你們有一種新貨色，叫做愛情。」

「是的，那是一種洗衣機。」

癲者黯然垂首。

「沒有人將多餘的愛放在這裏寄售嗎?」

「多餘?」女店員尖聲叫了起來，「我們人人自己都缺貨呢!」

一架旋轉的黑梯把癲者送下樓，癲者覺得自己已被不斷的下沉降入地曹。

黃昏，癲者拿著一個又冷又乾的饅頭坐在路邊的椅子上啃食。

忽然，他把那無味的饅頭褫入懷中，哀哀地哭了起來。

「我多麼殘忍，」他說，「當我在咀嚼這細緻的白麵的一分鐘，不正有許多跟我一樣圓顱方趾的人，因爲連粗麥都得不著而餓死嗎？」

他就因自己奢侈的晚餐而深悔，竟至終夜無眠。

× × ×

癲者在公園的草地上午寐，有哭聲把他吵醒了，他看到兩個相咬的孩子。

「你們是一對仇敵嗎？」

「不，」他們懷著毒恨說，「我們是兄弟。」

癲者又睡去，並且再度被哭聲吵醒，他看到兩個相訴的男女。

「你們是一對仇敵嗎？」

「不，」他們懷著毒恨說，「我們是夫妻。」

癲者勉強合眼，仍然被哭聲吵醒，他看到相執的老人和青年。

「你們是一對仇敵嗎？」

「不，」他們懷著毒恨說，「我們是父子。」

癲者於是翻身而起，逃向山中。

精神病院的院長帶著繩索和從員來找癲者。

×　×　×

「我們聽說你是這城中最有名的癲狂者，我們不能讓你隨便在街上走，你跟我去治療吧！」

癲者緩緩地擡起他悲哀得令人抽心的眼睛。

「為什麼我不能在這城裏？」

「因為癲狂的人只應該跟癲狂的人在一起。」

「那麼，讓我留在街上——因為這裏全是癲狂的人。」

「你應該住院。」

「我們的城市就是病院。」

精神病院的院長一躍而上，想要綁住他，但癲者反而綁住了院長，並且把他交給從員。從員們看都不看一眼，便把胡踢亂打的院長架上車，帶他到他自己所開設的精神病院去。

2. **分析：**（依標號序）

(1)形似寓言，其實是非寓言的可見的未來，嬰兒們長大後的可能情形如此，父母既無力庇護，在不能給予保障之下，是否該想到他們不出生比出生要好。但是在人性立場延續種族是先天的生物性，在人生立場又極注重香火承祧，善盡傳承責任的意義。人類種族延續既是天職，為何竟不能謀求對新生代的保障，矛盾如此，反諷强烈。

⑵象徵意義，人類文明世界的進展。盡管人際關係越來越頻繁，但疏離感却越來越大。世界確是一天比一天更冷，人人都需要愛情的互慰的溫暖。但由於現實，吝於付出的結果，不但冷了別人，同時也冷了自己。

⑶悲憫，可以想見地球上若干地區，赤地千里，人類饑餓掙扎之苦。但在一己豐足之餘想到他人的能有幾人？

⑷人性的切剖，有如刺蝟，關係愈近愈是刺痛不和，孔夫子的話可改「惟人難養也，近之則不遜，遠之則怨」。

⑸點明了狂泉天地的眞實，城市是病院住民都是瘋子，從員不加細察，誤把胡踢亂打的院長架上車去，顯示不分是非黑白的慣性已成，難能清醒改善。

四、作品例舉

林文義：玉蘭花（節錄）

小男孩靜靜的躺在馬路中央，彷彿是在一種飽足的睡眠之中——幾分鐘前，他還是活潑靈巧的穿梭在來往如潮的大小車輛之中，向著逐漸停歇下來的車子們，乖巧而有禮的推銷他一籃杏色的玉蘭花……。而當他急促的奔向一部綠色的計程車時，紅燈剛剛轉爲綠燈，他被一輛滿載著原木的貨運卡車撞倒，並且輾壓過去。

許多人冷冷的看著小男孩躺臥在那兒，並且相互繪聲繪影的傳述著事件發生的經過，好像在說著一部悲劇電影的內容……玉蘭花有兩三朵，不經意的覆蓋在小男孩傷逝的身上，好像一種無言、哀愁的悼念。

有一個鬢髮零亂的婦人，穿著一件廉價的花布衣服，她乏力的卸下頭頂裹著碎花布的斗笠，悽惻、無助的哀嚎著，她軟弱的跪在小男孩的右側，時而以著渴求同情、援助的淚眼，環視著四周投遞過來的眼神。然後，她逐漸停歇下她時斷時續的哀泣聲，慢慢站起身來，她潸然的瞥見，散落一地的玉蘭花，她默默的逐一俯身拾起，重新整齊的放置在那隻竹製的容具裏，並且用著她粗礪的手指，仔細的將花瓣上稀微的沙粒，輕輕拂去……。

兩個警員帶著肇事的貨車司機走到婦人的前面，那個膚色蠟黃，瘦高個子的警員俯下他的臉顏，向婦人說了一些話語吧？那婦人竟然猛力的揪住那個司機的衣領，大聲的哭嚎了起來，她嘶喊著：把我的兒子還來！那司機一臉的愧疚，被那婦人揪摔得顫曳如一串鬆弛的傀儡戲偶。

妳為什麼要教這麼稚小的孩子，在馬路中央賣花？

警員用著責備而又惋惜的聲音，向著婦人埋怨的說。

為了生活啊！不然，我們吃什麼？婦人鬆開緊揪著衣領的一雙手，轉移目標的面對著那個說話的警員。

圍觀的人羣逐漸散去，這婦人的哭泣也逐漸停歇；她靜默的燒著一張一張的冥紙，銀灰色的紙燼，被風一下子就吹到很遠的地方……這些，孩子收得到嗎？她想著，並且有些兒愧疚的舉起她淚痕滿佈的臉顏，極爲悽涼的；她瞥見人行道上，一個穿戴漂亮的母親，帶著一對穿著新穎的小兒女，她正溫柔的示意孩子們坐進一部計程車裏去。

……………………………………………………

是去年的春節吧？婦人與她那死去的孩子，是沒有春節的——她們必須走入歡樂的人羣裏，去扮著笑顏，去推銷籃裏那一串一串，杏色的玉蘭花。那時，孩子僅是小學一年級生吧？矮小的個子，用著脆弱而又顯得羞怯的童音擠在電影街極端擁擠的人潮下面：阿姨，買一串花吧！阿姨……孩子的大年初一，是在一種傷感情緒中過去的。

很晚很晚才回到家裏，婦人笑吟吟的數計著紙鈔，並且以著愉悅的口吻，嘉勉著七歲，却顯得有些兒沉鬱的兒子。兒子則似乎有什麼心事，最後，兒子終於下定最後決心似的，向著他那位正專心數計著紙鈔的母親，怯怯的說著，帶著卑微的請求以及冀望。那是有關於大年初四，班上的一次遊樂園之行——婦人厲聲的斷然拒絕了。這孩子竟然固執的堅持著，七歲的孩子所顯示的抗拒性，竟令婦人深以訝異；並且運用她慣有的管教方式，結結實實的給了孩子幾記嚴厲的耳光，大年初一呢，不適於責備的日子。

春天以後，這孩子竟然變得異常的乖巧、勤奮，更令婦人訝異的是，她的孩子竟然膽敢和那些體裁粗壯、高大的賣花男女們般的，穿梭在十字路口的紅綠燈下，如甲蟲般的車輛裏，勤奮而不畏危險的逐車推銷著玉蘭花。

那孩子倒在輪下的時刻，婦人還在喧嘩擁擠的市場口忙著銷售她的花串，並且順便替她唯一的兒子，買了兩件廉價的短褲，適於小學二年級生穿著的……那麼乖巧、勤奮的孩子啊！母子倆相依爲命的過日吧，沒有男人的家。

五、參考書篇

動物園中的祈禱室　張曉風

不是望鄉　林文義

捌 手記式散文

一、特色

類同於「日記」或「札記」，表現的是人類生活中因閱讀或經歷偶然獲致的認知心得；不同的是，刪除了日記中記事、備忘等瑣碎成份，也不似札記那樣，以層次條理表現其學術性。較之日記與札記，手記或散文更要求有藝術的精美。這是因爲撰寫目的的不同：日記與札記多供自身使用；而手記或散文仍須公之於世，忮求以自得與讀者們分享，忮求能對讀者引發共鳴，進而提供調適的參考。

迄至目前，這一線路開發的形式仍如詩歌一般的精鍊，參考著以往中外名家的軌跡，如泰戈爾《漂鳥》、《園丁》集中，以精美的散文詩表現詩人對人生哲理的體認；也像王國維在《人間詞話》之中，以精鍊筆觸揭示他對文學藝術理論的自得。這種表現方式不是沒有缺失，目前顯見的已有兩項：一是單純的哲理呈現難免艱深枯淡，易使讀者望而却步；另一是短小精美另一面的先天缺失，只是如「點」的呈現，不曾把作者省思自得的歷程提供出來，未能符合足可引導讀者循行的「線」的要求，對快求獲致廣大讀者的會意共鳴言，難免不夠。

待要調整這一新開發的線路，使之連「點」成「線」，提供更爲實用的引領，更爲廣濶的視野，要求在深度具備之後更謀廣度的加强；同時，藉著形容的强化（避免敍事，保持特性，以謀不與其他方式混同），以減低哲理的艱深枯淡。以上兩項，期待著有志者來致力於此。

二、表現重點分析

㈠形式有如分段詩（散文詩）、日記。

㈡分段以數字標號，或另加子題。（與連綴體相似）

㈢理念如點，在各段中表現，各段連結形成爲一線相關的系列。卽使各段表現重點未有明晰的相關，但在貫連成篇之後，仍可有主題的指向。

㈣表現類同於哲理散文重理念，對讀者提供的想像空間稍小。

㈤避免因哲理深奧而形成的枯淡，表現就三方面力謀調適：一是精鍊，一是修飾美化，一是感性的强烈。

㈥適度使用譬喻說明，以減低散文的硬度而加强其可讀的柔性。

(七)不重起訖，甚至也不重層次。

(八)篇題有時可以說明或暗示主題，但有時只是一個不代表什麼的標號。

(九)大線指向仍屬於人性、人生的啓示與調適。

(十)不同於日記，不重記事；亦不同於讀書札記式的系統層次。

三、作家作品例舉分析

大荒：往日情懷（節錄）

1.文　例：

一、

心正迅速的俗化，甚至於能感覺到它在化，猶如站在溪裏，感覺到水的流動。我不甘心，我必須抽劍出鞘和它戰鬪，阻止它的侵凌，但我發現我的劍已經銹蝕。

四、

悲劇所以感人，是因爲我們清清楚楚看出機緣的錯誤，而劇中人竟未能避免。但我們一方面爲他的毀滅唏噓掉淚，另一方面也未嘗不私下讚嘆毀滅得深刻，沒有這些，就無法令我們盪氣廻腸。整個人生時時處處都在發生悲劇，只因牆壁遮住了，我們就相信人世是祥和的。

五、

很多人活一輩子却沒眞正生活過，富足一輩子却貧乏得可憐。生命至高的內容是智慧的閃光，德性的提升，性情的諧調，否則，所謂生命不過是個空殼。

七、

植物學家把芒果和蘋果交配成一種果實，叫吃芒果的時候嚐到蘋果，吃蘋果的時候嚐到芒果，一舉兩得。實際是芒果旣已變味，蘋果也不蘋果。像騾子，旣如驢又如馬，却非驢非馬。人類最愛逞能，强奪造化之工，有一天會自食自造的惡果。

八、

我們大多數人都在烏烟瘴氣的環境中被驅進慾望的深淵，彼此傾軋得頭破血流而略無悔意；勝者沐猴而冠，敗者抱頭鼠竄。惟有從這大戰場中抽身出來，我才是我，攬鏡而照，才看見自己本來面目，才可以與天地參。

九、

大混亂的時代，通常也是人心最淪喪的時候，於是有心人挺身而出，準備以一身熱情力挽狂瀾。思想家提供眞，宗敎家布施善，藝術家貢獻美。人人能追求眞，則可明是非，辨黑白；能追求善，則能愛人，能惡人；能追求美，則能以赤子之心，戀人之目，欣賞及讚美生命與自然的和諧。必如此，人才能不淪於工具，不墜於物。

十、

人之所以爲萬物之靈，乃是因爲人賦有超出動物的才能，會從事種植和牧畜，這種本事使人不必爲了肚子，互相殘殺而提高了地位。不幸，人好不容易提升了自己，却又重重跌落。爲了虛榮，人們在吃得飽飽的情況下，從事血流漂杵的戰爭！

十三、

時間的面貌究竟是什麼樣子呢？我越來越怕想這問題，大約因附着的對象而變易。在兒童身上是飽滿圓潤，在青少年身上是奔騰活躍，在中老年身上是遲鈍呆滯。近來我怕面對鏡子，連鬍子也懶得刮，我知道我在厭惡什麼，悲哀什麼。

十五、

傻傻的過日子，一下班就往沙發上一坐，縮在一起，當雙眼微閉，就是一陣暈眩，似乎人會被翻旋到天上去；連忙睜開眼睛，只覺渾身虛脫，一點勁也沒有。所謂死，或者還比這景況好些，這是死水，還有溼度，但已是水的屍首。

十六、

我設法從孩子眼瞳上取火，我似乎眞的沒有火了，大熱天也冷颼颼的，動一動就產生發顫的感覺。我在內心呼喊著：振作起來，不要頹唐下去！四十出頭的人就該衰老了嗎？但是，如果不衰，我又怎麼會成一副等死的情態呢？我像一隻掉盡了毛的鳥，竟一寸也不能飛了。偶而翻翻以前的作品，幾乎不相信是我寫的，我曾經那樣狂放不羈，熱情似火過嗎？有一天，一位女同事拿她年輕時的照片給我看，起初不相信是她，那樣綺年玉貌，怎麼可能變得如此臃腫俗氣呢？現在我懂了，她今日的形貌正是我今日的委頓。不能怪時間殘酷，怪只怪沒牢牢抓住時間，時間是一匹快馬，我跨過一陣子，被它顛翻了。

十七、

人生是充滿矛盾的，矛盾造成內在世界的戰鬪，殺來殺去，殺的還是自己。有什麼鋼鐵生命受得住永無休止的摧殘？所以我今日的死水狀態，必是矛盾雙方都精疲力竭之故。餘下還有什麼？休止，等時間來討債！

但是，多不甘心！就像昨晚電視影片中那人的假死，當人家釘他的棺材，在棺材蓋上掩土，他無聲地叫喊：「我沒有死，快救我！我沒有死！我還活著！」沒人聽見他的呼喊，終於被活埋了。我也清清楚楚感覺到時間的櫬夫正納我於棺，埋我以土，逼我一寸寸從人世消失！

我這個不信神的，或者會走進教堂去覓取力量，無論如何，我必須把孩子帶到可以放手的時候才向人寰撒手。

2. **分析**：（以作品標號爲序）

(1)欲振而無力，人生經歷了許多之後的乏力感（劍已銹蝕）。

(2)悲劇中人不能避免錯誤常是由於性格的命定。毀滅得深刻，顯示兩層，一是因毀滅而引發讀者的警惕，另一是悲劇英雄卽使失敗但總也攪動了人類社會使之進展。

⑶生活與生存的不同，貧乏者的生存一如人類以外的生物，甚或不如。

⑷科學進展及自然的反效果，但就科際整合的新向而言，求新求變又是基於人性，提昇人生的必需。

⑸人生「去欲」之旨，但欲卽是人的生命原動力，既是本質卽不可能袪除，惟有強化制欲功能是可行當行的。

⑹亂世常是思想、藝術產生的溫床，人常須在痛定之後思痛，一流的才人常在民生痛苦之際表現反動而具有突破性的建樹。

⑺物化人生——達爾文優勝劣敗、物競天擇的可悲。提升的同時並有罪惡墮落的反諷。

⑻白髮人老醜的可怕，可悲的這是人類絕無避免的命定。

⑼平凡空無的生活，病痛的折磨，强烈的比死都不如的感覺，結句設計鮮活。

⑽時不我與之感，忮求能再恢復年青熱力，未能及時把握時間，是爲人性中蹉跎的共性，感傷強烈。

⑾去日已多來日無幾的壓迫感，當再起的希望漸淡時，轉而想薪盡火傳，培育下一代的承祧，但善盡培育之責，也還是需要自我振作。

四、作品例舉

三月五日（史作檉　三月的哲思）（節錄）

九、

剛強的眞正來源，決不是從柔弱的相反中產生出來。相反地，它的眞正來源是光。而光的來源，是眞正的愛。而眞正的愛，便來自於痛苦與眼淚淨洗後的心靈。它是經過了成長與鍛鍊後的純眞性靈，所以我們說，剛強與童眞同源。

十、

當我們眞正在愛時，我們總是心意慌亂著，而把自身的一部分丟失在對方的存在中，然後就拼命地想在對方的存在中，尋回自身存在的眞實。

十四、

眞正的愛，一定要在一切屬於節制、德性、或超越心靈的培育中，才能獲得它完整的發揮。否則它也只不過被一些人間的思慮所侵佔，那也就全無愛的本義可言了。

十六、

假如我們眞的是拿我們整個的生命去愛，那麼我們便斷沒有不愛的道理。否則，那將對我們自體的生命來說，是一次極大的失敗與斷裂。假如說，在愛的過程裏，我們會因任何原因，而有僥倖的心理，或藉口去愛他人，而不再愛原來的人，那更是一種極大的不智。因爲我們可以愛別人，但斷不可以存僥倖。

十七、

假如我們心中是有愛的，那麼對方心中有沒有愛，我們馬上便可敏感地覺出來了。假如我們的心中完全沒有愛，那麼我們對對方心中的一切，就全不在意了。這雖是一種自然，但也是一種自私。

十八、

假如你是有眞正能力去愛人的，那麼你就不要從你所愛的人身上，去獲得愛的信心；却要從你自己整體的生命上，去獲得你去愛的信心。

十九、

愛是一個最最奇異的事物，它可以使人在失去了它眞義的表達中，弄到顚倒而瘋狂的地步。同樣地，它也可以使人在眞正獲得了它眞義的情形中，使人的整個生命開花並成熟。其中意義之種種，說是說不完的，這恐怕只有拿著他整個的生命，在這裏煎熬並鍛鍊著的人，才能眞正地瞭悟吧！

五、參考書篇

三月的哲思　史作檉　楓城

春華秋葉　大荒　采風

地糧、新糧　法、紀德

玖 小說體散文

一、特 色

通常我們所謂的「散文」，在其表現形式及結構上，不論是文章性的散文，或文學性的散文，都非常的自由。文章性的散文講求「言之有物」，在文辭及遣字意義上，盡量以表現作者的觀點及看法爲主。文學性的散文，則常常是作者在一刹那的靈感中，捕捉了情、景、事、理，而以動人的描寫，來引發讀者情感的共鳴或理智上的覺悟。它們共通的特色是結構精簡，在表現形式上展現或捕捉了某一點；甚至只是一段描寫與詮釋，在章法上並不嚴格地受到限制或要求，力求其有被欣賞的價値、產生美感。

而小說，在表現形式上就受到了某些限制，諸如情節必需不斷推展等等，其結構也遠比散文嚴謹，不論是在首尾呼應上，或情節安排、故事架構、人物關係等等，皆要求成爲一個圓滿完整的形式。尤其在時空的處理上，小說非常接近戲劇，甚至有時時空背景常常主宰著小說情境的進展。換言之，小說在表現形式上，它關切的是，作者透過文字理念及情節舖展等等，是不是可以表現出一個完整的結構；所以，在形式要求上，小說不能光只有一個點的展現，它必須要經由設計及架構，來完成一篇有情節，或有故事性，甚至帶有節奏性的完整作品。

而所謂的「小說體散文」，正是建立在這兩種形式結構中，既發揮了小說格式所提供的潛能，所展現的完整性，也同時把握了散文自由的節奏所抒發出的風格。此一新型式的散文風貌，特別是在社會結構隨著時代變遷而轉爲工商業形態，其中尤以民國五十年以後最爲興盛。基本上，由於工商社會繁忙緊張的生活步調，使得人們較諸以往更缺乏了閱讀時間，另一方面，傳統的散文形式也緣於時代變遷而不斷變革；在讀者渴望新鮮，而作者冀求創新的交互心態中，並同時爲了紓解工商社會的緊張氣氛，人們已不再正襟危坐讀小說，但又復酣迷於小說的完整形式，種種影響及交互作用之下，乃促使所謂「小說體散文」的勃興。此種既如散文行雲自然的風格，又有小說縝密設計的完整結構，所組合而成的散文新類型，正像一個時代的歌手，隨時以各種曲調曲式，譜唱著時代的歌聲。

通常小說最普遍的寫法，是採取一個戲劇方式，把人物情節帶出來，讓讀者在其中領會、浸潤。而所謂「小說體散文」，則是利用散文的描敍方式，把一些人物、事跡、地方情調等，以小說的結構表現出來。尤其因爲一九二〇至一九三〇年間盛行起來的意識流小說，使小說面目爲之一新；連帶使創作散文者，也採用了這種意到筆隨、跳接、時空交錯的意識流形式，來豐富散文的面貌。

今天寫小說的人，卽使仍舊採用戲劇式的方法，也或多或少會受到意識流一派的影響；更何況散文的創作，在形式上是如此自由與繁複，在描敍過程中無可避免的心靈活動，便常常透過意識流形式展現出來。除此之外，這種「小說體散文」在觀點應用上，經常師法美國小說家亨利・詹姆士的「一個觀點」方法；卽是所有的人物、事跡等等，都是由某一個人的眼睛看出來的，如果此人對周圍所發生的事不了解，讀者只好跟著不了解，作者並不加以說明，換言之，這種觀點卽是描寫某人主觀意識裏的客觀世界。

在「人」「景」「情」之上，並不一定就成爲小說，小說最重要的，還必需有「動作」，這種「動作」通常包涵了外界看得見的動作，及內心無形運作的動作（最明顯的就是，經由一些情境的作用，在內心中終有所「悟」，此「悟」卽爲內心無形動作的完成）。但「小說體散文」在這點「動作」的要求及形成上，就非常自由，甚至可以很少進展「動作」，或完全沒有，而呈現一篇表白式的散文或抒情散文，但在結構上仍採取小說形式。

二、表現重點分析

(一)突破散文「線」的表現，而具有小說「面」的設計架構。

㈡有小說的結構，但仍保有散文的行雲自然。

㈢手法

1. 採用短篇小說結構，鋪述出一個完整的故事情節來傳達理念。
2. 以意識流手法來呈現作者意念，自由而傳眞地表現作者的自我。
3. 以心理小說的細密深刻，使用在描述與抒情，將情感的狀態溶入心理意念。
4. 使用小說各種結構型式（順敍、倒敍、插敍、中間突起等）來展開散文鋪敍。
5. 營造一個主要意象，來做爲貫串全文的鏈索，凸顯出人物性格及主題意識。
6. 時態多用錯綜手法。
7. 多用第一身爲敍事觀點（亨利·詹姆士的一個觀點）。
8. 使用小說曲筆、隱筆、伏筆等技巧。

㈣保有散文之本質：

1. 多描述、敍述。
2. 對話分出，但不若小說中份量之多。
3. 多用表白，不若小說之多用動作。
4. 多見有大片散文成份。
5. 描述功能是散文的精緻、抒情化，甚至詩化，而不是小說式的粗糙。

三、作家作品例舉分析

李昂：猫咪與情人（節錄）

1. 文　例：

猫咪是一頭從屋外收養成家猫的猫咪，情人是一個從來不曾給任何許諾的情人，因而當爲了排遣獨自離開在外，心裏總纏繞著這樣的問題：回去後，究竟是猫咪不在了，還是情人不在？或是猫咪與情人都不在，還是猫咪與情人俱在？……

×　×　×

會收養來到院子裏的一隻野猫，而沒有接受朋友家新生的暹羅猫，主要是那野猫有一身不帶一根雜色毛的烏亮黑毛，渾身通黑的猫咪因此只見兩隻轉動的碧綠色眼珠，眞有點不馴的邪氣。……

×　×　×

情人無疑也是這樣的。在社會上已有被公認成就的情人，聰慧、迷人，卻爲著種種原因不能給出任何許諾。知曉他不無眞情，可是他總要說「人在江湖，身不由己」，要他作進一步的犧牲，自是不會肯的。

最始初的交往當然有著一切苦痛，經過歷練的無望情感，因著少去今生今世在一起的承諾，時間長久後，逐漸尋到出路，要不痛下決心玉石俱焚，遠遠離去；要不就轉化爲更深的眞情，忍受得了人世間的缺憾，表面上少去風波，內底裏仍然驚濤駭浪。

× × ×

……然後必得有辛苦的等待與驚心，害怕猫咪出去後卽不再回轉。屋外逍遙自在自成天地，還有成羣的猫作伴，猫咪回來做什麼？難道牠還眷念人世的溫情。

……打開門，猫咪竄進來，還沒來得及抱起牠，猫咪已一溜煙的往厨房的方向直奔過去，看到常吃魚的角落空無一物，坐在地上，十分委屈的哀哀叫了起來。

猫咪顯然確定自己會回來，因而當發現不再有魚等待著，便自憐的坐著咪咪叫的這個姿影，沒來由的在心中引發一陣顫慄的感動。牠原無意離去，牠只不過有自己玩耍的規律，怎麼忍心對牠有這般誤解！

可是又不能不想到，猫咪回來，爲著的也許就是那碟猫猫魚。已在屋子裏作一陣子家猫的猫咪，顯然不再願意回復過往搶食的野猫生涯，能有一盤固定的猫猫魚，何不回來呢！

× × ×

這世上也許無所謂眞情，有的只是相關條件下互動的關係，牽了實質生活的一根線的彼端，觸動了另一端的心弦——世上有的，或就是這一點點連帶的情感。

屢屢同情人爭吵，他願意給的，也只是這樣一份連帶的情感——還是殘剩的。特別是，情人不能經常到來，來後也無處可去，唯有的地方僅成那一張床，便不能不想到，他爲的，或只是還能免於付錢的這項行爲，以及，由此連帶引發出來的一點情感。

情人被如此控訴，只是苦苦作笑，要不就是老話重提：人在江湖，身不由己。逼急了，他會說：我就是這樣子，我又能怎樣，說我沒有感情，我是沒有凡事感動不已的情感。

知道他不是無情，但世上也有一種人，眞正是情薄，有的就是那麼一點感情，還要依這個大千世界所需，普渡衆人的散化到諸親人友好身上，剩下的，就是那麼一點，如何都再逼不出多一絲一毫。

說他情薄，還有一些道義，不到要負責的地步，尚不會負心。於是每每聽他說：我就妳這樣一個女朋友，妳走了後，我再也不交女朋友，我不要欠人，欠人總是不好，人要積點德。

他當初來追逐，怎不曾想到要欠人？他現在身在其中，還不忘聲明，他不曾留妳，走不走決定在妳，他就是不要負欠於妳。氣憤世上的理豈不都讓他佔盡，他又讓妳感到他對妳有那麼一點虧欠，不多到有所行動，卻也有那麼一點。就像他的感情——如果眞是個薄情負心人，激情過後，他會強要妳走——可是妳眞要走，明知他不無心傷，他卻又眞會讓妳走。

情感到可以這般控制，自然也就不足以爲著驚心動魄、奉獻犧牲了。特別是，原就少去今生今世在一起的承諾，連個虛名都無從擔待，也沒有兩人能在一起的實質，圖的又是什麼？最始初自然是一種熱切的吸引，只要能同他在一起，俗世的索求也微不足道，這就是所謂愛情吧！然而愛情有轉化的時候，特別是現代的愛情，又特別是個現代的，一開始就說好沒有許諾的愛情。

過了最始初情愛濃烈的階段，接著的是無數驚心與苦痛，擔心是毫無承諾的這段情感，了無保障。少去世俗的羈絆，情人隨時可以來去自如，自己則將一無所有。

× × ×

……………然後又是無盡的等待，不知將是幾天後，才又能重見那一身不帶一根雜色毛的烏亮黑毛，以及，那兩隻滾圓略往上吊的碧綠色眼珠。

絕非要想無時無刻留牠在身邊，果眞如此，猫咪也不再是猫咪，何不養隻所謂人類忠實夥伴的狗狗，則可常相作伴。旣愛猫咪那永難馴服的野性，心中就已打定主義得忍受缺陷，只是，不免癡心妄想的仍要希求：是否多留住一段時間。

是的，所要求的也只是能多留住一點時間，能盤蜷在沙發上等人作伴，能擁在膝上任人撫摸，看窗外的陽光一寸寸移過院落，看園裏的花草在沈靜中花開葉落。

然而仍不可得。

……情人不能常來，這似乎是他之所以永遠只能作情人的最適切定義。他有各種關係、各種人、各方面都需要他。我最不能給的，就是時間，情人常說，而愛情最需要的，就是時間。

情人無論如何都得離去，他唯一能作的也只是，當他說要來的時候，一定會來，可是當他要走時，也一定會走。他來的時間也同樣不一定，為了要能見到他，只好讓自己的時間永遠處於真空狀態，隨時能接納他，不管是任何時刻的一分一秒。

而他來的時候仍何其短暫。

× × ×

終於同情人談到猫咪，情人平平的說：把牠閹了吧！不管是公猫、母猫，都得這樣，才能留得住家。

……

情人也是如此，最始初他即不曾隱藏或欺騙，他坦白表示他的「人在江湖，身不由己」。雖說是他主動來追逐，但也是明知道諸多的不可能，仍然願意深陷其中，如此再來要求他，豈不平添惘然。

差別的或只是，猫咪還可以閹割，而如此即可以馴良，不再外出四處遊蕩，天天伴隨在家，看天時移轉。而情人，又有什麼方法，可以羈留住他？用情愛？感情終究有情鬆愛弛的時刻，難以爲繫；用良心？似乎也不足在他的心性中造成多少牽絆。當然得說他不是沒有天良，可是，現代人類僅存的那一點良心，又那裏夠用！那裏夠分派給那許多需要他良心的人，那裏抵得住快速轉化的生活需求。

這才明瞭到，原先最不曾在意的所謂世俗儀規，比如家庭、妻子的名份、小孩，樣樣才眞具備了對恆久的許諾。這些也許在某些方面阻礙了他，使他殘缺，但却可能如同閹割之於猫咪，方是眞正有效的牽繫。

…………

眞要離去還並不容易，離去的定義也許只有時間加上空間。一切非得等待過了相當歲月，過了最始初的激情，過了多少痛苦與掙扎，過了接下來感到的不甘心，過了最終結的害怕失去。終於在過了相當時日後的有一天，能下定決心，想到暫時離開，藉著空間的隔絕，或能了斷。

× × ×

於是，從埃及的金字塔，到希臘的巴特農神殿，到羅馬的競技場，所見到的是人類早期文明的輝煌與遠遠超過想像的巨大工程。從法國的凡爾賽宮到萊茵河岸的城堡到英國的西敏寺，所見到的是近期人類依自身尺寸發展的人文主義。然後再到紐約摩天大樓矗立的鋼筋水泥的大峽谷中，所見到的是充滿幻想的人類驚心動魄的現代文明，這一路行來走過人類的七千年日月風雲，走過人類七千年悲歡離合，而衷心懸念的仍只是：

囘去後，究竟是猫咪不在了，還是情人不在？或是猫咪與情人都不在，還是猫咪與情人俱在？

儘管，巴黎的拉丁區充滿觀光客，倫敦有龐克，雅典的神殿只剩下斷壁頹柱，翡冷翠的古畫一再淸洗，威尼斯的運河是靜止的汚水，紐約的四十二街充滿暴力和紛亂，衷心懸念的仍只是：

囘去後，究竟是猫咪不在了，還是情人不在？或者猫咪在情人不在，情人在猫咪不在？還是猫咪與情人俱在，猫咪與情人俱不在？

或者，儘管羅浮宮金碧燦然，大英博物館可見全人類的足跡，希臘的黃金比律有不變的優雅，米蓋郞基羅的大衞像依舊是力與美，月光下的威尼斯像個令人心碎的幻夢，紐約蘇和區有最前衞的表演藝術，衷心懸念的仍只是：

囘去後，究竟是猫咪不在了，還是情人不在？或是猫咪與情人都不在，還是猫咪與情人俱在？

2. 分　析

(1)藝術分析

手法藝術方面，以「猫咪」與「情人」對比顯示，屬於主從錯綜，但又藉著主從兩線的份量幾乎相等，顯示猫咪與情人的特性本如一體之兩面。一開始卽已顯示情勢，猫咪與情人並列，並以複疊句「回去後，究竟是猫咪不在了，還是情人不在？或是猫咪與情人都不在，還是猫咪與情人俱在？」表現生活懸念的中心，而在結尾時三度出現複疊，前後呼應，强化了懸念的深切沉重。

二節六段：「猫咪顯然確定自己會回來，因而當發現不再有魚等待著，便自憐的坐著咪咪叫的這個姿影，沒來由的在心中引發一陣顫慄的感動。」其中「便自憐的坐著咪咪叫的這個姿影。」像是日本句法，很特殊。四節中：「然而仍不可得」以及結句「而他來的時候仍何其短暫」，以短句形成切頓，與前後表現怨尤的段落形成對比，加强了感受。

五節出現細密的分析，情人客觀地將去留由主角決定——又使主角能感到他確有一點虧欠——虧欠不致多到有所行動——不會强要主角去——但若是主角眞走他又不會挽留，這廻旋、層進的句法很深密。

第五節結尾，運用了六個「過了」似層纍句法造成了作品强勢的張力。

一人物祇有兩人一猫，情節並不繁複，對話多是包容在敍寫中的轉述，並未設計單列，事件單純，全篇多屬形容與感覺。所以，它是一篇「小說體的散文」。

(2) **心理成分**

主角喜歡猫咪就爲著那難以降服，始終不曾眞正馴從人類規律的野性；喜歡情人也是如此，聰慧迷人而具備著社會公認的成就，却爲著種種原因不能給出任何許諾。猫咪與情人之所以吸引主角喜愛牽繫就在這分出色、不羈的特性，主角的心理不僅是爲新奇；另有著接受挑戰考驗，改變降服對方的潛意識，這種潛意識也基於人類要求表現的渴慾，隱隱包孕著爲一己謀求成就感的企圖。同時，正因爲情人是出色的人才，必然是衆多女性青睞的對象，不是人棄我取而是人取我取，猶然帶著有可以滿足人性爭勝的成分。

而人性總是得寸進尺自私的，開始時不僅情人不曾給任何許諾，就是主角；或許也因爲沒有承諾正好樂得自由無拘，主角在最初也不曾想到自己的心態會有改變，時間長久之後，情人那方面並沒有改變，改變的是主角，她開始患得患失，忮求能永久，最少也得有較長時間與對方廝守。既然改變的是她，平添焦慮不平的當然也就是她，懸望既不能如願，逐漸來考慮結局，或是痛下決心割捨，或是忍受缺憾轉化爲更深的眞情。但想歸想要做却難，在明知不可能有什麼改變，而猶然希望著的等待中，「表面上少去風波，內底裏仍然驚濤駭浪。」是主角不安心理的敍寫，多少也帶著點需求自虐與被虐折磨快感的意味。

三節中「他當初來追逐」五節中又出現「雖說是他主動來追逐。」由主角與情人相對輕重不勻的現狀來看，這種認定可信度不高，很可能是主角愛面子的心理表徵。篇中雖多有主角對情人的怨尤，但爲他所作的說項辯白又常在怨尤指責之後出現，如第一節的「知曉他不無眞情，」第三節：「知道他不是無情，」「說他輕薄，是有一些道義。」第五節中：「當然深知他不是沒有天良。」這是女子母性寬容的心理，或也可說是不願決裂而自動迴轉的潛意識使然，爲忮求改善而自設臺階，想著他的諸般好處使自己感到值得而平衡，甚至不惜找出自責理由，如第五節：「但也是明知這諸多的不可能，仍然願意沉陷其中，如此再來要求他，豈不平添悃然。」如此怨尤而又寬容對方的矛盾，其實就是爲自己舖設繼續情愛的藉口。

曾想過把猫咪閹了使牠馴服，但對情人却是無用，當然這已明知假若情人改變，原本吸引主角的特性同時消失，即使能被主角全然擁有，必然也將在日久之後使主角生厭不屑。

主角心理顯示了遠之則怨近而不遜的人性，情愛要求深刻，但與情愛同時俱來，同時加深的常是痛苦，苦與樂竟然是如此牽連著的一體兩面。

(3)社會變革的省思

現代社會漸變的趨向是：人類以盲目橫決追尋更大的自由，雖然自身是由一個家庭養成出來的，成年後却不顧自組一個家庭，害怕家庭的特性有似牢籠，必然會影響到自由的幅度。舊時代原有的家庭倫理與婚姻制度，已在現代人渴望近乎完全自由的心態之下，逐漸經由否定而幾乎摧毀。寧可捨棄家庭婚姻的歸屬安定而保持自由，顯示舊時代謀慮將來，擔當責任的慣例慣性已然動搖改變。不結婚、不要孩子是怕累贅，不願擔負責任。一般年輕的知識分子，男性儘量遲婚；年輕先行享受人生，拖到不能再拖時才來考慮；女性方面，絕大多數不甘雌伏，具各學歷能力的，從學校出來、同時也從家庭出來，進入到社會去獨立生活，由於曩昔依附男性的情況已然改變，婚姻的需求相對減低，適婚的女性們一如男性，普遍的遲婚甚至不婚。

社會變革中最具革命性的是女性意識的覺醒與獨立，不再是男性中心家庭的附屬品，戀愛婚姻也由被動而轉爲主動，這種心態的變革，確實大大地減輕了男性責任感沉重的負擔，免得他們因此而踟躕逃避。但結果效應的顯示仍是優缺互見，舊時代的父母之命、媒妁之言既已過去，男女結合的軌跡已不再是先結婚然後再來慢慢地戀愛，排列組合的新公式是先戀愛後結婚，看來確是尊重當事人自由的合理，但合理並不見得就是合適，現代年輕男女的結合之旅常常卡在戀愛這一站。儘管社會結構龐大而對象衆多，但自劉媒婆這一行業式微之後，祇憑當事人自去物色很不容易，他們活動的接觸機會雖比在閨閣之中夢想等待既大且多，但男性們却又正因爲機會很多而不必積極，能拖就拖，卽使遲一點也不怕娶不到，眼前要的是異性密友，談戀愛是享受人生，誰也不願縮短甚至提早結束這段美好的旅程。

戀愛對象的尋求不易，只有戀愛而未能順理成章延伸到婚配，以致產生了現代社會的新階級——單身貴族。

白領階級的單身貴族們，有固定的職業工作，下班後回到空蕩蕩的窩(可能只是一組套房)，多數以看電視、看錄影帶來排遣餘暇，雖有廚具而經常不用，怕麻煩，更大的理由的是一個人吃太寂寞，副作用造成餐館常常客滿生意興隆。當然他(她)們都有社交生活，但無法排除的總是工作、社交之後，獨處的那一份深沉的寂寞，筆者的一位單身貴族朋友，白天忙碌，到晚上一回到家，先把屋裏的燈和音響都打開，免得寂寞接踵而來，那種孤單的滋味，實不是忙碌就能痲醉逃避得了的。並不排斥婚姻，都在尋求等待，而日子就在尋求、等待之中蹉跎過去，婚配的可能愈來愈難，終至於無奈而放棄。

風氣形成如此而且逐漸擴延的根本癥結是，現代人在心態上逐漸否定往昔奉為圭臬的「上進」。由二個具體例子可見一葉知秋。筆者有一位朋友是新加坡的僑商，擁有規模很大的企業，想著要把事業交給兒子，不料竟被那位年輕人拒絕，他表示如爸爸那樣的操心慮患實在太累，只願擔任一個普通起碼的小職位，有一分收入能夠生活就行，小職員祇需聽命做好本分工作，而不必去謀慮設計什麼，被動主動的差異是主動雖然榮耀但却辛勞，被動雖然平凡而却輕鬆。另一例也是一位朋友，遠赴中南美洲做生意，他說那裏的人工低廉，很容易賺錢，困難是工人懶惰，一發工資就罷工，要等到吃喝玩樂，錢用光了再來，所以工資發放的日期由一月一次改為一週一次，甚至再改為三天一次一天一次。當地的工人完全沒有儲蓄的觀念，生活當然永遠不得改善，可是他們却並不羨慕中國雇主，認為如其辛苦操勞擁有財富，反不如他們貧窮而自得其樂。這位朋友在搖頭歎息之後，也曾說下一句耐人尋思的話：

難道眞的是我們錯了嗎？

二十世紀末葉，基於人性尊嚴的樹立，個人自決的原則，這兩種方式本無所謂對錯，問題係在於人類生活中價值觀的改變，傳統留下力爭上游的模式線路已漸被否定而行人稀落，新觀念也並沒有開創什麼新道路，年輕人只在原地踏步，只要快樂存活就行，事功、名位、權力、財富等等成就，必需竭盡心智辛勞爭取建立的，在他們看來，那全是得不償失，苦多樂少，甚至是全然無樂的自找麻煩。

人生線路的原型：追尋——經歷困難——獲得成功，以前常誤認快樂在於成功。現在已知它並不在結尾而就在中段那珍貴的歷程。艱辛努力運作付出的另一面就是可供咀嚼肯定的甜美快樂。進一步也逐漸了解到人生運作永無休止的意義，既是動物就該要不停地動，直到死亡結束爲止。原理既屬必須，如果再能擴大能量的揮發，在出生之後、死亡之前，轟轟烈烈做它一番，不但與人與己都是好事，而以成就交代自己快樂的感覺也更將濃烈具體。

眞想不到這原本被公認爲金科玉律的人生觀，到現在竟然衍生了另義，被認爲是自找麻煩的多餘，究竟是什麼原因使得價值觀整個翻轉？是人生疲乏感的沉重！在快速進展的社會中，出頭、成功日益困難，欲振乏力的沮喪日漸滋長，這是體認到宇宙廣漠而生命無常，所有事功積纍的人類文明，無非是螳臂蛙步可悲的嘲弄，它的本質與意義就無非空寥。

雖然這種新的價值觀蔓延，在人類世界佔了多數的話，文明進展當然停頓，那，是不是就表示了物極必反的朕兆，不需要另一個冰河期來臨，地球上人類文明的史程已到盡頭，接著來的就是毀滅？

這已經不只是一葉知秋的始兆先聲，秋意的肅殺已然蔓延籠罩，有識之士總會焦慮，但是價值觀的逐變，風氣潮流的形成是由於人心，連法規與教育也對它束手無策，或許地球上另一種突變能予警醒；但不知這未知的突變要等待到什麼時候！又或許要等到這一新觀念造成的缺失嚴重影響龐沛顯然，在痛定思痛之後再來改弦易轍，到那時候的傷害究有多大，能否挽救？一切都屬未定之天！

「猫咪與情人」這一篇，篇中的男女主角都屬單身貴族，雙方都各有自我的工作天地，因著忮求免於孤獨寂寞的原型而尋求情愛的滋潤互慰。很現代的女主角不會「以愛情爲生命的全部」。她的對方則較她更爲現代，類同於猫的原型「親食不親人」，他之所以會來此，或者眞如同野猫一碟猫魚的需求，如女主角所說的，「不能經常到來，來後也無處可去，唯有的地方僅成那一張床，便不能不想到，他爲的或只是還能免於付錢的這項行爲」，猫咪的「食」與情人的「性」同屬動物原型，那眞是十分現實，文中女主角自我解嘲，說出雖然他來，爲的是做愛的發洩平衡，但仍不無「由此連帶引發出來的一點情感」。感覺到現實人世冷意盎然的無奈，慨歎著：「這世上也許無所謂眞情，有的只是相關條件下互動的關係，牽了實質生活的一根線的彼端，觸動了另一端的心弦——世上有的，或就是這一點點連帶的情感！」

情人的自辯：「我就是這樣子，說我沒有感情，我是沒有凡事感動不已的情感。」這是實話，現實人世的人際關係越來越淡越冷，使得生活於其中的人不敢主動付出，久而久之就成了克制熱情，冷凝心面的習慣。那是生活於現代適應的必需，不然的話，付出熱情換來冷漠，那是任誰也受不了、划不來的。

現實人生把人磨得只求獲得而吝於付出，又逐漸延展使人只求改變而不敢、不願去愛人，而連情感發抒的方式也改了，不是單一而是幅射，誠如主角所言：「有的就是那麼一點感情，是要依這個大千世界所需，普渡衆人的散化到諸親人友好身上，剩下的，就是那麼一點，如何都再逼不出多一絲一毫！」

這一篇顯示的時代背景正是我們現代人所身處的時代，既缺主見而缺重於優，少有安定快樂，多有焦慮、克制的現代，短短的一篇，敍述已令我們讀者沉重，而篇中所顯示社會變革的寒涼，又如鏜然響起的鍾叩，使人心驚！

(4) **人性人生的原型**

短小篇章之中，儘多有屬於人性、人生原型的表現。

儘管男女兩人已有共識，尊重時代風尚，不要求對方許諾些什麼，只要在各自倦飛，返回到這處窩巢的短暫時光裏，廝守著相互付出互慰互補就好。而這種心照不宣的約定俗成並不能維持永久，日久之後，在女子逐漸肯定重視這份感情之後，兩人的位置已因心態的改變而互易。男子由追求的主動改變爲被動的接受被愛，女子由被動的被追求，改變爲主動的付與與患得患失，這是遠之則怨、近則不遜的人性原型，原本並不奢求的，已在情愛的肯定執著之後改變，由於女方的執著，原本平等的地位與洒脫的心態不見，女方的瀟灑矜持不在，甚至「爲了要能見到他，只好讓自己的時間永遠處於眞空狀態，隨時能接納他，不管是任何時刻的一分一秒。」顯示她原本擁有的平等地位已失，由於改變執著的是她，所以承受痛苦的當然也是她。

像是男女仍難平等，重視情愛的比率仍是女多於男，爲著情愛寧願失去原本的平等洒脫，顯示了女性柔細重情的人性原型。怨尤他等待的不定與短暫，想著要他能多留一點時間，這是得寸進尺的人性自私，有了患得患失的心態之後，甚至來設計長久佔有他的方法：「這才明瞭到，原先最不會在意的所謂世俗儀規，比如家庭、妻子的名份、小孩，樣樣才眞是具備了對恒久的許諾，這些也許在某些方面阻礙了他，使他殘缺，但却可能如同閹割之於猫咪，方是眞正有效的牽繫。」

這本是女子原本尊重對方自由所不屑爲的，如今她竟起意要違背原則一試，明知情人在被佔有之後，一如閹貓，非僅他自身萎縮平凡，同時在失去了原本的野性吸引之後，或將難免使自己厭棄，而竟也祇顧眼前不去謀慮將來，顯示除人性的自私盲目之外，情愛的佔有又復具備著毀滅性動物噬咬的原型。

男女情愛的運作並不是單純得毫無條件的，如同「金瓶梅」中西門慶五項優點之一的「閒」，卽是必備之一，篇中顯示主角最缺乏的也就在此，「我最不能給的，就是時間，情人常說，而愛情最需要的，就是時間。」愛情需要時間培養，而偏偏男女主角同是現代社會中出色的人物，事功表現的肯定佔去了多數時間，雖然情愛滋潤平衡的需要使兩人相互吸引，常能有著「金風玉露一相逢，便勝却人間無數」的相會，但却又苦於兩人的時間受制於現實不能配合。這是情愛運作中一處不得圓滿、無奈的缺口。

篇中顯示人生疲乏感沉重，主角忮求能有人或猫為伴，能有寧靜相依，藉以平衡，紓解疲乏的機會，如：「是的，所要求的也只是能多留住一點時間，能盤蜷在沙發上等人作伴，能擁在膝上任人撫摸，看窗外的陽光一寸寸移過院落，看園裏的花草在沉靜中花開葉落……」等的是對一頭野猫的希望，當然同時也正是對「人在江湖，身不由己」情人的切望。希望之所以迫切是由於主角人生疲乏感的沉重。現代社會勞心者為著要求勝任工作，肯定突破自我，心智的運作付出永無止境，相對而生的疲乏，比起只需聽命行事的勞力者來既大且重。勞心者的社會地位看起來雖比勞力者要高，但在得失互見另面的顯示，因主動而生的疲乏沮喪的負擔，却又不如勞力者那樣輕鬆，主動不如被動，大腦思慮不如小腦運動，數千年來古今文明，人生之理莫非如此。由此，或許正也印證了前述現代人心態觀念的改變，不願扮演主動設計推動者，寧願做一個聽命的基層人員，不顧付出寧願受施，癥結的形成，或許就與人生疲乏的沉重，忮求逃避減輕有關吧！

這正如叔本華馬克白所云：人生往來於表現追尋與寧靜需求之間，一如擺盪在痛苦與厭倦之間的鍾擺。

帕拉圖曾創「形圓性全」之說，認為每一個人都只是一個半圓，在這世界上，一定有另一位異性的半圓存在著，兩個半圓分別在追尋著最為切合的另一半，設若天幸果然找到，那就是「形圓性全」，人生最大的愉悅安慰在此。只是天地不全，人生絕無十全，形圓性全只如蜃樓海市，存在於人類的理想嚮往之中，可以懸望，或是藉著這希望稍減平衡現實痛苦，十二重樓月自明，那空中的樓閣原本就是不能妄求實現擁有的。個人孤伶伶地來到人世，最後必將孤零離去，「孤獨感」本是人類生命的原型，儘管追尋熱切，希望找到相知眞切的另一半來相依慰助，用以來袪除孤獨，但人海茫茫，人生不全，知己難遇，又常失之交臂，卽使遇到了可以相互吸引形似差近的，常又會因著環境的限制或人性刺蝟原型的刺痛而不夠理想，就如本篇之中所述的一對這樣。設若形似差近果然接近圓滿，但又必然影響到兩人的事功表現，溫柔之鄉又常是事業停廢、人生侘傺的所在，如浮生六記中三白、芸娘的恩愛相知，到頭來仍難免芸娘早死，中道乖離，孤零的三白再難振作，飄泊江湖，落魄以終。

篇中顯示，主角已然警覺到這份情愛的殘缺，但在決然斷絕之前又不無戀戀，明知蹉跎終非善計，但能有殘缺總比全然空無要好，末段所述，她孤身一人去遊歷世界，經歷歷史文明：「走過人類的七千年日月風雲，走過人類七千年悲歡離合……」親歷古典與現代相參，曩昔的陳跡與現代的進步或畸型……「羅浮宮金碧燦然，大英博物館可見全人類的足跡，希臘的黃金比律有不變的優雅，米蓋郎基羅的大衛像依舊是力與美，月光下的威尼斯像個令人心碎的幻夢，紐約蘇和區有最前衛的表演藝術……」而她衷心懸念的仍是一人一猫，念茲在茲的仍只是屬於她個人袪除孤獨感的渴求。

她仍將在不全的人生之中，帶著感傷與不快樂去賡續尋求，人類生命命定的嘲弄已是如此。屬於她個人的感覺，也正是讀者們易於引發同感的共鳴愴然。

四、作品例舉

㈠戈壁：翡翠

那蓓蕾，以她小小的純然潔白迥異於一樹繁華，微風裏輕輕悄悄搖曳，璀璨著奇異的超俗，款款柔柔挽住注視珍憐，楚楚的美得眩目，美得叫人禁不住想哭……。

不同於一眼看過去就能發現的那種，她是一塊善藏的珍玉；而他的執著深刻，或竟就是由於發現之不易吧！起初，也祇是平常的一襲合身裏住的勻貼，低著頭，臉埋在黑瀑裏——多數女孩慣有的樣式——就在那不經意的一次昇現，瀉瀑門扉乍開，姣白之上的兩泓清澈，驀然突明，一次電接使他禁不住搖幌（衆裏尋她千百度，驀地回首，那人却在燈火闌珊處）。唉！就在這裏，就是她，是她，是她！生命裏的寃孽，跋山涉水追尋追尋，鐵鞋踏破而始終念茲執著的那份渴望陡然的肯定，在此！

×　×　×

蓓蕾：妳小小的堅實裏含蘊著一些什麼？真希望祇是空泛平凡，那就能有藉口逃避。可悲的是白露測知蓓蕾裏充盈著的純美，涼透了的露滴，就祇能歎息著等候殉死。

就是她，她就是多少個冷夜白月自孤寂噓息裏迷離昇浮的那纖美雕像。原本祇是僅具輪廓不曾細鏤的飄渺精美，是他自己製作的一點微妙星火，憑藉爲聊以自慰的不實虛幻——誰能想到抽象的意念竟在人海裏找到了它另一半的具體而翕然相合？誰能想到珍妮畫像裏的少女竟然穿透時空以鮮活微笑姍姍行來？不是想當然的喜悅欣慰，而是在意外眞實突現下湧起的驚悸窒息。屏息著擔心她仍祇是虛渺，屏息裏等她幻失；而當眞實終被肯定之後，隨之而起的是他最深最沉的悲愴。她不該出現，眞的不該出現，就該永在他的意念裏淡然若夢。不是這陡然眞實使他眩目惶然；而是，而是他飲用生命甜酒的承擔之力已失，已在他長遠尋覓途中蛀空化失。遲了！太遲了！

他要掙扎，當然要掙扎！

想在一次次注視裏去找出些瑕疵，沒有！燈下，羣中，她是一塊翡翠，寧靜溫柔，輝耀著冷美的翡翠。翡冷翠冷，一次次探索徒然祇是寸寸分分認定堅凝的加重。不不！世上哪有什麼絕對？不可能，她一定會有使他能決然拔去的缺陷，一定有，找找看。或許是她的聲音，要不就是她文采的淺淡，美好的外型，常不能與內涵配合，這是定理，試試看。唉！連她的名字都不知，當然不能太顯急著去知道，等機會。注意她在寫著的那一份，請鄰座帶過來，注意著注意著不使它混淆，一接到就先提出來，看名字，「辛會美」，娟秀的字像它的主人，第一次失敗。彷彿那兩泓清澈在說：「我的字還可以吧？辛會美，你該不會忘記吧？」不不！一定還有可逃的巷衖，看她的文筆，清新恬美，又是像她，第二次又敗。唉！聽得見他自己的一半在向逃避的另一半嘲弄：「挑不出毛病，你逃不了的，認命吧！」又像是那小小的菱形的彎弧，帶著點委屈的楚楚在說：「爲什麼你一定要說我有缺點嘛？」眞是不該，不該，不不！唉！這是一種掙扎，不希望別人了解的掙扎！算了，細細地找找看，希望能發現點什麼，最好在她寫的這篇愛情裏看出她已固定，男友已由複數成爲單數，她很專一，對他是一種解脫，他能釋然，當然難免還有惘然（自是尋芳來已遲）。就享受這份惘然的淡香吧！唉！但若她心聲之吐竟是……竟是多次電接之後的會心慕情，那怎麼辦？戰慄著承受抑或冷然斷絕？兩條路都不好走，前者是不敢後者是不願，那怎麼辦？怎麼辦？

沒有，希望著的想著的都沒有，她是一朶清純的白蓮，喔！

不可能不可能！除非她週遭的男性都是瞎子，否則如此純美的翡翠誰能不付珍憐？她不是綺羅，不該僅是自憐著開落在山顚水涯的清香。噢！要不就是正因爲她太美好，難以掩抑的絕世容光是一面鏡，足以照澈每一位近前者，使他們自慚而悄悄退却。然而，她果如那可望而不可及的山顚仙花遠遠地閃耀著飄渺奇美？果是一位不容世俗想像擁有的女神，崇高聖潔的她，誰能想像在不勝寒的高處的寂寞？

× × ×

等著那一朵堅實綻放，祇要是花就都應該開，那怕是如曇的瞬息遽凋。祇要人們能捕捉那刹那間存在的真美，在沉沉幽香隨風之後，柔柔搖曳的淒美閃爍不再之後，形象之具體已深鏤鑄就，可以在今後多少次憶念反芻裏漾起款款深情的迴旋。短就是美，美是永久的欣喜，不是嗎？有過總比沒有要好，她該開的應該要開的，有什麼能使她爍然開放？

那一篇回到她的手裏，看到她頰上小小渦裏漾起的快樂，是爲她新獲的好評。她的微笑快樂眞好看，是飄蝶的輕盈。他怔怔地注視，不曾提防她望過來，一次電接竟使她臉紅低頭。她在想，她一定在想，想些什麼？應該是會心，會心之後又是什麼？不知道，那濃黑的長長瀑流又已將一切徵兆遮起。

最後一次的掙扎，落空在聽到她的聲音之後。她從另一端向他走來，有淡香，有她花裙的璀璨，小巧的靴旋起圓裙舞傘，傘下她纖細柔白的一閃……細腰之上緊身的毛衣，自然起伏的青春豐熟的隆現，擺盪在柔美溝谷間的是一條鍊，鍊端緊著一頭小小雕獸，一頭最驕傲幸福的獸（願在鍊而爲獸，爲常依而無憾）。她叫他，而當他從小小銀鈴鏘然和鳴的甜醉裏驚覺急著要挽住時，微笑與姍姍都已去遠……。

遠了！遠了！他與她之間的迢遙，原本是已被命定不能超越，自初見即已劃定的咫尺天涯。甚至連想喚她一聲都被噤住。怕那出口的眞摯會使她驚詫，那本是在他心底呼喚過千遍萬遍的。就祇能這樣，這樣遠遠地遠遠地看著她，深情注視而又隨時準備迴避她的眼光，在一些來不及逃避的電接裏希望她知道，又常自責著盼著她最好永遠不要知道。

自封在蛹裏確是痛苦，不！雖是痛苦，但也是一種享受，享受著那種癡纏的分分寸寸的煎熬。聽得見春蠶食葉的沙沙，感覺到分分被蝕的葉的快感。確是一種自虐，他是耽溺在自虐的快感裏，是在等待著平衡？當平衡動力形成後能否破繭翔飛？他都不想！祇知道這一切都屬短暫，當短暫存在還未過去之時，唯一能做的就祇有細細品味。

他聽得到自己心底的吶喊，爲什麼一定要逃避？爲什麼一定要將情感深埋？深埋在永不發芽的泥土。表白又有什麼不好？至少人總該有這份自由權利的。如果表白對她無害，讓她知道他對她純然祇是一種欣賞，祇是一種抽象的意念，永不會具體的形式極淡內含深醇。敏慧的翡翠，她當能了解這些，她的反應會是什麼？如果她眞是山顛奇花，當會因得一知己而感動欣慰，以他爲她精神生活裏憑倚的杖。或許能有一些剖開深層面的交談，用他與她的心靈交談，相互交換欣賞與眞切，這就夠了，彼此能確定在對方精神生活裏的地位就已太夠了。一切形式的具體都不重要，也不須常會（兩情若是久長時，又豈在朝朝暮暮）。如此昇華的情愛，她能不能重視接受？昇華不是唯一可行的路，但在他却是祇能如此，是無奈，確是無奈，但願她能了解。但如果她翡冷翠冷的仙花竟因此昇華情愛之醇的灌溉而要求迸放，要求有具體的肯定呢？那又將如何？想得到的自在飛花一旦墮地溷落的可悲，萬千詭譎的眼的利箭射來，而荆莽前途中可見有鱗鱗蛇眼陰笑著在伺機噬嚙。翡翠！她會受不了的，甚至會後悔，他不願如此，寧願那一粒眞摯的芽永遠深埋，放棄任何一次出土肯定的機會。

×　×　×

誰也不知那是不是真實？那蓓蕾，曾經一次開放，在夢裏。也許祇有夢者自己才知道美夢的逼真是由於他的意念之切。夢的短暫虛幻的美，能否在憶念裏凝成永恒？抑或是幻想出來的痛苦一樣地可以傷人？也祇有夢者自己才能知道。

那夜，朦朧著幽秘的，衆裏竟找不到她。他惘然若失，連說話都覺得沒勁，她該知道這是最後一次，她的缺席是根本不曾重視還是心有戚戚的故意規避？

避開人羣去一角悵立，正想著要找個理由早點離去。驀然間眼前一亮，她已來到面前。一向不打扮的她，這晚上竟薄施脂粉，燈下，輝耀著不可方物的明豔。

「明天你就要走？」

普通的應酬，但出之於她口的就是不同，彷彿是個開頭，期待著下文，他說：

「這裏的工作已告一段落……」

她意味深長地一笑，說：

「短就是美，這是你說的，當時我還不覺得什麼，直到現在……」

果然來了！聽得出她話裏的惆悵，幾個月的執著畢竟沒有虛擲，喔！好感動！

「美感常在一種特殊環境下被肯定，短就是一種特殊，正因爲它短，所以特別成長得迅速，也特別濃烈……當在感性最強時突然截斷，美感就能在憶念裏保持著鮮明不褪！」

「可是憶念太苦！」

「不！妳該說那是一種享受，能有珍貴的回憶，比沒有回憶的空寥要好。」

「我想過這些，不過我覺得人活著就該眞眞實實，熱熱烈烈地去擁有一些，譬如愛情。能肯定到什麼層次就要去做，不該逃避……卽使是回憶，也該需要有曾經肯定過的事實，如果回憶祇是海市蜃樓虛渺的構圖，那不是什麼享受，那才是眞正可悲的空寥！」

眞想不到她會這樣勇敢地切開，鋒利的刄面正切中他心葉最脆弱的一面，深深割切幾乎使他呻吟出聲。好吧！翡翠，妳既然主動，那就不該辜負，但還需要證實：

「逃避常是一種無可奈何，譬如說明知是不容易的，有什麼權利要求對方來共同肩負？」

「如果不經過表露，又怎能斷定付出必然落空，或許……。」

他完全知道她想說而沒說的是什麼！眞想不到就這樣肯定了（得君一語春風裏，留證雌雄寶劍看），眞想不到竟又是在此時此地！唉！太遲了！禁不住低低喚她：

「翡——翠……」

「是你喚我的代稱，翡——翠——……我很喜歡，我很快樂，你——你呢？」

「我……我也很……快樂！」

快樂的是那份肯定之後的欣愉，正如他在多少個魂牽夢縈裏的構圖，一種抽象的意念經過證實不是虛擲之後的親切，純然相知而充盈著熱淚欲迸的欣慰與惆悵依戀的混合。

不再祇是電接，而是萬萬千千的意念相通溶在深深款款的相視裏，看她的清澈裏已有晶瑩閃動，他努力忍住萬千依戀，伸出手來。

「謝謝妳！」

握著纖細柔美，努力把這唯一的小小的具體溫熱刻進心版，但願這感覺能在有生之年長存。聽到她的款款深情：

「明天，我來送你！」

「不必了！」

「就在這裏分別？」

「就在這裏！」

多願再能與她廝守片刻，再看她明眸裏爲他昇起的晶瑩，纖纖小小，楚楚的都已滴落他心底枯乾的瘠土，滋潤著生命的甜酒，願芬洌在憶念裏長存不滅。再聽她涴涴柔柔如水語音，願那銀鈴的親切鏤刻深深，不致碎散在今後坎坷之途的孽風淒號裏。再握她棉棉輭輭，一定要留住那最珍貴的款款溫熱在有生之年存有不褪呵！翡——翠……翡——翠……。

當送別樂曲與掌聲揚起，黯然低頭的他已是滿眶濕熱欲迸難抑。眼前的一切漸漸模糊淡失……意識自遙遠遙遠逐漸鮮明著轉來，生命裏香濃的甜酒一滴，如此眞切而竟是虛幻，什麼都挽不住！除了深沉的空寥以外……。

×　×　×

那蓓蕾——注視著多少次魂夢牽縈的——不曾開放，它，就死在那青條之上……。

在他離去前的送別會上最後一次看到她。夜的感覺是有點朦朧幽秘，他禁不住咬咬唇，有痛的感覺，不是夢，確是眞實。和那夢境一樣的眞，那樣逼眞的夢境，眞得明晰鮮冷儷人，她的話邏輯著沒有一點模糊，是他琢磨過千遍萬遍的潛意識的升浮？擔心那場夢會是先兆，現實的今夜會演出與夢境相同的翻版。擔心著，又禁不住盼著她姍姍來前開始那已然熟悉的序幕。

看到她在燈光下粲然的倩笑，很自然的，沒有什麼特別，也沒有走過來。有一陣子他耐不住激動，想要去主動告訴她那夢境——祇屬於他和她的——立刻又想到這種層次的切開很難，唉！算了！

注視著她，剛好她看過來，最後的一次電接，看到她無與倫比的靦然，唉！就這樣，就帶著這淺笑離去，但願這一點滴能在記憶裏凝固。

送別樂曲與掌聲終會在萬千依戀裏揚起，一切都已太遲太遲，他黯然低頭，翡——翠……翡——翠……。

㈡楊淑美：萍流和根實

十二月的天空在凝冷的空氣裏顯得特別高，早晨總是飛揚些許游絲迴盪，它們是具有侵略性的，一打開門，就出其不意的直驅入你的肺腑。東北風在這島上是深多的掌權者，常帶著那君臨天下的威姿，將權杖輕輕一揮，所有的門窗便都啞然。天雖冷，座落在臺北市郊的林家庭院却猶有八分弱綠，籬笆是成ㄐ字形的七里香，包括中間灰紅色的走道約有十來坪；右邊的葡萄架苟延殘喘著數根可憐的枯藤，像曬乾的蛇皮強攀住竹棚，而與它共存的螃蟹蘭却在磚紅的陶盆裏橫目相視，幾株聖誕紅火紅在一起，金盞菊也煞有精神的挺立；左邊的天堂鳥、百合、石榴、茉莉等仲夏寵兒，此時綠成一片，韓國草則滾成走道的鑲邊，負責奉送抖亮清晨的露珠，兩籬間的拱門爬滿了梔子花。黃昏時，少見的夕陽徘徊窗外。屋裏，寬敞的客廳却擠滿著細好的傢俱，最醒目的是右邊原木色鋼琴和黑色手風琴，與這些雜七雜八的碗橱、冰箱、電視、水桶等擺在一塊兒，實在是不協和，儼然遺世獨居的隱士撞到了一身油汚的屠夫。

林一平雙手插進藍灰色的褲袋，配上套頭的藍羊毛衣倒也十分順眼，來回地踱步，那堅實的脚步聲聽起來似乎永不疲倦，好像走路就是他的目的，表情看不出是憂是怒，却起伏著大風暴的徵候。林太太斜靠著沙發的一角，縮著兩脚，高貴雅白的臉龐罩在層層陰影下，像是剛從陰溝裏撈上來一樣；空氣僵得可以敲出聲響來，整個屋子幾乎要沈下去——

眞怪！林一平滿臉的終身不解之大惑，加上憤怒，加上不安，加上憐愛，加上……，加上全世界所有的佐料。又不是第一次搬家，瞧她那副鬼樣簡直像大片烏雲要吞滅什麼似的。不搬！她的聲音傳自沙發，充滿了爆破性。什麼！不搬，不成，妳聽聽：這房子已經壞掉了，這也經過妳同意的，卡車明天一大早就來，那邊的房子是妳親手佈置的，我們有一百零一個理由——，他喘了一口氣，繼續如數家珍下去，有一千零一個理由搬家，這不是辦家家酒啊。明明是無理取鬧——眞笨，他拍拍腦袋，把她當三歲小孩不就得了。環視滿屋綁好、裝妥的一堆堆行李，皮箱啦、紙箱啦、水桶等，及一些留之無用而棄之可惜的雜物，每離開一個地方就要丟掉一部份東西，正如每搬到一處又要新添一些東西；看看這些來自各地的英雄好漢武林高手，各具各的地方色彩。他想，早上還興高采烈把細軟物品裝成最後一件行李，正爲她的進步感到欣悅，誰知一個午睡醒來，兩人無事可做——。怎麼搞的跟她一般見識，管她的！這是她一貫的手段，每要離開一個地方，非搞得愁雲慘霧才心甘情願，過去安撫安撫吧！咦！脚却著了魔一樣，舉步維艱，糟糕！不知該用什麼牌的滅火劑？哦！想起來了，那個臉上佈滿橫貫公路的天才老師，他的招牌廣告：此時無聲勝有聲，一聲聲，一陣陣，宛若寒夜的暖流，漸行漸近，對！就是這個。到廚房看看有什麼好吃的，他感覺自己被一股膨脹的悶氣駕空起來，浮在上面搖擺不定。她，蜷縮如冬眠的蟲蛇，小小潔亮的眼睛，直瞪他的背影——不太高的身子，烏亮的頭髮像海風的黑夜，全身流著精幹漂泊的血液。眞是見鬼！她輕輕嘆著氣。嫁給他後，才知道自己朝思夢想的「家」，竟是一葉浮萍，這一切終於證實了爸媽的眼力；搬！搬！搬！他一生的事業就是搬家，什麼都沒做成，到底要什麼樣的家才不再搬，眞不懂，也不想懂，搞懂了又能怎樣。換個姿勢，兩腿伸直，乾脆整個人埋進又軟又厚的沙發裏，望著水藍藍的天花板。天花板！天花板！她憤憤地打著沙發，沒有一片天花板罩得住他，眞沒用！

兩年前到了東部濱海的村子，她暗暗自喜，這下子可好了，海！是他最喜歡的——除了她以外。海！就在三公里外，潮聲在枕邊迴流，每夜他們安臥在海神强而有力的臂彎裏，夢裏滿載著海的祝福！她養了一大羣鷄鴨，每天澆花拔菜，總要弄幾大盆飼料，鷄鴨吃得飽呆呆的，而自己却餓得眼花謝盡，連吃早飯的時間都沒有，到後來竟也閒不下來，找些事忙忙，也忙出許多樂趣，她曾自封「養鴨公主」，這也成了他揶揄的綽號。黃昏裏，他從繁囂的鎭上歸來投入她的懷抱，整夜地融在馨暖中；然而漂泊的暗流常載浮載沈，她雖竭力壓抑，終於所預料而害怕的事在一個極不協調的夜晚發生，她提出頗具說服力的理由，慷慨激昂地宣言，却在他如泰山般的沈著下顯得如此無力無助；最可恨的是：竟然將所有的鷄鴨分送左鄰右舍，辛辛苦苦栽種的花、菜也留給買房子的人，他以爲搬家的人不當携帶任何有根的東西。

她再也忍受不了，一陣風地衝到他面前，抓住他的雙肩直叫：告訴我，爲什麼要搬？爲什麼？爲什麼……他一言不發，以那懾人靈魂的目光看著她，彷彿在告訴她：我，就是答案！接著輕輕地將她摟進懷裏，低柔的聲浪——早點睡吧，明天一早就要動身了。啊！啊！常就在這永遠令人迷戀的森林裏走失，好恨！好恨！在他懷裏氣得牙癢癢的，巴不得咬他一口。

哼！什麼看起來都不對勁，連自己也愈來愈討厭。她跳了起來，廚房傳來他的洪鐘，碧雲！

開水在哪兒?你是客人哪!不會找找看,莫名其妙!沒有啊!怎麼連一滴水也沒有?溫水瓶、茶壺、玻璃杯鏗鏗鏘鏘地碰撞。早上明明燒好一壺水,還說沒有,渴死好了,渴死就不會再渴了,她壓低聲音,如果眞能死的話。吊燈隨著她的吼流受驚地擺盪起來。吔!他不該這樣大嚷!有什麼好嚷!像要掀起世界大戰似的,沒知識!

走向鋼琴,噯喲!劈哩啪啦一聲,什麼鬼東西,嗄!糟了!他所心愛的龍蝦標本,碎成一地的蝦影片片。那是在東部海邊,偶然垂釣驚喜得來的,他激悅地說:我要把牠做成標本,這樣我就能永遠擁有海,妳說是不是?想不到他也詩情起來。蝦身棕紅,兩根長鬚奮力躍動,全身節紋均勻,可想見殼下肌肉的優美。他小心翼翼地取出鮮肉,還燒了一頓豐富的龍蝦餐呢!製成標本後,像寶貝一樣的供奉,還給它取了名字,叫什麼來著,咳!一時也忘了,她從來記不住屬於他的術語。喔!他來了,想必聞聲而至;面對現實啊!倒要看看能對我怎樣,大不了……。什麼?捧著面目全非的龍蝦,不知道他是如何站起來的,只一睜眼,就見他臉都脹綠了,青筋浮動如浮雕。妳……妳……,雙手顫抖不停,她已無路可退,轟然一聲,他呆坐在沙發上,無助而氣憤地望著她。不!不!一平,我不是故意的,不是故意的,原諒我!原諒我!她內心吶喊聲裂,「對不起」三個字却直哽住喉嚨,宛如失去動力的馬達,有氣而無力。腦海裏頓然呈現那一次幾乎分手的慘狀,她再一次猛悟,他竟也如此地需求助力。

室內一片凝寂,一種屬於暴風雨的虛靜。

她坐在鋼琴前，彈著「少女的祈禱」，纖細的手指舞蝶地穿梭於黑白鍵間，飛揚的琴韻像低吟過一山谷又一山谷的薄涼之風，輕觸之處呢喃著少女古典式祈禱的芳純，飄向雲冷風逸的失樂園。少女的祈禱，祈禱的少女，雖少女不再，而多少次的祈禱，祈禱著——

都是手風琴惹的禍！

那是婚後兩年搬到南部半島上，她總是在黃昏時分，不論雨晴，一遍又一遍地彈：

夏日最後的玫瑰

入秋猶自紅

當親愛的親友漸離我遠去……

他的歌聲和著低旋律的琴音是深秋核心處一股最令人心折的靈息，輕旋於宇宙脈絡上，在黑黝黝的道途中強現無光的暗輝，極盡溫柔，但非溫暖。一天，她從街上提著一大籃食物回來時，遠遠地，還以為看走了眼，再走近些約五十公尺處，揉揉眼，一看，嗄！他坐在靠背的籐椅上，在屋前空地上搖晃地哼著，手風琴像個摺叠的燈籠，一開一合間琴浪如泉，旁邊小椅上托著兩腮的女孩，約莫十七、八歲，朗麗而健美，彷彿飲滿了春酒般陶然忘我。她的臉上迅結寒霜紛落。嘿！居然旁若無人，也不看看是誰回來了。走到門口，給他最後一次機會吧；好傢伙！眞不怕鄰居笑話。「砰」的一聲，整個屋子跟著憤怒起來，晚餐上，擺著他最喜歡的紅燒鯉魚。怎麼啦？嗯，碧雲，他們。怎麼了，哼！問你自己啊！臉拉得像皮條。我？又什麼地方得罪我的好太太啦？嘻皮笑臉的坐到她身旁，輕揉著嬌嫩的雙肩。假惺惺，從不安好心眼，看他在門口的那副德性，越想越氣，不！我絕不再糊里糊塗地饒過他，要好好地算算賬，拿出勇氣來。猛地推開他，走到窗前，拉開簾子，夜色如水般沁了進來。脚步聲跟著近了，碧雲，我可愛的太太，請妳把話說清楚好不好？在下被妳搞成一團漿糊，丈二金鋼摸不著頭腦，現在我洗耳恭聽，太太在上，小生有禮了，打拱作揖。不行！要堅持原則，不到最後關頭休想放過他。瞧他一臉茫然，又不禁升起一絲憐憫。剛剛坐在你身邊的女孩是誰？她啊！哈哈——，他失聲狂笑起來。你，你……，倒換成不知所措，快說，到底是誰？心裏嘀咕著：從來沒見過那女孩，難道我問錯了，見他的大頭鬼，笑成……。碧雲，妳什麼時候學會吃醋了？她不過是對面巷的小女孩，喜歡手風琴，這幾天特地跑來要我教她。什麼？這幾天？眼瞪得大大的。這有什麼不對？小孩子嘛！聳聳肩，如釋重負。十七、八歲還算小啊？人家看了會怎麼說？妳太多心了，碧雲。多心？哼！我若不多心，那你不早就飛上天了……。

一會兒，「鈴，鈴——」我去開門，他飛也似的。她回到飯桌邊，菜都快涼了。妳的限時信！聲音跟著人冒出來；接過來一看，「臺中王寄」，哇！喜帖，咦！「三月二十九日於臺中美都大飯店學行婚禮。P.S 碧雲，妳答應過的，一定要來喔！」天哪！現在都已經元月了，郵差怎麼搞的？她直跺脚。你看看信封的地址，他湊過來。嚇！是以前的地址，怪不得！能收到就該謝天謝地了，他在一旁幫腔。一定是後來的那個忘了轉，眞該死，你知道嗎？她是我最要好的同學，以前說好的，一定要參加她的婚禮，這下可好，都是你！一天到晚東搬西搬的。完了，箭頭又射，不可理喻！今天實在倒霉透了；三十六計溜爲上策，去吃我的紅燒鯉魚吧！她又在嚷了，實在氣死人，怎麼辦？珍一定很傷心，誰知道現在才收到嘛！都是他！居無定所。嗯，趕快寫封信道歉，再找個時間登門拜訪，哎！不對，萬一……，萬一他們也搬了家，那……，唉呀！管不了那麼多，寄了再說。

琴聲愈來愈弱，只剩得低空羣舞的細手如飛。

他，站著她背後不知有多久了，一切的一切雖猶存咽息餘波低吟！却可感受一股平息的力量在滋長而伸長而瀰漫；兩人各據一端的天平，常因對方出其不意地騰空而起，以致平衡感乍失而擺盪搖晃。她感覺厚實而有力的雙手浮游於肩上，略帶著微顫的激情，近似初次約會中本能的驚悸；她意識到背後是一座千年冰山，而又湧冒暖馨馨的青煙，令人不敢近前，又不由得的親近。

陡然，琴聲如斷絃似的戛然休止。

她緩緩地轉過身來，視線漸漸地，漸漸地朦朧，他那端正而輪廓鮮明兀立的五官，慢慢地融化而擴化而模糊，一縷似清晰又迢遙的時間之流侵略著每一處生命，她想捕捉，距離却越拉越遠；彷彿聽見極遙極遠之天一方，飄漫著虛喚著永恒之音笛，她，他，無力跨越，鴻溝千仞……，直到她細緻的臉上輕撫著的手沈吟地說：

天色不早了———。

五、參考書篇

篇名	作者	出處
南瓜	荊棘	
風樓	白辛	
第一封信	林央敏	禮記
相見爭如不見	戈壁	采風

拾　譯述散文

一、特　色

現代散文表現的原則：「以現代語言爲骨幹，加之以適度的古典的承祧與域外的移植，以重新鎔鑄。」縱線的古典承祧雖與橫面的域外移植相對並列，但就國族文學發展的本質與前瞻性言，前者理應更重於後者。

迄至目前，新散文的表現，縱線的承祧發皇做得不錯，橫面移植使用還得加强。基於中、西文化背景的不同，我們必須採擷域外不同於本國的精美。如西洋文學中句法的特異，用詞譬喻的深密，幽默雋語的使用，音與色等媒體的講求，以及繁複句型所造成的感染强力……諸多特色，有待我們去研究、移植、揉合、使用。再就理論言，西方的一語說（用詞準確性的講求），類同於我國古典文學中的「活字點眼」；而「朦朧說」，又與我國唯心藝術論相近，是基於「以簡馭繁」的道理，不求明確，保留廣大的想像天地，供讀者自去玩味尋索，以求得更爲多面、多角性的超越獲得。朦朧說不是一語說的相對，而是更爲理想的文字排列組合的原則，促使文學表現能夠達到更爲緻密精深，難能表現的層次，這許多近似或相異的西方文學理論，都有待我們去比較、研究。

今日的譯述散文，已經不僅是「信、達、雅」的要求做到就能符合標準。重要是在比較以及比較之後的抉擇。衆多的域外精美手法，首先必須以之與我國族傳統主線相較，選出能與我本體文學相配合，適合於現代國人，適合於本國現代文學發展的，再來進行移植、鎔合的新鑄工程。

二、表現重點分析

(一)具有域外本來成份：如西方的宗教性、專有名詞、西哲及西文的慣性。
(二)譯述適度配合國人習慣，使用本國詞語、成語等。
(三)使用想像、譬喻、形容、鮮活明朗。
(四)繁複句型：如「以……以……加……和……。」
(五)用詞新力。問句設計新穎，使用對比以求堅實，精鍊着力，反諷性强大。
(六)以部份短句成段、表現切頓、感嘆、疑問。
(七)要求感性與理性並具。

(八)長句形成氣勢力量。
(九)因藝術深度之維持或譯事與原作之差異，難免有艱澁（表意不暢）或晦澁（表意不明）之處。

三、作家作品例舉分析

翁廷樞譯：俄索忍尼辛諾貝爾受獎演説辭

〈為人類而藝術〉（節錄）

1.文　例：

煞似那神色困惑的野人，撿到了一樣稀奇的物品……或許是海潮所拋擲起來的，或許是沙灘裏顯現的，或許是從天空中掉下來的……玲瓏剔透，時而暗光隱約，時而光華激射……於是他反覆把玩，不忍釋手，思量要怎麼使用它，想就中覓得某種卑微的功能，却不曾設想過較爲崇高的目的……

同樣地，吾人玩弄藝術於股掌之上，很自負地認爲是它的主宰，厚着臉皮要給它指出方向，要變革它，改造它，要發表宣言，要拿它賣錢。我們利用它來邀寵於當權。時而把它當做消遣（甚至用於歌廳和夜總會裏），我們千方百計要抓緊它以供社會、政治一時之役使。但是，藝術畢竟並未因此而蒙受汚瀆，更未失去原有之光彩。並且每次，任憑你怎麼擺佈，它都能擴散一分內涵的光華。

然而，有誰能擁抱這種光姿？誰敢斗膽宣稱他已界定了藝術？誰敢大言不慚，自認已數盡它晶潔的層面？或許，數世之前，古人中確有解得眞意者，並曾有以名之，惜乎吾人心急氣浮，載聽載行毫不介懷，更棄之若敝屣，屣遠在匆促中摸索，去「菁」存「蕪」追逐「新奇」。爾後，當舊話又重提之際，早經忘懷是老生常談了。

有一種藝術家愛自認是獨立精神世界的創造者，並進而負創造此一世界之一切，然而他終必不支，塵世中的才人，很少有能承受這樣的重負；正如人們一度曾自詡爲一切存在的中心，却又無能去創造一種均衡的精神體系。是以一旦失敗便歸咎這世界永遠存在的不協調性，時代精神之解體，和大衆的愚昧。

另一種藝術家認淸在他之上有一至高的力量存在，於是在上帝的天堂下，恭謹行事，像小學徒般愉快耕耘。雖說他對文字的責任和對讀者的態度要遠較前者嚴謹，但是這世界仍非由他所創，更非由他來提供方向，而且他自己也不懷疑它原有的存在基礎。藝術家與常人的分別僅在感覺較爲敏銳；他較易感察這世界的和諧，和人力加諸其上的一切美與橫暴，並予以生動描繪。在重重挫折中，居生存最低劣之層面，藝術工作者縱經貧、病、牢籠，亦應能經常保持住內心某種穩定的和諧。

然而，以藝術之無條理性，以其盲目之變化曲折，加上難以逆料的種種發現，和震撼靈魂的衝擊等，實非藝術家以其概念與笨拙的手工所能包容在一己的世界觀裏去的。

考古學者迄未發現在人類生存的任何階段沒有藝術的存在。即使在人類黎明期前之半曚昧狀態，吾人便已自冥冥中的雙手接過這項賜予。不幸我們却不曾問過：爲什麼要我們擁有這分才具，和我們該怎麼去使用它？

學凡預言藝術解體，說它已用盡所有形式，說它正逐漸枯死的人都錯了。我們自己才是不免於毀滅，而藝術却必得長存。問題在人類瀕臨絕滅之前，是否有可能了解藝術包含的所有層面和目的。

世間並非一切皆可有以名之。其中許多東西是淩駕語言之上的。藝術能夠爲我們敲開黑暗冰封的心扉而通達昇華的精神經驗境界。以藝術爲手段，有時我們能隱約捕得短暫的透視，而這些都不是邏輯思維過程能幫助我們去得到的。

一若神話中的那面鏡子：你所看到的並非自己，而是在頃刻間得睹「永恒」，身體却動彈不得。此時你頓感心胸隱隱作痛……

杜斯妥也夫斯基無意間曾漏出這曖昧的一句：「世界將由美來拯救。」這是什麼意思？我經長久思索，認爲這只是說說罷了。這種事怎麼可能？在人類經歷的血腥歷史中，美何嘗拯救過誰？美曾使我們精神昇華、使人類心靈崇高，但是它何曾救過誰啊？

不過，在美的本質裏，却存有一種特色，也便是藝術景況中的一種特性：眞正藝術品中所具之說服力是絕對不爭的眞理。它能敎最頑劣的心靈折服。一個人可以結構出一篇政治講稿、雜誌論辯，他可以擬定社會計畫、哲學體系，並使之結構嚴謹文詞通暢，但是這些往往是建立在一種錯誤、一項謊言之上；其歪曲、隱晦之處，却無法爲吾人立時看出。同時答辯的講詞、評論、計畫，或體系不同的哲學亦可與前者抗衡，同樣結構嚴謹，無懈可擊。因此敎人相信他們，其實說穿了却一無足恃之理。要肯定去採信那一種見解其實是庸人自擾罷了。

反之，一件藝術品的本質便包含認證在內：粗枝大葉，或綳得太緊的料子裁製而成的意念，往往是不能經受考驗的；它終不免變得醜陋、蒼白、破碎，而無法去感動人。只有浸淫在眞理中，並使之生動具現的作品纔能以無比的力量捕捉我們、吸引我們，甚至隔代也不會有人要去否定它的價値。也許便因此之故，那古老的眞、善、美一體的說法，或不似吾人在放任而崇尙物質的青年時代所見到的那樣陳腐吧！倘若這三株樹得以枝杈交錯巔峯相接，一如有心的尋幽探勝者所肯定的那樣，如果眞與善的枝條過分顯明而遭到壓制和砍伐，竟不能得睹天日，或許那好奇而難以捉摸的美的枝條，會出人意外打出一條通路，往上茁長抵達交會之處而履行三者共同的使命。

就這種情況來說，難道不能認爲杜斯妥也夫斯基說的：「世界將由美來拯救」竟是一種預言？畢竟他是有透視眞理的異稟和慧根獨具的人物啊！

因此，難道說文學和藝術不能實際拯救今日的世界？

……

我曾奮力攀臨此一諾貝爾獎之道壇。此非所有同道皆得一至之地，有緣之人，畢生亦不過僅得一次機遇。它不是三、四級堆叠之階石，而係千百梯級，高聳雲表，屹立在黑暗與寒冰之上。在此地命運曾教我掙扎求存；此間多少較我爲優且更爲堅強者且不免毀滅。……但是俄羅斯文學並未因此斷氣。只是從外面望去，一片荒涼景色罷了。應是古木參天、綠樹成蔭的茂林，而今却只餘三、兩株劫後的枝幹，空對夕陽殘照。

今天，在死難同道英靈相伴下，我該如何俯首汗顏，讓那些眞正有資格的，帶頭步向這光榮的道壇？我該如何察知並代替他們吐出他們心中渴望表白的意思？

這種負擔，在我心頭積壓已久，我深知自己責任之沉重。借用Vladimir Soloviev的話，便是：

讓我們手挽手圍成一圈，

完成我們沉痛的使命。

在集中營疲累的長期徒步行軍中，在冰結的寒夜裏，點點孤燈透過黑暗偶爾照亮了囚徒的隊伍。不只一次我們渴望要向這世界吐出長久哽塞在喉頭的鬱結，只望它能聽到我們之中任何一人的申訴。此時，我們心裏非常明白，代表我們的這位幸運使者，他只需放聲吶喊，整個世界必即報以回應。我們全體的看法，不論就物質需要、感情作用與反作用而言，都是明確一致的。因而生存在這一體不分的環境裏，我們並無缺乏均衡的感覺。

這些想法並非從書本所得，亦非爲謀求和諧與秩序而設；它們是在漫長的鐵窗歲月裏，在集中營的營火旁，與已故的難友們交換意見的結晶，是在這種方式的生存中堅硬而成熟的。

以後當外來的壓力漸減，我們的看法和個人的觀點乃得擴大，即使只算得管中窺豹，亦漸得睹世界之眞貌。最敎人驚訝的是，這日夜嚮往的地方竟和我們想像的大相逕庭。它過的並非我們所渴望的生活，它走的並非我們所要走的方向。當它來到泥淖的邊緣，竟驚歎這是可愛的綠野！當它看到囚徒頸上的沉枷，竟驚歎這是美麗的項鍊！在有人放聲悲嘶，淚若湧泉之時，竟有人隨着輕鬆的調子舞蹈。

爲什麼會有這樣的情形？是什麼使我們的地獄擴大？難道人們都感情痲木？莫非這世界根本不仁？是不是語言不同造成的隔閡？人們爲何不了解彼此的語言？言語只空洞回響着，然後便似水流去——無味、無臭、無色、了無痕跡。

隨着了解範圍的擴大，這些年來我曾不斷修正講詞的內容、意思，和語氣；也便是今天我打算要在此宣讀的這篇東西。

如今，它顯然已不復是在那刮骨的寒夜，在集中營裏，我所思量要說的話了。

亙古以還，人之本質始終若是；至少，在未經催眠之時，其動機與衡量價值之尺度，其行爲、其企圖等等，乃受個人及團體生活經驗所左右。俄國有句諺語：

「寧信自己歪斜的兩眼，勿信自己親生的手足。」

這是了解個人環境，和在此環境中個人行爲最好的憑據。我們的世界經數世疏離隔絕，在交通傳播使之溝通，在我們把它轉變成爲統一而聲息相關的一體之前，人們只能蟄居一隅，在各自所屬的社區、社會、國土上，以各自生活的經驗爲嚮導，沿一定的方向發展。此時個人仍有可能去察覺和接受某種共同的價值規範。我們可以曉得什麼是一般性不好不壞的，什麼是令人難以相信的、什麼是殘暴的、什麼是極惡的、什麼是榮譽的、什麼是詐騙的。雖然，不同的人們散居各地，過着不同的生活；雖然，社會價值的標準，和度、量、衡標準一樣，存着可異的差別，結果也只有一些偶然的過客會感到驚訝，充其量只不過是雜誌上幾篇茶餘飯後的小品，對仍未聯合的人類全體並無威脅可言。

但是，在我們最近這幾十年間，人類竟意外突然聯合。這是充滿希望和遠景的結合，同時却又險象環生。因而其中之一部遭受震擊或感染，幾乎立刻便可傳送到其餘部分，甚至有時根本沒有豁免的可能。人類總算聯結一體，不幸却不像一個社會和一個國家一樣，能夠在一種穩定的狀態中求統一。這樣的結合，不由生活經驗累積的結果，不經個人知見之同意(有戲稱爲盲目的)，更欠缺鄉土語言做橋樑，而是横掃一切屛障，靠國際間的電臺和報紙做聯繫的。國際間的大事，似狂濤壓頂，接踵而至。頃刻間世界上半數的人都曉得它們的發生。但是在某些陌生的地區，人們衡事的標準和看法，却無法經由電臺和報紙讓我們知道。不同的價值標準，在不同國家、社會，自有其各別淵源，而以極端不同的方式長久爲各別隔離的人羣所接受。他們自然無法同時得到溝通，更因不同地域有不同價值標準之故，事件之判斷自無妥協餘地，其態度亦必横蠻獨斷，純以一己之尺度爲繩事之準則。

……………

然而，有誰來折衝緩和對立的價值規範？要怎麼樣來着手完成它？誰來給人類創定判別善惡好壞的唯一準則？要如何決定可忍與不可忍之別？誰來廓清眞相使人類全體得知孰爲不可忍之眞惡，孰以切身之故其實無關痛癢，並將舉世之憤導向眞惡？誰能把這種了解貫穿個人經驗建立之屏障而溝通人心？誰能在頑固狹隘的人性本質上注入惻隱，分負世人之悲歡，並使舉世得能透視生活中所不曾經驗之事實與虛幻。

就這一點來說，口號、高壓，和科學的證明顯得同樣無能。幸而我們還另有一種手段！那便是藝術，那便是文學。

在藝術中蘊藏着一股奇異的力量；它能教人不侷限於一己狹窄的經驗而排拒他人經驗的影響。在人與人之間，在人生短暫的旅途中，藝術使他得知他人在生活經驗中所遭受的一切；它重創他人肉體忍受的經驗和痛苦並容許此種經驗爲人們所吸取。

尤有過者，國家與國家，大陸與大陸，每隔相當時間便要重複彼此的錯誤，一如目前便可能發生的情形一樣；雖然，在眼前所處的時代，一切似乎應該看得清楚才是！然而，事實却並不如此：若干民族，方自痛苦中解脫，痛定思痛決意棄除的錯誤，突然又在其他民族中出現。有關此點，唯一能補救，並替代我們所缺乏的經驗的，也唯有藝術和文學。造物曾經賜給我們一種奇異的能力：我們的語言、風俗、習慣，和社會結構容有不同，人們仍舊能夠把人生的經驗，把整個民族數十年間備嘗艱苦歷經辛酸所得來的寶貴教訓，交付給另外一個民族。從最好的方面來看，這種經驗或可能拯救一個國家，俾不致步入危險、錯誤，與毀滅之途，並從而減短人類歷史之曲折與重複。

我希望今天，在這個講壇上，能喚起大家急切注意藝術這種偉大而又可貴的功能。

此外文學還有一種可貴的特色，便是能夠把人類經驗濃縮了的精華傳諸後世，使成為民族的活的記憶。它眞實地保存了民族過去的歷史。是以文學和語言保持了民族的靈魂。

晚近流行世界各民族齊一的說法，要在現代文明的冶爐裏融化各民族間之差異。我個人於此頗持異議，不過這是屬於題外的話。在這兒可以恰當地說：民族性的消失，其禍患決不亞於大家面貌相同，性格一樣，無法認辨。民族性底差異乃人類之財富，是不同民族性格的結晶，即使是其中最小的晶體，亦有其獨特的色彩，並包藏着上帝意旨之特殊的一面。

然而世間最悲哀的莫過一個民族它的文學命脈為暴力所斬割。這和禁制「輿論自由」不同，乃是民族心靈，和民族記憶的割除。此時整個民族乃如行屍走肉，雖然國人仍使用同一語言，忽然彼此都頓感形同陌路，無法互相了解。啞口的人們繼續出生、老死，既無法彼此交通，亦無從對後世表意。像 Akhmatora 和 Zamyatin 這樣的文學天才如果一生被活着埋了，要他們在墳墓裏默默地創作，對自己的作品不聞絲毫反應，這不僅是他們自己的不幸，同時也是所有民族的悲哀，對所有國家而言更是一種危險的威脅。

有時其威脅更及於人類全體：由於此種瘂默之故，人類歷史戛然中斷，不復能爲人們所了解。

……………

二十五年之前，聯合國組織，在人類共同崇高的切望中誕生。不幸，在這個沒有道德的時代，竟使之生而欠缺道德的情操。這不是一個結合人類全體的組織，而只是一個糾合若干政權的機構。在其中得以自由互選者都是有武力作後盾的「我武維揚」之輩。多數會員僅憑一己之私，關心部分種族之自由而忽視其餘，用阿諛的投票爲手段，排斥所有組織外的申訴。它無視小民之呻吟、呼號與祈求，只因他們是孤立無援的弱小民衆。在這個偉大的機構眼裏，他們只是些細小的蟲豸。它從不考慮把二十五年以來最可貴的文獻——人權宣言——作爲衡定會員資格與義務的基準，因此把升斗小民的命運託賣給一些不是他們自己所選擇的政權去侮辱。

就目前的情況來判斷，世界前途似乎應該操縱在科學家們之手。人類社會技術的發展，每一步驟都是由他們來決定的。世界未來要走的方向，不能依靠政客而得依靠科學家們去共同努力。特別是我們已經看到，若干人協力合作的結果可能產生多大的力量。但是科學家們却迄未有任何明確的企圖要把自己變成人類重要的策進力。在會議中他們遠遠躲在後面，對人類的苦難避之唯恐不及。當然，藏在科學的園地裏生活要舒適得多。同樣的慕尼黑精神已經展翅把他們卵翼在下了。

說到這兒，我們不禁要問在這殘酷、蠢動、隨時可以爆炸的世界裏，在它面臨萬刼不復之境時，作家究應擔負何等角色？我們自然不會發射火箭，更不曾去推過最容易控制的手車。我們受崇尚物質力量的人們所鄙視。我們的畏縮不前應該也是很自然的事。難道我們不也該喪盡信心，恁「至善」漫受汚衊，恁「眞理」横遭割切，而只以遊戲方式告訴世人我們的痛苦觀感，告訴世界，人性何等腐穢，人類如何墮落，美麗潔白的心靈多麼難以在他們之間生存？

但是，甚至連這樣逃避責任的藉口我們都不曾有過。一旦以藝術爲己任，終身便無法再把它遺棄。作家決不能厠身事外，以超然的態度去臧否時人和批評自己的同胞。他應該分擔自己的國家和同胞所犯一切罪孽的結果。倘若這個國家的坦克曾在鄰國都城的柏油路上進行屠殺，那變色的血汚將永恒唾吐在作家的臉上。倘若在某一不祥的深夜，在信任你的人們之中，有人在睡眠中被帶上絞臺，那繩索的勒痕必在作家雙手留下青黑色的印記。倘若國內的青年遊手好閒鄙棄生息，甚至吸毒、綁票，那麼在作家的呼吸中必雜有穢惡的臭味。

我却自透視世界文學獲得鼓舞而勇氣倍增；它髣髴是一顆無所不容的偉大心靈，充滿了對世人的憐憫與關注，從每一個角落，以一切方法來表達它的慈悲和關懷。

人類自古便存有世界文學的概念。它凌駕在民族文學之上，聯結它們，使百川交聚，滙爲文學思潮之狂流。但是，這種過程通常曠時費日：讀者和作家，有時需經數代延滯乃能認識和了解其他國家的作家。這一來便不免躭誤彼此間的影響。是以滙聚各民族文學的世界文學主流，並不能在當時發生重要作用而只能影響後世的子孫。

幸而今日各國讀者和作家，彼此間的交通和影響，在時間上已經縮短得多。這一點，我自己便切身感到。我自己的作品，在國內還不能出版的，不管譯筆如何草率，却已經很快在世界各地獲得廣大響應。甚至像鮑爾這樣優秀的西方作家都不吝筆墨爲它們寫過些評析的文字。最近幾年，當我的作品和我的自由還沒有完全被禁絕，當它們一無所託以「反重力法則」的姿態懸在半空，只寄望在一些看不見的人民大衆的靜默的同情上時，我却意外得到世界各國同道們的支持。他們給我帶來的溫暖和個人的感激是無法言喩的。記得在五十歲生日那天，我意外收到許多聞名的歐洲作家寄來的賀函。這意外的收穫確敎我深感詫異，我想，這一來以後任何加諸我的壓力和迫害都不會不引人矚目了。在那充滿着危機的日子裏，我剛被作家聯盟除籍，然而一堵抵禦的牆却由世界各處關心我的同道築就。這挽救了我使不蒙更壞的迫害，而且挪威的作家和藝術家們更到處奔走爲我布置歇脚的地方，以防萬一我有被放逐的危險。最後，推薦我提名諾貝爾文學獎的並非我在那兒生活和寫作的國家，而是摩里亞珂諸人。尤使我感激的，各國作家協會更一致表示對我的支持。

這便使我察覺世界文學，並不是一個抽象的名詞。它不是空洞而沒有實體的東西，更不是研究文學的專家學者所臆造之詞。它是具有一定形態，蘊涵人類共同精神，和統一而脈動的心的實體。它反映了人類精神之趨向統一。固然，今天的邊界上仍舊到處汚染着鮮血，充滿原子武器爆炸的聲音，密布着熾熱的高壓電網，而且有些國家的內政部門依然相信文學應也是內政之一，報紙標題仍舊經常出現：「他們無權干涉我們的內政」這一類的措辭。其實目今世界豈容得關着門行事。如今唯一能拯救人類的，也只有靠大家都來管世界的事。東方人固不能不管西方的事，西方人又豈能不關心在東方所發生的一切。而文學，作爲人類生存所寄最微妙而又最要緊的工具之一，顯然是最先把握與聯結人類統一的願望所持的必要手段。因此，在今天，我以無比堅信呼籲世界文學、呼籲世界各國我所未曾謀面，且可能永遠不得識荆的同道們，共同努力。

朋友們！倘若我們仍有絲毫價值可言，讓我們携手完成此一使命吧！在階級、運動、朋黨所撕裂的國土裏，有誰自始便關心人類的統一？這基本上是作家的責任：我們是民族語言的代言人，是結合民族並從而結合世界使成一族的主要維繫力，可能的話，更是人類崇高靈魂的表徵。

我深信世界文學有力量際此存亡絕續之時，幫助人類去認知並唾棄居心不善的人們和他們的組織所企圖灌輸的一切；溝通各地域人類濃縮的經驗以終止人類繼續分裂……使我們不致眼花撩亂，讓不同的價值標準得以調諧；使世界各族能深刻而正確地去了解彼此之歷史並感同身受；讓我們能感受他人的痛苦並以之爲借鏡俾免重蹈覆轍。同時更以之演化成一套世界觀：像每個人都能做到的那樣，把目光貫注在附近的變化而眼角却同時收攬世界各地的遠景。這樣我們才有可能觀察並創造世界共同的水準。

除却作家外，有誰來指摘統治者之不當與社會之腐朽（不論它是否可恥地卑屈，偏安於現狀的怯弱，或縱容年輕的一代爲非作歹恣意妄爲）？

或許有人會問，面對着殘酷的暴力，文學能有什麼力量？讓我們別忘了，如果沒有謊言，暴力豈得倖存。它是和謊言交織不分的。任憑是誰只要宣稱靠暴力爲手段，乃必以扯謊爲後援。起始之時，暴力或能不隱行藏肆無憚忌，但是一旦力量薄弱需要加强，便頓感周圍空氣稀薄必須靠謊言所散布的烟幕來生存，藉虛僞的言辭來掩蔽。它無力永遠使犧牲者哽塞窒息，通常只要求他們接受謊言並參加到它的行列裏去。

因而任何稍有勇氣的人，很容易便能解決問題，只要他不去參加這行列，不支持不義的行動！「讓謊言和暴力去孳長，去控制世界吧！只要我不助紂爲虐，不成爲它們的共犯。」通常作家和藝術家們要征服謊言往往有較大勝算的機會。和謊言短兵相接時，藝術總能夠得勝。這是無可爭辯大家都可以看到的事實。謊言縱能抵拒這世界多數的東西，却不堪藝術之一擊。

一旦謊言消散，暴力亦隨而裸陳，衰弱、無能，隨卽潰敗。

朋友們，這便是爲什麼我認爲在世界正面臨空前殘酷的考驗之際，我們能幫助它的地方。我們不應妥協束手待斃，我們不應空度歲月沉淪在無意義的生活裏，我們應該走出來參加戰鬪的行列。

在俄羅斯語言裏有一些大家喜歡而涉及眞理的諺語。它們肯定地表達了這個民族的經驗，而且有時是相當令人詫異的：

含有眞理的一個字，分量便比這世界還重。

我個人的行動便是基於這看來像是不合「能量和質量定律」的一個「眞」字，同時更願意以之籲請世界所有作家共同奮鬪。

2. 分　析：

(1)主題：爲人類而藝術莊嚴的宣告，作家以博大悲憫宣示人性光輝與人生至理，證之以哲理省思常是民生痛苦思想反動，索氏的創作源生於極權的政治背景，非如此酷烈的迫壓，不足以產生如此深切的悲憫。

(2)開頭以新穎譬喻顯示人類的淺薄，只想追尋藝術某種卑微的功能，却不曾設想過較爲崇高的目的。

(3)藝術雖常被誤用，但它不爲世俗所汚，永恒的尊貴本質不滅，藝術不在金錢之上，不在金錢之下，而在金錢之外。

(4)藝術之深廣不是人類力量所能蠡測管窺的，有限的人類知能永不能涵蓋藝術全貌。有如人類生於自然天地，永是宇宙間的一粒微塵，即使累積的文明可以了解使用自然的一部份，但絕不能完全控制使用自然。

(5)啓示了藝術家的要件在敏銳與悲憫。

(6)藝術創作表現必應與眞理結合。杜斯妥也夫斯基所言：「世界將由美來拯救」，當是藝術家崇高的使命。

(7)人的行爲企圖，深受個人及團體的生活經驗所左右。

(8)藝術使人得知他人在生活經驗中所遭受的一切並予吸收，並將人類經驗濃縮菁華傳諸後世，使成爲民族活的記憶，保持了民族的靈魂。

(9)不可妄求各民族齊一，民族性的差異乃人類之財富。人世本應具備各種采姿即如妄求各個人類的統一，其實是喪失可貴可愛個性的單調。

(10)以暴力斬割民族的文學命脈，是一種愚行。

(11)藝術家不可藏身在象牙塔裏，理應由爲藝術而藝術延伸至爲人生而藝術。

(12)文明愈進而人類的理性愈差，暴亂殘殺彌足警惕，聯合國成立之初「人權宣言」的精神已變質。

(13)世界文學不是一個抽象名詞，應是作家們秉持良知所合力追求的鵠的。作家是民族語言的代言人，是結合各民族，使成一族的主要維繫之力，可能更是人類崇高靈魂的表徵。

(14)文學應有力量幫助人類去認知生存環境，喚起醒覺改善，溝通各地人類的經驗而終止分裂，以充份的道德勇氣維護人類生活之和諧，並要求作人生之調適與人性之提昇。

⒂藝術的眞義在「眞」亦卽中國儒家所說的「誠」「仁」——原是人類立身行事的不二法門。

四、參考書篇

哈姆雷特 莎士比亞著 梁實秋譯 文星

羅密歐與朱麗葉 莎士比亞著 梁實秋譯 新亞

湖濱散記、大衞梭羅

賣火柴的女孩

給我三天光明

拾壹 論評散文

一、特色

一般學者必應具備的認知先決是：「義理」與「辭章」是爲不可或缺的一體兩面。「義理」是「辭章」的神明魂魄；「辭章」是「義理」的血肉豐采。若是要求辭章具有堅實的內容，那一定就是屬於義理範疇的理念；而要求理念發表，能夠引發閱讀興味進而產生共鳴認知，那一定非有優美辭章不克爲功。義理的價值在文學藝術精要的深度；辭章的價值在文學藝術鮮活的廣度，深廣兼具原是一體。

時下的青年學者，常因性別不同而有學習的差異。男性多重義理，誤認爲「行有餘力，然後學文」，對辭章藝術存有不屑的偏見；而女性又大多誤認義理艱深，不敢嘗試，以致常停留在辭章表現軟性層面。根據以上的分析，這一種偏失之弊，實是該在認知之後改進兼備的了。

義理的重要既已明知，它的發表類型就是論評散文，源出於荀賦「說理」的主流。在以前，論說文常拘限於如同八股文的模式格套；同時又有一項成見，認爲論說文不同於記敍、抒情，只須要求理念明晰而不須修飾美化。現在，在因應「精緻文學」的時代特徵之下，論評散文的表現，已經突破了舊格，要求不僅是理念的具體明晰，更已在型構上突破了舊格，表現出精緻美化。

論評散文之所以必應致力，更重要的理由是它對人生具有大助。具備羣性與表現渴欲的人類，人人都要投入社會中去做事，而無論是做事或是研究，必然需要魄力。魄力的訓練，一般都以爲是由經歷之中得來，而筆者認爲還有一條重要的來源，那就是從事論評散文創作，其中理念的自得，也正就是決斷魄力的顯具。

學術性篇章，一般常見的缺失是文題與內容的配合不當，不夠周延，層次與子目的訂定不妥，明晰不夠。在論評散文創作之時並應注意，可取的方式是在「近修」（細細檢修）之後，再加「遠看」。在瀏覽檢查時發現偏失而修正完善。

二、表現重點分析

㈠適度使用文言句法詞彙。

㈡現代詞語之使用。

㈢句法講求：使用轉折、倒裝、層纍、繁複等各種句法以造成美與力。以長句造成氣勢、以短句形成切頓。並注意形成邏輯層次。

㈣用詞要求具備動感、濃縮創製新詞，使用代稱。

㈤要求有視覺美與音響感。

㈥特重形容之鮮活，顯示瑰麗繁複之美感。

㈦各種修辭手法（譬喻、象徵、詞性混用、擬人、夸飾、對偶等）之使用。

㈧渲染側向濃重著力，注意剛柔相濟。

㈨使用幽默等媒體。

㈩可能有文勝於質，使讀者買櫝還珠之弊，應就理念分列層次子目以求明晰。

三、作家作品例舉分析

樂蘅軍：浪漫之愛與古典之情（節錄）

1.文例：

雖然叔本華對哲人著其靈眼於愛情題材，嘆恨它為數也少，然而自從柏拉圖的「筵話」篇和「斐德羅」篇用宏文偉辭暢述了愛情三昧以降，直到近代心理學家的科學分析，西方學者們對這個問題的概念上的討論，就是粗疏覽來，也是恢詭譎怪，嘆爲觀止的了。反觀我們除了近代一、二學者餘興所至，偶然也有些雅詞韻語之外，似乎我們對愛情的根本看法，還是謹守著「食色性也」這個古老而簡樸的箴言。然而有趣的是，無論抽象的概念活動有如何繁簡的差異，愛情的事實，和愛情所激發的藝術創造，在任何一個文化中都是豐盛而多彩，活躍而富生命感的；事實是，愛情以任何一種文化環境做它的沃土良田。譬喻來說，這完全屬於個體的情感運作，就像泥土中嗞嗞作響的水氣，和嗶剝發芽的種子，共同在神秘醞釀生命的情景；它初初看來，對那一片大土地是那樣的微不足道，可是却供給它無限生機。許許多多愛情活動在不同的時空裏發生、演出，像種子在春天不經意地冒土滋長一樣；其中一些由於藝術機緣，乃蔚爲大樹，花燦葉茂，造成這片土地上的永久風景，這搖曳生姿成爲永久風景的花樹，自然就是用來譬喻經由文學作品所表現出來的愛情景觀了。通過文學呈現的愛情故事(無論其表述形式是詠嘆也好，是敍述也好)，是和整個文化背景組合在一起，構成一種動人風情畫的；同時，另一方面，愛情故事也是通過故事中愛之造作者的全部人格（當然，這個人物是由藝術安排塑造的）來體現的。而因爲這兩層重要的實在性，愛情故事就並不是赤裸裸地拋擲在原始人性中，或者從人事現象中抽離出來，而可以盡情品味的。由於這顯見的理由，西方學者們對愛情一事所作的那種純粹概念式的討論，也就不見得都能在文學領域中派上用場。無論是柏拉圖的靈魂理念之愛，叔本華的種族意志，或者是弗洛依德的性慾昇華說，佛洛姆的克服隔離感等等，都是用一些概念（甚至只是一個概念）把愛情穿上制服，讓這許多由個人心理演出的活動，全都統攝在人類一個模式活動之下。無疑的，學者們用智慧（當然也可能只是偏見和獨知）從根本上來教導我們明白，人之所以爲人，愛情之所以爲愛情；可是另外一方面，文學故事却給我們關於人、關於愛情的種種情狀的描繪，缺少了情狀的描繪，將不成其爲文學；而概念化和動機的絕對統一，就會使文學故事貧血。況且，無論如何，愛情總竟是由一個個體生命，在他自己獨特的情境中所從事的意義複雜的情感活動。在這個情感活動中，我們所要品味的，是愛情的生命觀，是愛情投注在一個生命中所引起的種種可感知的事物，而不僅僅是一個柏拉圖式的超然靈魂，或者一個弗洛依德式的本能之欲。靈魂和本能等等，使我們洞察了一部分眞象，然而却不能取代每一愛情故事的完整性、個別性，和描繪性。因此弗洛依德批評文學家爲了美學的快感，而不注意人類情感的起源和發展，以致道不出愛情的眞象，徒然粉飾故事（見林克明譯「弗氏愛情心理學」），他的責難，無寧是犯了訴之於知求的謬誤。假如一部文學作品，把愛情描寫得感人而成功的話，那絕不會是因爲它給愛情做了最精確的介說，而是因爲它表現了人們在愛情鼓動下，所生出的痛苦和歡樂的生命情態，並且它們又復深感彼我眞性的緣故。

……譬如說，梁山伯與祝英台、羅密歐和朱麗葉兩個故事，也許你可以同時用克服隔離感或其他什麼道理來作一個歸根究底的解釋，然而，事實上，只有直接去感受這兩故事的情感樣態，然後才有或幽婉或奔放的各自生姿的情感境界之可言。進一步說，也就是，讓我們通過作品的藝術安排，通過藝術塑造的人物意態，和藝術結構的文學情境，去領略一個愛情故事。文學寫愛情之所以比其他知識更爲生色，正是因爲它讓我們看到人物奮其意態於一活躍的情境中，讓我們體味到人物情感在人生情境中交會互動的美感。文學所展現的愛情，譬如是彈奏樂器的弦簧，經過共鳴器的振動而後再流出的繁複樂音，而不是敲擊物體直接發出的單純的聲響。因此之故，我們才可以去領略愛情那一種情致紛披的景象；從這裏，我們解放並且滿足我們的人性，從而免除去將愛情視爲一赤裸行爲的這一知識和觀念上的獨斷。同時，當我們免除了知識的獨斷的時候，就能夠視每一個人物是完整的自體，而每一情感也就自成其風格氣韻，此而後，我們才可以對一個愛情故事或謳歌、或憑弔、或惋歎。

於是愛情是一個人情操的反映，愛情故事是人生情境的描繪，當其他知識把愛情一事看作人類某一種行爲現象的時候，文學則通過愛情故事而描述了人生的全面現象；當人們認爲愛情不過是許多精神活動之一端的時候，文學却在愛情故事中揭示人們精神生活的全部根底。這一點固然是文學的善於取譬，然而也是文學本身獨賦的透視能力使然。文學從不把愛情自生命裏孤立起來，而是以它爲人生的潛望鏡，一篇傳述愛情的故事，也是一篇傳述人生眞象的故事。……我們承認每一個人生事件和每一種人生境遇都是有生之靈有意義的活動。所以這裏面就不會有一味沉溺於生活的瞢然絕望，也不會有由概念推論出來的無可奈何的虛無。這就是我們存活中，不能不時刻去品味人生的緣故。

至於小說中的愛情故事，當然提供給我們很豐盛的品味人生的資料。如前所說，小說中的愛情是隨情境一同展現的，因此當我們去品讀一篇愛情故事時，關於人生所有的知覺都會湧進我們的心象，而這一愛情也就如此地在完全意義的品味之中。由於人生意態的繁富，愛情的品趣當然也是繁富而難一概以談的。不過通常我們會慣用些對比的和鮮明的詞，以來概括描述某些基本的性質，譬如，現在就姑且檢出浪漫與古典這兩詞，來幫助我們談說愛情故事一些不同的情操風調。——當然，在本質上也許我們很難分愛情的古典與浪漫，然而情感活動透過人物的情性並投現到行爲上時，便會使我們有不同的感覺。基本上我們二分它爲古典的和浪漫的。雖然一種感情可能是浪漫與古典之間，或浪漫與古典之外，不過大致說來，浪漫與古典總是情感的兩個基本樣態；甚至不論文明演進、時代思潮的影響，造成文學風格的變遷，愛情故事却不一定受當時流行文風的約制，譬如以浪漫文學著稱的唐代傳奇小說，其中固然不少浪漫愛情的描述，但是出乎浪漫、入於古典的愛情格調也時或可見；魏晉的幻想故事中，有極熱烈超奇的浪漫戀愛，也有極堅忍節制的古典情感。因此浪漫和古典並不全然是一時的風氣使然，根本上說，它們還是人類心性上的品質歧異。這種歧異雖不決定行爲的本質，却決定了行爲的樣態，而行爲樣態，簡捷說豈非就是人生？一頭山鹿或一隻禽鳥的求食或求愛，完全是在自然控制下的模式行爲，但人類每一個體都有他自己的行爲樣態，至少他選擇某一類型行爲，以滿足他個人的慾求。所以歸根來說，當我們談論一種浪漫的或古典的愛情時，同時我們就是在談論某一種姿態的人生。個中人對愛情所懷的意念，所取的行爲，就是他對人生所懷的意念和行爲。

至於，我們用什麼詞語來概括古典和浪漫情感的精神要點，以便可以在具有籠罩性的涵義下，來完全的觀照它們，進而可以去描述它們呢？簡括來說，浪漫和古典反映在情愛上的基本精神狀態，前者是無限度的向外飛揚，是所有生命力量都外射向這一情感活動的滿足上，成爲「愛的征服」——愛者征服他的情境；後者是精神極度的斂抑，是生命力向內凝聚，成爲「愛的完成」——愛者自我完成愛。無限度向外飛揚的精神，是肉體和精神二者作了極高度的微妙結合和擴張；這意思是說，浪漫的情愛也並不是剎時間遺形蛻軀的純然幻想的愛，或者是縱任官覺滿足的身軀之愛，而是在感官極強烈飽和的作用下，精神乃藉此騰躍而上昇，結果無論是軀體的行爲，或精神的想像，都獲得了非常的自由奔放，和無限的沉醉滿足。所以充分的浪漫之愛，總是銳意而往的、是激情迸發的、是常常具有明快的節奏，甚至是充沛著官覺的歡快的。總之浪漫的愛是如此的率其强烈感性，而橫決以行，追求整個生命的酣足，其終極可能是捨身以從愛，忘我忘身。所以李延年佳人歌「寧不知傾城與傾國，佳人難再得。」是一種徹底的浪漫之愛，「須作一生拚，盡君今日歡」（牛嶠菩薩蠻）也並非荒蕩，而是浪漫愛的極致。也可以說浪漫之愛是如此其天眞，像詩經：「愛而不見，搔首踟蹰。」（邶風靜女）這樣情露而思切，神馳而意狂，很近似希臘神話中邱比特傳播的那種愛情，受之者無不中風而狂走。像這狂熱而不知所以的情感，愛者完全爲所愛對象牽引鼓動，他的生命之存在，成了尋愛和滿足愛的一個活動；換句話說，他自己的生命似乎只是一個行動的媒體，而所愛者則成爲生命的目的，此外天地間再無餘事。「上邪！我欲與君相知，長命無絕衰。山無陵，江水爲竭，冬雷震震夏雨雪，天地合，乃敢與君絕。」（漢樂府上邪），這種水枯石爛、天老地荒的存在，完全只爲了「與君相知」之愛而已。所以，以所愛（或愛的本身）爲自己的生命內涵，爲生命活動的核心，除此外並不企圖在這情感中同時也關心別的什麼意義和價值，而純粹是愛的沉醉，這實在便是浪漫愛情特具的氣禀。它和幽深的古典之情（請待後論）比起來，眞可謂是先天地而生的一個混沌之物了。

……

忘身的愛純然是天眞無算之情的極致，是率性而行的生命衝動。魏晉故事，唐人小說常常以它爲題材。譬如陳玄祐離魂記是一般傳奇讀者所熟悉的，故事中少女倩娘，自少小就和表親王宙有青梅竹馬之約，後來父母却另許了婚姻。倩娘不堪鬱抑之甚，委頓病榻，而靈魂却悄然亡命來奔，竟和王宙生活了五年之久，儼然是一個眞實生命。最後回鄉才和淹留在家裏的病軀翕然合爲一體，還她生命的完整。這個故事的神話象徵，對愛情所表現的生命衝動，眞可說是作了一個精采絕倫的譬喻，所謂「靈魂出竅」之愛，背乎理性，但却是最切當的愛情心理學。人生眞情的欠缺，雖生猶死，否則也是形全而神虧。所以柏拉圖有一個非常有趣的神話譬喻，他（借亞里斯多芬尼之口）說：人本來是形圓而性全的，後來被神懲罰，剖而爲二，所以人剖後此一半急求另一半，才能全形全性；而求其生命的完全，就是求愛。這一神話寓言的情節，雖和離魂記不一樣，但象徵意味所指，庶幾相近。

像這樣魂離魄散，出死入生，天眞而荒謬的情愛，當然也不一定要藉著離奇的幻想才表達得出，在寫實的情境裏，愛情也著實能致人於忘死忘生之中。李娃傳的滎陽生所遭遇的正是如此。自從滎陽生在鳴珂曲驚見到李娃的妖姿絕色，當時就做出了停驂墜鞭、徘徊不去的癡呆之狀，之後，他一切的生存活動都維繫在獲得和保有李娃之愛的上面，他隔絕了一切親朋戚友，和全部與外在世界連繫的事物：他的功名、他的才華、他的榮譽，而且他的僕馬行囊，也一天天銷去，可是滎陽生却不識憂慮地、陶陶然嬉耍在鳴珂曲孤戀的愛情天國裏。所有潛伏著的可怕命運，蛇頸一樣地蜿蜒而來，滎陽生却瞢然無所覺知，以致，他終於像一個三尺騃童樣被娃姆用計欺騙，像一隻敝屣遠遠地被扔掉。然而所有這些命運之難堪，是因爲滎陽生整個心靈已經被一件重大的事情所完全佔據了的緣故；如果滎陽生在愛情的激蕩中，還始終保持著現實生活的瑣智，衡量利害顧忌安危榮辱，那麼，頂了不得的滎陽生的愛情也不過是青樓狎邪之愛而已。可是滎陽生的愛情國度是架構在光影閃爍的感覺世界而不是講究利弊的現實世界中；在那個唯情的感覺世界中，他自動排斥了智力的作用，生活如同愚騃的稚子，只以純然的愛情來餵養自己。他是單純的，但他也是完整的，他信仰他的愛情，如同信仰他的生命。所以當他被詭計摔掉，作者無一字寫及他被欺騙以後理智的省察，被棄於李娃（通過娃姆詭計），他所有的就是身心的極大折磨和痛苦，幾度瀕臨病餓，傷毀的絕境，一而再地顚躓在生生死死之間（李娃姥用詭計，使滎陽生與娃同去宣陽禱祀竹林神，半途歇於詭稱之姨家，而後金蟬脫殼，及滎陽生趕返鳴珂曲，則娃與姆已前一日全家遷去，滎陽生往返奔找，惶惑發狂，絕食三日，遘疾篤甚，以至綿綴，幾乎不起，此一死也。以後為凶肆收留，執繐帷之役，因為東、西凶肆競唱哀輓，適為父親滎陽公識破，鞭之數百而斃去，此二死也。滎陽生經人灌救，經宿乃活，而手足潰爛臭穢，仍被同輩棄於道旁，此三死也。滎陽生大難未死，行乞為生，跪宿糞窟，多日雪寒封凍，乞食無門，此又幾乎四死。）所有現實世界的磨難，無非是因為他失去了愛與所愛的原故，而滎陽生也就為了愛而承受了它們——雖然這些磨難，對以後情節意義而言，逐漸轉化為滎陽生進入另一人生階段的媒介經歷，使他的心態漸次有所蛻變，從一個浪漫氣質的青年，成為一個相當實際的刻苦人物，但在他初初去接受這些磨難的時候，他是無所智慮的，是以渾沌冥然的心去承受，彷彿它本該如此的。滎陽生在愛情的鼓動下，如此之「墮肢體，黜聰明」，自然是稱不上什麼德性上的成就，不過，自另外一方面體味，這種沌心愚情倒也是孺子可憫。其實，如果不怕把話說到極處，那麼一個甘心為愛受苦的人，何嘗不彷彿有幾分愛情聖徒的襟懷？如果在某種情況下，愛情需要如此才能顯現，那麼，所謂愚妄、迷執、不智，我以一身當之，而不以天下之笑為諱，似乎也是一種情感上的德操了。

不過滎陽生究竟其心也悶悶，對於愛情來說，他盡到了忘身去智的這一種熱狂之愛，而終不足以自察。本來，浪漫的愛情至乎此，也就盡其淋漓之致了，但有時愛者個體意識強烈，以至它必須奪去本能的浪漫衝動，而再加以命令。所以它任情去愛，和前面所舉故事完全相同，此外還更加上意識的支配。霍小玉傳裏小玉在早時所表現的，很顯見的就是如此。譬如小玉以倡女的身分和李益初度相識，便中宵流涕，悲傷將來色衰愛弛，秋扇見捐的命運，使李益不得已半夜起來，寫盟約於素縑之上；以後小玉又要求和李益彼此交付八年青春的歡樂，然後李益自去成就得意的婚姻，而自己則剪髮披緇，遁入空門。小玉這種愛情觀，我們暫時且不去論它在現實裏會遭到怎樣的挫折，先說小玉一意想要掌握愛情的意識，實在是相當驚人的，她的意識在那裏斷然宣稱：愛情，對生命來說，它是絕對的，只有完整的愛情滿足，生命才有歡樂之可言，否則就寧可徹底了斷此生的意趣。艾茉莉、勃朗黛也曾在咆哮山莊中讓凱塞林表白她對赫斯克萊佛的愛情時說：「要是除開他還生存著，一切都毀滅了，那我可以繼續活下去；要是一切都存在，而只有他是毀滅了，那這個宇宙將會變成一個我所絕對陌生的地方，我不會再是它整體中的一部份。」但是，這視所愛爲宇宙的情愛，是令人懼畏的。因爲愛本來就是人天性裏具有渴慾的內驅力，現在更奮這強毅之心，以意識對這一股渴慾的力量再加以驅迫，而置自己生命的存在於不顧，這無疑的，是絕崖策馬，是自求毀滅於愛之中。歌德說：「一種無止境的熱情，必然導致他所有的活力毀滅」（見「少年維特的煩惱」），霍小玉那不能遏止的熱情，正使她像一株曝晒於烈日下的細柔海棠，終於灼燒而萎死。

如果用小玉這銳意渴求情感滿足的心，和李娃傳的滎陽生比較起來，無寧是更激越的浪漫之愛；但也因此而顯露了脫軌而去的危險性，因爲霍小玉的意識，既然如此的強烈而徹底，它結果就轉化成了意志，在意志作用下，霍小玉可以「忘身」，而終不能再回到「忘我」的這一條最單純的路上來。因此霍小玉心靈中的愛，後來逐漸轉入對「我」的一分堅持而成爲古典式的幽微情感，自然也就不能再給浪漫的愛情開出更新的境界來。

霍小玉以志率情，最後是折辱在無情的現實人生中，不免令人惋痛。然而在人的天性裏，最不知利害的，也莫過於感情之爲物了。像霍小玉這樣的故事，仍舊不停地在感發小說的作者，而傳之於藝術，譬如紅樓夢裏尤三姐對柳湘蓮的情感，可說是一個有過之而無不及的最典型的又一例子。尤三姐原是一個「斬釘截鐵之人」，尤二姐和賈璉要把她打發了嫁出去，尤三姐認爲「終身大事，一生至一死，非同兒戲」，而自己指定了五年前見過一面的柳湘蓮。她對賈璉說：『「若有了姓柳的來，我便嫁他。從今兒起，我喫常齋念佛，伏侍母親，等來了嫁了他去。若一百年不來，我自己修行去了。」說著，將頭上一根玉簪拔下來，磕作兩段，說：「一句不眞，就合這簪子一樣！」』尤三姐雖然懷抱著這樣決絕的情感，然而意志並沒有克服命運。原來柳湘蓮是個唯我獨清的疾世主義者（他的物評是「冷面冷心」），他從寶玉無心的話裏捕風捉影，竟去討回定禮鴛鴦劍，那麼以尤三姐的情感方式，到此也只有刎頸伏劍的一途了。尤三姐的自刎，贏得「剛烈」的美名，但是尤三姐的故事，當然不是一個傳統節婦的故事。尤三姐的死完全是愛情的幻滅，意志的摧折！但凡以意志來驅策愛情的，大約總難免一個毀滅。因此，這一種激越的浪漫之愛，演變到如此情況，也就失去了早先那歡快的基調，而不能不落進悲劇的死陰中。它雖然仍舊是奔放昂揚的情感，却帶有剛強肅殺之氣，使人在浪漫心情下，不免生出凜然感覺來。而所謂的浪漫之愛，至少在這一個型類下的，也就唱出了廣陵絕響，沒有辦法演變出更超奇的樣式來。

……

像遊仙窟這類故事，稱奇遇似乎又比稱愛情故事來得恰當，但無論如何，這自然還是有些感情作用在其中的，只不過這種感情是非常飄渺的，幾乎難以置信，像夢一樣掠過心頭，留有若干恍惚與惆悵而已。實際上，這類艷情奇遇，就差不多都是藉神仙、夢境、狐妖等題材來表現的；不過，透過神話的荒謬面具，我們仍舊可以窺見到一些對愛情觀的詮釋，這個愛情觀和前述霍小玉等類浪漫情愛比較起來，有一個完全對立的性質，它絕不是生命的完整投入，它只是生命歷程中的一些景象，彷彿風吹浮雲，水泛漣漪，樂音過耳，朝霞在天。這種剎時或極短時間的情感活動，自然不觸及生命的根本和信念之類的嚴肅問題，易言之，如果它裏面有什麼情感的思想要宣說的話，那麼，它就是：通過愛情這一人生經驗，生命只顯出片刻的眞實，而沒有永恒之物可以長久懷抱於靈魂之中。所以，它的情感雖生動，但並不積極，它的愛情雖滿足，但並不徹底；往往它便把這一自生之慾中溢湧而出的熱情，轉化並且淡化成一次情緒上的美感經驗而已。

……

但要說「以情悟道」的故事，這個當然不是最好的，最好的「以情悟道」，自然要向紅樓夢中去看，特別是寶玉的情感經歷中。寶玉的感情，除了對黛玉的以外，差不多都表現著類似情緒上的浪漫之愛，他一時愛慾的、美感的、悅慕的、甚至憐憫的衝動，都可能激揚起一陣不能自已的浪漫的情愫。譬如對湘雲、晴雯、香菱、芳官、齡官、金釧兒，都曾在各種不同的情景裏，觸動過那根浪漫情緒的弦。而在所有這些寫情小品中，不能不以寶玉看椿齡畫薔（第三十回）那一段文章，最是言深意永，傳法象外的悟情見道的至文。

……………

柏拉圖在『斐德羅』篇中述愛的最高陳義時，有一個飛馬神話的譬喻：人的靈魂御者駕一良一劣兩匹飛馬，在時時顚蹶中，騰躍上天，希望追隨天帝，直上九霄神明所居，窺覽宇宙本體的奧秘。但是馬性難以控制，旋起旋落，絕大多數都墮回地上，只有極少數的人可以上窺眞理，而愛者就側身在這少數的幸運兒之中。柏拉圖的意思，這些愛者當然還是指愛宇宙永恒哲理而非人生一般道理的愛者，不過這個神話還是可以借來喻說寶玉這寓言式情感小故事的，因爲、同樣的，通過愛的情感活動（柏氏謂愛者自愛美中獲見眞如，可見其中有情操活動在），個中人所獲得的並非是感性上的滿足，而是一種眞理的認知，是智慧上的一次徹悟。

像這樣發乎情、歸乎知的情節，我們幾乎難以稱它爲愛情故事，但誰又能否認人們在情感經歷中，發悟眞理的可能性呢？尤其是一個刻骨銘心、生死相見的愛情故事，固然可以使個中人大徹大悟、靈魂超越，但極可能的，他也許絕不能夠如此（譬如前面所用來討論的那些例子），而像寶玉故事這樣無所造爲、未曾執著的情緒之愛，反能夠使他入乎其中、出乎其外，而使他的情感經歷成爲一個見道的例證了。

……………

……也許中國古典小說的浪漫愛情，寫到了黛玉，才眞正觸及到情感本身的思想內涵，前此只是表現出浪漫愛的一個行動而已。黛玉雖然也時刻沉醉在浪漫情愫中，茫然爲愛的那股力量所牽引支配（譬如她經常不能自已的嘲諷寶玉、寶釵的金玉姻緣，暴露內心的憂懼、再譬如她在瀟湘館碧紗窗下，長日無聊細吟「每日家，情思睡昏昏」，被寶玉聽到，而「自覺忘情」。）但是，黛玉同時也能夠自覺到這份情感之所以來的因由，無論是她自己內心的自我感應、自我忖度、甚至向寶玉所再三暗示的，總是那個靈魂知己之愛。（寶黛之知己，請看第卅二回，就可知一般了。）關於這層意思，作者早就在一開篇時，用靈河岸上絳珠草的神話譬喻過，這且放開不說。黛玉曾對寶玉剖白說：「我爲的是我的心」（第二十回），寶、黛之間自然有許多外在的苦惱阻隔，但是只要他們有一刻能面對面，以心證心的交換內心語言，他們的靈魂就快樂的融和在一起。唯有寶玉的話使黛玉有「竟比自己肺腑中掏出來的還覺懇切」（第三十二回），就是這靈魂的親密相知，維持黛玉纖弱的軀體生命，在人生苦痛的疾風狂流中，還能婉轉於短暫的時光。

這情境似乎又可以聯想起「咆哮山莊」中凱塞林的愛情自述，她說：「我的愛他並不是由於他的漂亮，而是因爲他比我更了解我自己。不管我們的靈魂是用什麼東西做成的，他和我的都是一個樣的。」黛玉和這個任性而傲慢的凱塞林同樣念念於懷的，莫非是尋求生命的知己。在那不能自己的熱情下，把自己的生命和知己者的生命糾合在一起，視它們具有共同存在的意義和目的。凱塞林說：「我就是赫斯克萊佛。」黛玉說「你好我自然好。」（第廿九回），而且，她們相信和相愛者具有共同的心靈品質，這兩個心在本質上毫無間阻（譬如第三十二回，寶玉聽了湘雲和寶釵一樣的口氣，勸他和一些作官的談講仕途經濟，曾大不為然地說：「林姑娘從來說過這些混帳話嗎？」黛玉聽了便感歎地想：「素日認他是個知己，果然是個知己。」）。在這一種自覺下，愛就成了對精神事物的追求，愛就是彼此心靈意義的認取，甚至是生命價值的創造——因為在心靈意義互相認取下，個人生命才有內在價值可言，彷彿沉沉山谷，一經黎明旭光先映照，就頓然生出色澤景象來。因此讀到黛玉的這些情感篇章，自然會覺得，無論滎陽生的情感心靈過於天眞，離魂記的倩娘過於朦眛，就是霍小玉也是徒然的意氣上的執著，而曹雪芹却讓黛玉是一個意識清澈的愛情殉道者，黛玉的靈魂在愛情的苦煉中，保持著敏銳的覺醒，她徹徹底底地認識她的所愛；她和寶玉關係的存在，似乎就是為了彼此挖掘對方的靈魂，以證明它正為所愛者溢湧它的熱血而已（譬如作者在第八十二回曾用黛玉夢中寶玉挖心的情節，象喩這意思。）。

同時在這中間，黛玉又對這愛情充滿了希冀，她希冀這個愛情可以幫助她逃過人生苦難的大劫，而精神超離世俗，騰躍於不朽的永恒（黛玉是否有尋求精神永恒的意向，在紅樓夢寫實的這部分文字中，沒有明顯的提及，但如果把神話視作和夢具有同樣的作用，是個人潛意識的象徵暗示，那麼有可能黛玉不僅企求有限生命的愛，並嚮往靈魂永恒的契合。）——但是在現實生活中，任何一個人和外界總是有許多牽絲攀藤的關係，企求知己生命的永恒契合，而遺世俗於身外，又談何容易！至於精神相期不朽，更只能謬托於神話。因此，所有那些熱望，結果只成爲痛苦之源；生命永諧的誓盟，成了苦痛的糾纏；情感的傾慕，成爲無可拯救的陷溺；靈魂的相知，翻成爲磨難的掙扎。於是熾烈的情愛，只空空的使自己的軀體和靈魂都受著苦痛的灼燒。當然，由於這種景況，黛玉的或一個如此愛著的人，他的靈魂却更覺醒在那裏。這種情感覺醒，使她無法從它裏面遁逃或掩蔽，於是，她像一個初生嬰兒扭曲赤裸身體一樣，她扭曲著她那沒有蔽護的靈魂(所以後來每一個人都冷眼旁觀黛玉對寶玉無望的感情，只除了感覺著黛玉痛苦的紫鵑，她是黛玉靈魂受苦的唯一見證人。)。同時，又因爲她的情感如此坦露，而她的心靈又如此孤獨，於是她也不能從這一情感中墮落，去背叛離棄或汚蔑它，她只是一意鞭策著這絕望的熱情，一任它馳落進深淵。她企求著死，來完成愛，她像許多的浪漫愛者一樣，把自己做了愛的犧牲祭物，而她自己，却也同時是這愛的祭祀殿堂。

像這樣塑造的情感，大約也可以算是浪漫熱情的昇華了，因爲在它的感情運作中，有精神上昇的一個動作含蓄在內。前面曾談過的情緒之愛的情感寓言，也同樣有精神的升揚，不過它所啓示的，是普遍性的眞理，而靈魂相求的愛，却是獲悟個人的眞理；同時它又是始終不離靈肉的完整的，是以血肉之軀的熱情爲基礎，而再豐潤以心靈的內涵。以鳥爲喩，情感寓言是飛掠而過的鳥影，有生動意象，而沒有實質的鳥身；生命衝動的熱情是羽翅未全，令人不免生迫促赤裸之感；生命愛慕到靈心相求的愛，就彷彿翅羽骨血都勻停完備的彩鳥，它是最堪玩味的，它的意態，是眞實、成熟，而完整的美。

現在我們要試著談談和浪漫風格對立的古典之愛，前面我們已大概地忖量過，愛情是否眞可以分浪漫與古典的不同？或者我們又想到，愛情的極致，是亦浪漫亦古典的文學實例已很多。但我們現在究竟不過是對情感作意趣的品索，而不是作眞理的釐定，試問，歌唱「愛而不見，搔首踟蹰」（詩經邶風靜女）和吟哦「所謂伊人，在水一方」（詩經秦風蒹葭）的詩人，彼時的心情況味，如何能夠完全相同呢？「須作一生拼，盡君今日歡」（牛嶠菩薩蠻），和「却下水晶簾，玲瓏望秋月」（李白玉階怨）「淚眼問花花不語，亂紅飛過鞦韆去」（歐陽修蝶戀花），也是情感樣態的兩極端。曹植的洛神賦和陶淵明的閑情賦，同樣是寫想像的愛情，但洛神賦的神馳意想，迷離恍惚是比較浪漫的，而閑情賦的深情掩抑凝而不放就是古典的了。

閑情賦表現的情感所以令人感覺古典，大概可以試著這樣說：首先我們看它的情感結構是盤曲迂迴的。本質上它和激烈的浪漫愛情完全一樣，是非常熱情的，「意惶惑而靡寧，魂須臾而九遷」，但是這個奔放的熱情却不曾直率地表達出來，反而退了回去，歷經一番轉折：「願在衣而爲領，承華首之餘芳，悲羅襟之宵離，怨秋夜之未央；願在裳而爲帶，束窈窕之纖身，嗟溫涼之異氣，或脫故而服新；願在髮而爲澤，刷玄鬢於頹肩，悲佳人之屢沐，隨白水以枯煎……考所願以必違，徒契契以苦心，擁勞情而罔訴，步容與於南林。」這熱愛者在情感將發未發的時刻，却忽然跳出了一時的陶醉，而觀照起整個的情境來，並且他的情感也就不能不受到嚴刻的省察，等到經過這一番轉折，再迂迴而出時，無論情感本身或愛的情態都有所不同。這一個轉折而出的情感格式，我們不妨把它看做是古典之情的一個最基本通性。用譬喻來形容，浪漫之愛是輻射式表現的，而古典之情則是折射式表現；輻射是把光和熱直接拋散出來，而折射的光卻有了彎曲角度，它透過一些事物，改變了頻率而後再投射出來。就古典之情說，透過了某些事物而後再表現出來的情感，當然不是情感的原始狀態。它可能有兩種改變，一是情感的內涵不變，而情態大變，一是情態固然有變，而情感的內涵也加入了新的元素。以閑情賦來看，它的感情轉折，是因爲愛者在沉醉於情感的追求中，突然獲得了知性的了悟；他了悟在個體熱情的後面，還有一個大的背景，當他把個體熱情放到那大背景上去時，它得不到永恒完滿的證明；而且因爲尋求永恒和完美，它必須痛苦的失望。但雖然如此，熱情的本身並不能消滅。熱情只在兩種情形下會消滅掉，一是生命的死亡，一是熱情自己的死亡，而熱情其實是比生命還有韌性的。於是熱情不消滅而仍然存在，只是它被節制在知性中，它用一種紆緩幽微的調子唱出：「擁勞情而罔訴，步容與於南林。」所以閑情賦原先那股熱情在轉折後，便成爲婉約而節制，情感的內涵也受到了知性的中和。

不過在古典故事中，情感轉折能含蓄著如閑情賦那樣的知性徹悟，並不是容易的。有時它折回內心去，既不能像狂濤一樣衝瀉，也不能從事智慧的廣大觀照，而只是像座磐石樣堅持它自己。用一種信念，對愛不墮失的信念，譬如尾生抱柱的故事，實在是相當典型的反映信念的古典精神之愛（戰國策燕策：「信如尾生，期而不來，抱梁柱而死。」漢書東方朔傳注：「尾生，古之信士，與女子期於橋下，待之不至，遇水而死。」）尾生和相愛者期約的心情原應該是極浪漫的，但是等到潮水一線線上漲，逐漸淹沒橋柱，而所愛不至，這時尾生竟然決心抱定了橋柱而不捨去，聽憑潮水冰冷而黑暗地浸沒自己的身體，這時候尾生的心情與其說是浪漫的，不如說是古典的深沉，因爲尾生殉愛的心靈中，並非依賴幻想，而是因爲有種不可改移的，以生命爲徵的信念，使他超然於塵世上的死亡的。

經由信念的堅執而表現的愛情，在孔雀東南飛裏面又有了更進一步的內容的豐美。當蘭芝被遣送回母家和府吏訣別的時候，她堅決地自誓說：「君當作磐石，妾當作蒲葦；蒲葦紉如絲，磐石無轉移。」於是蘭芝在堅守對府吏的這分結髮之愛中，始終紉如不折的蒲葦，直到被母兄逼迫改嫁，便「攬裙脫絲履，舉身赴清池」，以死守約。看來蘭芝的感情也是像尾生那樣以誓約來完成愛情的。這樣說，倒不是在暗示蘭芝和尾生只是爲實踐誓約而死罷了，我們從不懷疑蘭芝和府吏之間，有超越婚姻形式所可賦給的感情，蘭芝和府吏如浪漫愛者一樣有那生死要約的愛；並且另一方面以詩中所寫再聘的情形看蘭芝如果改嫁，也不會如何嚴重損傷到禮教的尊嚴，但是蘭芝仍然踐約守信而死。所以這種踐約而死是耐人尋味的。換句話說，孔雀東南飛與其是家庭倫理的敍事詩，無寧是一個眞正的愛情故事。這個故事通過愛的誓約，而非婚姻誓約來完成。

可是這仍不是蘭芝故事的最大特性。或者，我們應該這樣追問：蘭芝實踐死之信約的愛，它的根底內涵是什麼呢？由於孔雀東南飛比尾生故事有更多的文學描述，揣摩它的答案（其實就是作品的隱意念）是可能而且是應該做的。試從原作的文字描述上著眼（我們當然該記住，文學作品描述文字的作用，我們視它爲作品意念所托，而不只是美感的塗飾。），我們將感到蘭芝在故事裏，從頭到尾都表現著的，在愛中復尊重自愛的那種特別屬於古典的心靈：「孔雀東南飛，五里一徘徊。十三能織素，十四學裁衣，十五彈箜篌，十六誦詩書，十七爲君婦，心中常苦悲。」「妾有繡腰襦，葳蕤自生光，紅羅複斗帳，四角垂香囊，箱簾六七十，綠碧青絲繩，物物各自異，種種在其中。」這些珍重自述，就是隨時流泛在整個故事中蘭芝個人生命始終未曾捨去的語調。而正因爲蘭芝對生命是自我珍愛的所以她才能完成那樣艱難的愛；因爲她絕不肯去委屈折辱自己的生命，所以她才能絕不委屈折辱她的情愛。

……

同時另一方面，再看這個行動的決絕姿態，似乎又很像浪漫愛的生命之衝動；本來，一個人爲了追求願望的完現而自我裁決的時候，他多多少少是既浪漫又古典的。不過就一個相當古典的心靈說，那裏面還是有些異質的地方。浪漫愛者的衝動行爲，大率出於激情的渴求和滿足，雖然也不能說毫沒有理想的精神成分在內，但它總不是一個充分認知的，和自付以價值的行爲。而蘭芝和貞夫對愛的本身却是始終懷有信念的，她們是透過信念而從容堅決地赴生命之宴席。所以那種絕決的犧牲，至少就她們個人意念說是愛的完成，而不是生命苦恨的破壞，如霍小玉和尤三姐那樣。至於這個信念之所來，前面談蘭芝故事時，已嘗試說那是根源於對生命懷抱的深刻自愛，在這裏我們又可以就著貞夫故事更進一步說，對生命的自珍自善，是通過理性的了悟而完成的，它和率性的本能自愛又不同趣（本能的愛可能會排斥理性的，譬如本文前部分對浪漫愛的討論。）蘭芝和貞夫都是自幼受了嚴謹的古典教養，具有情智兼育的心靈。從貞夫故事看，貞夫了解她的情愛是天地之自然：「青青之水，冬夏有時，失時不種，禾豆不滋。萬物吐化，不違天時。……太山初生，高下崔嵬，上有雙鳥，下有神龜，晝夜遊戲，恒則同歸。」（貞夫給韓朋信）對這個發乎天性，順乎宇宙自然律動的情愛，貞夫具有深廣理解，並且善自珍攝。所以當橫逆之來的時候，貞夫不會放棄這一個情感的原則。

而且，由於她對韓朋生命交會的契愛，使她獲得超越的智慧，當她告別婆婆的時候，她知道那是永遠的彼此相失；她知道惡運將如何毀滅她，以及所愛，然而她無所僥倖，甚至也無所苟全。因爲對情感和命運的洞察，使她心地清澈、善惡昭然。所以並不遲移地，貞夫引帶著、激勵著韓朋共同趣赴死亡的約會。貞夫和蘭芝一樣以踐守誓約的精神，維護了生命的貞善完整，也因此維護了愛情的貞善完整。這裏面有情智共同運作而建立的價值，它使原來純然訴諸情感的愛，躋升爲德性的超越。因此，和浪漫愛比較起來，這一種古典之情，應該是更企慕純粹精神上契合的，它似乎認爲，愛的極致，是精神上成就愛，至於感官的滿足，是沒有暇豫的；刹時的陶醉和征服，更不在所計之內，它所嚮往的無寧是愛的永恒而絕對的存在，在一個信念所建立的世界中。

這樣的情感樣態，在我們中國人感覺起來，可能是一種最貼切的古典之情。它含蓄婉轉、溫柔敦厚，發乎性節乎禮；不激不昂，以延以續，綿綿無盡、悠悠長存。譬如唐君毅先生在談到「中國人間文學中之愛情文學」時，特別標擧了它是「廻環婉轉」「一往一復」之情。他從許多詩文中擧出例證，說「廻環婉轉，相思無極，眞是中國式之愛情。」（中國文化之精神價值）。如果把文學作品中所描寫的愛情枚擧出來，這種情感是不是眞的佔一個絕對數字，無煩我們去查究，但在我們的文化背景、生活習俗、民族心態等共同形成的氛圍下，這種情感格式自有它深厚的基礎。它可能是中國人心靈最宜於採取的情感樣態，特別是中國文學長期的以抒情詩爲表現主流，溫婉蘊藉的情感，已經造成中國文學的主要風格。不過我們前面已大略提過，在一篇故事中要表現這樣的感情，誠非易易。因爲這種情感常是把動作儘量約減到只是一些心理的現象，一些心境的流露，除非一篇具有抒情詩風味的小說，才能夠把這種婉約的古典情感表現到恰好，譬如說德國施篤姆的茵夢湖那樣的作品（茵夢湖中主角萊因赫和伊麗莎白的情愛應該是相當古典風味的，尤其如果把它和歌德少年維特的煩惱相對比的時候，更加明顯。）。不過中國古典小說中的抒情之作，常常很不純粹，像唐傳奇和聊齋裏的那些，總時常被仙狐神妖等炫奇的超自然事物干擾，而使得它的愛情只是空幻與飄渺的浪漫情愫，不能夠凝結爲深刻實在的情感。但無論如何，這樣深情婉約的古典情感，小說作品中總不會眞的付之闕如的，例如當我們談論黛玉的浪漫情感時，曾經也附帶說到黛玉她的苦心孤詣、千廻百轉的情感就是古典心靈的表徵；此外她對愛抱著不屈不撓的信心，對愛的深刻理解，以及對愛的絕對完美要求，和非常顯著的愛情唯心論傾向，等等都在豐富古典情感的內涵。由這些因素所凝結的深刻含蓄情感，本可以用在此處討論，不過有的情形其他例子已經涉及，而且，主要的，如果把黛玉分判成兩個元素，異時異處來論，那無寧是非常不智之擧，所以我們寧可在這兒保留著不談黛玉，而另外找一個愛情篇章。

…………

……回顧起來，浪漫與古典，根本說還是情同事異，所有的情愛都是心頭一點暖熱的嚮往，而發散的光度有異而已。率其生命衝動的浪漫愛，猶如春天野火、熊熊而燃，不能自已；一時情緒的陶醉愛，彷彿流螢閃灼，風韻自賞，引人遐思；因情悟道的傾賞之愛，不啻長空見月，澄澈晶瑩，此心無礙；追求靈魂相契的唯心之愛，譬如是蒼穹星辰，幽渺而永恒；踐守信約的生死之愛，淬礪如砧上火花，驚心而動魄；婉轉幽微的默想之愛，便好像荒村燈火，令人顧念而懷思。不同的情感意態，有不同的境界。雖然如此，單單的一種情愛，在人生中總還是有局限的，它展示了人生的一種景象，一種樣式，假如故事所觸及的人生處境稍爲複雜一點，那麼，單獨一種情感樣態，是不足以寫出心靈繁富結構的。所以有些故事的人物，他的情感往往參差雜揉，亦古典亦浪漫，既純粹又駁雜，如黛玉和鶯鶯；或者一個愛情故事，從浪漫熱烈的愛，發展到古典的諧和，像李娃傳；或者從感官的充分滿足，到精神的無限堅持，像霍小玉傳。不管怎樣，一個雜揉的，或發展式的情感，當然可以比較充分的抒寫人性眞象。但是就中國古典小說看，複雜的人性雖然已經被作家們觀察到，然而在一篇（部）故事中，能完盡的描寫出極曲折幽深、精微繁富，捉摸難定的情感活動，究竟並不多得；比方像西方的一些寫情小說，如托爾斯泰的「安娜・卡列尼娜」、佛羅拜爾的「包法利夫人」、紀德的「窄門」、毛姆的「人性枷鎖」，那樣靈魂和肉體，幻想與現實，自由與奴性，罪惡與拯救，美麗與醜惡彼此抵死糾纏，而無有終了之意的愛情故事，中國古典小說應可以寫出，而終於成就優秀的作品可數。……

……

或者，另一種相反而又更糟的情形，就是它們本身遭受到很拙劣的濫用和變質，比方說，沿著浪漫愛情發展出來的無以計數的才子佳人戀愛故事，主題和情節都非常空虛庸俗，除了過分泛濫的傷感之情以外，很難使人從那裏感應到嚴肅而眞實的情感人生。就這一方面來講，這也不妨看做是舊小說中浪漫愛情的墮落。至於古典情感也並不見得幸運，因爲當人們失去了精神上的信念或嚴肅的命運感以後，很快的，古典愛情的內在性質也就日漸墮失，而空餘下一些婉戀的姿態，跟才子佳人戀愛沆瀣而爲一氣。所以嚴格地說，浪漫和古典的愛情文學，差不多僅屬於眞正的具有古典精神的小說（此處所謂古典精神，和現世精神對比，大致指具有理想的和超越的精神。）而非一般舊體裁的小說。

……

不過，相對於那些寫實的愛慾故事，浪漫之愛和古典之情顯然比較著重健全和完滿的情、知活動，它們給人類精神上的感奮，也比較趨向於審美的角度。如果說，它們也有人生眞理的顯示，那些眞理，當然是伴隨著美感韻律，作精靈之舞的。然而，無論如何，人類的精神和生活，在容納了更多的矛盾和駁雜以後，使愛情的難題，更從外在的現實環境轉移到了人們的內心；當愛者本身被疑慮、矛盾、失望、衰枯所凌遲的時候，人們內心和往時一樣的渴望愛，而愛的希望却喪失了，行爲遲移了，那麼，這種情感故事，究竟還能不能以浪漫或古典風格來形容，確實是令人困惑的。或者，這兩個人類心靈境界的狀詞，將逐漸失去它們的妥適性，而僅僅是一個古典時代的懷念。但是另一方面，我們不可否認的是，只要人類心靈還沒有絕對喪失天眞的話，它將仍舊會受到這兩種精神美的召喚的。

2.分　析：

(1)以轉折方式說明：

而所有現實世界的磨難，無非是因爲他失去了愛與所愛的緣故，而滎陽生也就爲了愛而承受了他們——雖然這些磨難對以後情節意義而言，逐漸轉化爲滎陽生進入另一人生階段的媒介，經歷使他的心態漸次有所蛻變，從一個浪漫氣質的青年，成爲一個相當實際的刻苦人物。

在這一種自覺下，愛就成了對精神事物的追求，愛就是彼此心靈意義的認取，甚至是生命價值的創造——因為在心靈意義互相認取下，個人生命才有內在價值可言，彷彿沉沉山谷，一經黎明旭光映照就頓然生出色澤景象來。

⑵**文言句法詞彙：**

然而自從柏拉圖的『筵話』篇和『斐德羅』篇用宏文偉詞暢述了「愛情三昧以降」。其中有一些由於藝術機緣，「乃蔚為大樹」。他的責難毋寧是犯了「訴之於」知求的謬誤。倩娘「不堪悒抑之甚」「委頓病榻」而靈魂却悄然亡命來奔。那一段文章最是「言深意永」，「傳法象外」的「悟情見道」的至文。

⑶**繁複之美與力：**

然而事實上，只有直接去感受這兩故事的情感樣態，然後才有或幽婉或奔放的各自生姿的情感境界之可言。

我們解放並且滿足我們的人性，從而免除將愛情視為一赤裸行為的這一知識和觀念上的獨斷。

而像寶玉故事這樣無所造為，未曾執着的情緒之愛，反能夠使他入乎其中，出乎其外，而使他的情感經歷成爲一個見道的例證了。

⑷**動　感：**

愛情故事就並不是赤裸裸地「拋擲」在原始人性中。總之浪漫之愛是如此的率其強烈感性而「橫決」以行追求整個生命的酣足。因爲愛本來就是人天性裏具有「渴慾」的「內驅力」，現在更「奮這強毅之心」以意識對這一股渴慾的力量，再加以「驅迫」而「置自己生命的存在於不顧」。但也因此而顯露了「脫軌」而去的危險性。往往它便把自生之慾中「溢湧而出」的熱情轉化，並且淡化成一次情緒上的美感經驗而已。踐守信約的生死之愛，「淬勵如砧上火花」驚心而動魄。

⑸**音響感：**就像泥土中「滋滋作響」的水氣和「嗶剝發芽」的種子。

⑹**形容之鮮活：**

霍小玉那不能遏止的熱情，使她像一株曝晒於烈日下的細柔海棠，終於灼燒而萎死。就是這靈魂的親密相知，維持黛玉纖弱的軀體生命，在人生苦痛的疾風狂流中，還能婉轉於短暫的時光。

因爲尾生殉愛的心靈中，並非依賴幻想，而是因爲有一種不可改移的以生命爲徵的信念，使他超然於塵世上的死亡的。

所以並不遲疑地，貞夫引帶着、激動着韓朋共同趨赴死亡的約會。他使原來能訴諸情感的愛躋升爲德性的超越。那些眞理當然是伴隨着美感韻律作精靈之舞的。

⑺**代稱**：文學從不把愛情自生命裏孤立起來，而是以它爲人生的「潛望鏡」。就會使文學故事「貧血」。當愛者本身被疑慮、矛盾、失望、衰枯所「凌遲」的時候。愛情以任何一種文化環境做它的「沃土良田」。她們是透過信念而從容堅決地赴生命之「筵席」。

⑻**新詞**：愛情「景觀」。或者從人事現象中「抽離」出來。全部「統攝」在人類一個「模式」活動之下。這完全屬於個體的情感「運作」。所以這裏面就不會有一味沉溺於生活的「懵然」絕望。浪漫與古典總是情感的兩個基本「樣態」。這實在便是浪漫愛情特具的「氣稟」。可是滎陽生的愛情國度是「架構」在「光影閃爍」的感覺世界。這一種激越的浪漫之愛，演變到如此情況，也就失去了早先那歡快的「基調」，而不能不落進悲劇的「死陰」中。這兩個心在本質上毫無「間阻」。至於精神相期不朽更且能「謬托」於神話。但我們現在究竟不過是對情感作意趣的「品索」，而不是作眞理的「釐定」。我們視它爲作品意念所托，而不只是美感的「塗飾」。由於她對韓朋生命交會的「契愛」。這兩個人類心靈境界的「狀詞」。

⑼**濃縮**：

古典愛情的內在性質也就日漸墮失（墮落流失）。

將逐漸失去它們的妥適（妥當適合）性。

⑽現代詞語：

透過一些事物改變了「頻率」而再投射出來。浪漫之愛是「輻射」式表現的。

一是情感固然有變，而情感的內涵也加入了新的「元素」。

四、作品例舉

㈠楊昌年：小說意識藉人物分化手法表現的線路

——以三國演義與海狼作比較

一、意識表現與人物塑造

屬於人類共性中最爲重要的一項——表現——，以其與生俱來的深厚根基與龐大動力，驅使人類不斷追求以滿足渴欲。儘管這種生命動力的揮發因人殊異而有強有弱，運作之中事功的顯現有大有小，但它的點滴積累無不就是矗築起文明華厦的片瓦拳石，推動人類社會文明福祉持續進展的基力，活水源頭在此。

人類憑恃表現本能爲自身所處的世界貢獻努力，而智者們又早已認知到絕無永恒的宇宙悲情：生命的短促，事功的不待，一種時不我與的無奈，卽使英雄人物也將不免扼腕。更何況事功也並非只憑智能就可以成就的，主觀的個性與客觀的環境在在都會形成爲阻力，以致於賚志難伸，事功不遂。古今中外，惟有極少數「能忍人所不能忍」的，仗恃他個性的特殊，能夠比較充分地揮發智能動力，建立事功，差可滿足他一已表現的渴欲；極大多數「不能忍」的，或是對自已的個性過份珍憐，或是對環境人事不能謀得和諧，最後終於放棄了以事功爲表現的追求努力。這就是人類歷史中立大功者永遠是鳳毛麟角，默默者一定多如恒河沙數的道理了。

然而智能者有異於常人的龐沛表現渴欲仍在，企圖在有生之年表現煌燦，留下價值，以否定默然死滅的意願仍然旺烈，甚至在事功不遂之後更爲强化。在「常」與「變」的抉擇下，前路既已不通；當然就只好轉向。另闢蹊徑的指向甚多，而藉着文學創作來寄托理想，表現自我的，正就是事功之外的另一里程。

太史公言：「……此人皆意有所悒結，不得通其道，故敍往事，思來者，乃如左丘無目，孫子斷足，終不可用，退而論書策，以舒其憤，思垂空文以自見……」㊀早在純文學猶未獲得主流地位的前漢，可喜的是太史公的《史記》先就具備了斐然文采，而他所持的理念也正與現代文學理論相合。「左丘無目」，「孫子斷足」，和史公的宮闈悲慘同病相憐。事功之途既已阻斷，「

終不可用」已是事實，而「不得通其道」、「意有悒結」要求表現肯定的渴欲仍然焚燒旺熾，驅迫他轉向「論書策」的立言創作之途發展。目的是在求取「舒其憤」的抒發平衡，尋求「思垂空文以自見」的具體價值流傳，爲他「自見」的表現渴欲獲取一份交代滿足。

在此他明白地表示出委屈不甘，他的轉向是在「終不可用」之後被迫而行的退而求其次。「文空文」一詞代表了他的觀念，認爲文學效用的空虛比不上事功的實際。這小小的一段文字不僅詮釋了他生命歷程的轉變，也爲古今中外無數智能之士宣告代言。顯示出人生常行的一條轍跡——由於行使表現渴欲最爲迅捷易見功效的就是事功，所以誘使了絕大多數的智能之士開始時熱切奔赴，一直要等到挫折痛定思痛之後，才放棄那必須與衆人相處，難免於刺蝟觸痛的事功，轉向縮回到無須與多人接觸，以立言表現構築起的自我天地中去安身託命。由此看來，文學創作這一條路上的行人，多數都是些半路出家的易轍者，帶着有挫折的經歷與委屈不甘，難怪日人廚川白村要說文學是苦悶的象徵了。

由以上分析的歸結可見：文學創作常是作者表現自我的變型，或是藉著創作發表理想，或是藉著人物的假象來謀求補償平衡。從作品中看人物的性行心態，作者的影子不難索得。從作品的意識探討中，不難尋得作者企求表現的重點所在。

就題材來分析文學創作意識表現的線路，筆者認爲可以歸納爲現實的與超現實的兩大類：

一、現實的：可分爲二：

㈠**自傳式**：有如王國維所言：「人生充滿了慾望，由慾望而引起了追尋，追尋的途程中不擇手段，因而產生了過惡，由過惡而產生痛苦，由痛苦而產生懺悔的情緒，由懺悔之情的盪滌，陷於泥淖的靈魂得以淨化，得以昇騰㊂。」這一線路的作用在藉懺悔的抒發而獲致平衡調適。作品例如曹雪芹的《紅樓夢》、郁達夫的《遲桂花》，以及歌德（Johann Welfgang von Goethe 1749-1832）的《少年維特之煩惱》（*Leiden des Jungen Werther*）。

㈡**寫實性**：以寫實素材切剖社會橫層。作者常托身在作品人物之中，表現他的理想寄托，提供觀照層面，顯示調適作用。作品例如吳敬梓的《儒林外史》、劉鶚的《老殘遊記》，以及巴爾扎克（Honore de Balzac, 1799-1850）的《人間喜劇》（*Comedie Humaine*）。

二、超現實的：可分爲四：

㈠**超向過去**：是一種舊瓶新釀，借用歷史人物，以借屍還魂方式賦以作者的理想情感。本質雖如畫餅充饑，但對作者而言，寄托理想，發抒平衡的效用是確具的；對讀者而言也足能引發共鳴與認知。作品例如羅貫中的《三國演義》，以及荷馬（Homer）的史詩《伊里亞特》（*Iliad*）。

㈡**超向幽冥**：死亡結束的必然，是爲人類與生俱來先天性最大的恐懼迫壓，最大的悲情。文學創作就利用這人性最爲敏銳的部份來作爲素材。藉著陰森恐怖的媒體，引發讀者怖慄的感官刺戟，通過強烈的刺戟使讀者獲致被虐後快感的舒暢，進展到醜暗昇華美化，讀者在比較之後平衡，獲得調適效應。原理與亞里斯多德的「以憐憫與恐怖使情緒得到正當的發洩」悲劇定義相合。這一線路的使用多見於詩文與戲劇。作品例如晚唐超現實先驅者李賀的詩作，以及辜勒律芝（Samuel Taylor Coleridge, 1772-1834）的《古舟子詠》（*The Rime of the Ancient Mariner*）。

㈢**超向未來**：以未來世界的想像，提供讀者以新鮮的瞻望；或是蘊含警意，提示科學盲目發展，物極必反的隱憂。作品範圍，中外的科幻文學屬之。

㈣**造境想像**：製造子虛烏有的人物情節，超越現實，不是眞人眞事。作者意識作用在以塑造的人物與假想的情節來表現理想或抒發情感。作品例如夏敬渠的《野叟曝言》，魯迅的《阿Q正傳》，以及卡繆（Albert Camus, 1913-1960）的《異鄉人》（*L'Etranger*），傑克倫敦（Jack London, 1876-1916）的《海狼》（*The Sea Wolf*）。

文學創作的神明骨髓既在意識，而意識表現又非藉重人物情節不克爲功。所以創作素材無論是現實或是超現實，人物的塑造與情節的設計都是作者著力的重點。收縮範圍來談小說人物塑造的兩種手法，一是化零爲整的綜合（如《阿Q正傳》），一是化整爲零的分化。本文今就後者例舉介紹，以本國古典小說《三國演義》與西洋現代小說《海狼》試作分析比較，用以來管窺小說意識藉人物分化手法表現線路的一斑。

研究中國古典小說，困難之處常在於作者外緣資料的不夠。四大奇書之中，除了《西遊記》的吳承恩之外，其他三部的作者都還未獲定論。造成這現象的原因之一卽在年代的久遠，就《三國演義》藍本《全相平話三國志》來看，新安虞氏刋本早在元至治年間（元英宗年號，西元一三二一至一三二三），距今已超過了六百五十年。活在元明兩代之間標準亂世的羅貫中，他散見於後世書篇的資料不但很少而且可信度也多未確定。雖然如此，迄至目前爲止，我們仍能相信在元末明初，有一位揚棄平話荒誕傳說，回顧到眞實歷史，完成了第一部「按鑑重編」歷史小說《三國志通俗演義》的偉大作家，他的名字很可能是羅貫中，他是早在毛宗崗之前就已使得三國演義具備藝術價值的大功臣。

在前曾述及作家創作意識動力的來源。明王圻稗史彙編中有一段：「……如宗秀、羅貫中，國初葛可久，皆有志圖王者，乃遇眞主，而葛寄神醫工，羅傳神稗史……」又清徐渭仁徐鈉所繪水滸一百單八將圖題跋云：「施耐菴感時政陵夷，作水滸傳七十回，羅貫中客僞吳，欲諷士誠，續成百二十回。」這兩段文字雖不盡可信，但就演義中的意氣飛揚和時代背景來進行考徵，我們不難爲羅貫中勾勒出性行形象。那是一個「時勢造英雄」的時代，元蒙統治崩潰已見，羣雄並起，有智能有理想抱負的作者，當然也會激起「彼可取而代之」、「有爲者亦若是」的豪情壯志。可惜的是分久必合，羣雄的帝王事業次第瓦解於朱明的一統。讀書人本質的作者空懷大志，而事功畢竟未能顯著，甚至不能如張士誠、陳友諒那樣轟烈地做過一番。但是他要求表現的生命動力仍然旺熾，以至於迫得轉向去稗史中「傳神」以另築寄托、另謀表現。

演義中尊劉抑曹一面倒的基調，應該是作者憎恨元蒙，明正統意識的借喻。而屬於他表現自己的部份，筆者認爲他用的是超現實舊事取材借屍還魂的手法，把自己的性格理想分化寄托於書中三位重要的歷史人物。老子一炁化三清，三個僵冷了的歷史人物，因作者眷愛的情熱而在書頁中鮮活重生。人物的表現就是作者理想發表假象的滿足，人物的悲喜也就是作者情感的鳴應，作者的生命動力血淚萃聚於斯。六百年來贏得億萬讀者嗟嘆激賞，歷史人物藉小說之功而傳留不朽，也就是羅貫中表現的不朽。今日的讀者熟悉並喜愛這三位人物，不能不感念人物的製作者。是應該試著回溯到作者創作之時，沿著「披文以入情」的線路去體認他「情動而辭發」的意識眞相。

作者借屍還魂的三位歷史人物是諸葛亮、劉備和關羽。意識寄托運作的概略，現在分述如下：

一、諸葛亮：多有讀者表示：《三國演義》要到三顧茅廬才光采，而在秋風五丈原之後就黯淡了；換言之，這部書的精采部份全以諸葛亮爲始終。這不足爲怪，因爲諸葛亮就是作者自己，代表了他讀書人身份的意識寄託，讀書人生命動力表現渴欲的發抒。

主角出場時就已不同凡響，作者先以側寫手法，借水鏡、徐庶之口渲染揄揚：智能的讀書人隱居守身待時，而流露出來的理想抱負却是自比爲管仲、樂毅的不凡。由於已有徐庶的走馬之薦在前，三顧中的兩度不遇，分明就是讀書人不汲汲於功名的適度矜持。出山之前的充實準備，盱衡大局胸有成竹的設計，贏得了侷促困境飄泊將軍的敬重。但在決定合作之前，還得要對方以一哭來充分證明誠意（先生不出，如蒼生何！）臨行吩咐諸葛均躬耕田畝，留下功成身退的地步，是讀書人志在大事不在大官的原則高節。博望坡一役的牛刀小試，事先命乾孫簡雍準備功勞簿慶功宴，勝負只在掌握之中，讀書人的智能大展一戰成功，演義裏孔明的意氣，就是現實裏作者悒結心志的暢發。江東舌戰一場，作者的表現極見其廻旋騁馳的才智之雄：首先以沉疴糜粥之理，因仁義保民而敗來折服張昭；再以兵精糧足的江東，竟有謀士勸主屈膝實爲可恥來譏諷虞翻；對步隲誇蘇秦、張儀爲豪傑，那是作者自己竊慕蘇張意識的呈現；面斥薛綜無父無君，以文士義烈表現明正統的意識，舌戰的緊弦至此拉滿，升到高潮。緊張的頂峯作者能夠運作廻旋，一轉而爲嘲弄懷橘遺母陸郎的幽默。再行升起，借辯才表現作者自己性行的洒脫：向嚴畯表示不屑做尋章摘句的腐儒；向程德樞說明君子之儒與小人之儒的分別。峯巒波瀾的起伏廻盪，精采不只是作者的筆觸工力，更因爲這就是作者在表現他自己，所以特能自然眞切。

讀書人的懷才不遇，渴望遭遇知己英主的那一份强烈的自憐，在蔣幹過江時又作了一次變型的表現，那是當周瑜領著蔣幹參觀軍備之後的一段：

瑜佯醉大笑曰：「想周瑜與子翼同學時，不曾望有今日。」幹曰：「以吾兄高才，實不爲過。」

瑜執幹手曰：「大丈夫處世，遇知己之主，外託君臣之義，內結骨肉之恩，言必行，計必從，禍福共之，假使蘇秦，張儀，陸賈，酈生，復出，口似懸河，舌如利刃，安能動我心哉？」

雄姿英發的顧曲周郎，在演義裏是被作者故意糟蹋了的，被用來作爲襯托孔明的犧牲品。爲擡高孔明而壓抵周瑜，周瑜被寫成爲一個氣量狹小的匹夫。只有這一段寫得周郎意氣飛揚，髣髴東坡《念奴嬌》赤壁懷古的英雄氣概，何以如此？筆者以爲這是作者熱切的自惜，正好藉著這段情節升浮出現，爲了要發表他「遇知己之主」假象的快意滿足，一時忘了周瑜這角色的扮相，出現了這樣一次突兀明顯的「跳離」。

百廿回演義之中，有七十回大半的篇幅在寫孔明。寫他虞淵日落，魯戈獨奮，砥柱中流的英雄形象。從赤壁之戰的借箭借風，到三氣周公瑾，下益州、白帝城托孤、平南蠻、出祁山，一直到秋風五丈原感性淋漓的死亡終結：

「……孔明強支病體，令左右扶上小車出寨遍觀各營；自覺秋風吹面，徹骨生寒；孔明淚流滿面，長嘆曰：『吾再不能臨陣詩賊矣！悠悠蒼天，曷其有極！』……。」

雖然是歷史人物近似的形容，但也是作者的感情之所寄，是作者以自身的悲愴把人物情節感情化了。是他認爲一個讀書人就該這樣鞠躬盡瘁、死而後已的，捨此以外已別無他途。歷史上的孔明畢竟不能成功，作者在命定的灰黯氛圍下，特別强調他爲知己而死，明知其不可爲的悲劇精神。一半是歷史人物的原型，另一半是作者這位讀書人的性格理想。作者寫下了悲劇英雄之死，同時也宣洩了他自己的抑悒，宣告了他自己的悲劇生命。秋風五丈原一段，古往今來，賺取了無數讀者同情共鳴：同情的是幕前賫志未竟的歷史人物孔明，也是隱在幕後賫志不得伸展的作者，主角與作者原是一體。

陳壽評諸葛亮：「亮才於治戎爲長，奇謀爲短，理民之幹，優於將略。」裴松之引袁子（諸葛後數十年）之說：「諸葛治軍，止如山、進退如風，聰明、正直而一者也。」歷史上的諸葛亮確是一流人才，但卻絕非如小說所述，小說裏的孔明被渲染成各種才能集大成的神話人物。除却政治軍事才能之外，天文地理機械占卜無所不通：木牛流馬運輸器製作方法載於本傳，借東風還可說是氣象常識豐富，但空城計就能騙過敵人，一番話就能罵死王朗，甚至他還會縮地法，驅獸上陣，實在是匪夷所思，難怪被評爲「諸葛多智而近妖」㊄。偏失的原因之一是寫作時代的科學思想不夠發達，更重要而可信的是作者的自我珍憐，太愛這位代表自已的人物，以致於愛之深切難免渲染過甚。

二、**劉備**：作者「有志圖王」領袖慾的寄托表現。第一囘中勾勒出的形象：「不甚好讀書、性寬和、寡言語，喜怒不形於色，素有大志，專好結交天下豪傑……」正是領袖條件。而「當日見了榜文，慨然長歎。」這一聲吐氣，可想而知是發之於作者的胸臆。時當元蒙帝國末葉，天下鼎沸，羣豪蠭起，正是英雄騁力建功立業的大好時機，而列身於「九儒」等級的作者，無拳無勇，何餉何兵？空有一腔壯志雄心，畢竟難能從孤窮的環境瓶頸中突破。這一聲志士扼腕的長歎，六百多年之後，我們仍能共鳴到他沉重的抑悒，由此可知他改向創作的由來和創作意識的根本了。太史慈持著孔融的信突圍來求救，玄德的一句：「孔北海知世間有劉備耶！」是讀書人重視知己的本色，也是作者的自惜。龍虎英雄的遇時變化表現在玄德的性行之中，有寄身許昌時的澆菜學圃，青梅煮酒時的聞雷失筯，那是神物自晦守身待時的斂芒隱藏；而在髀肉復生之歎，不肯求田問舍的昌言裏又情不自禁流露出不同凡俗的英雄氣概。這些情節裏都混合了作者讀書明理的心得和他對人物的珍愛，筆觸鮮活可感。而最值得注意的兩處，一是在玄德躍馬過檀溪的一段：

「卻說玄德躍馬過溪，似醉如癡；想此闊澗一躍而過，豈非天意？迤邐望南漳，策馬而行，日將沉西。正行之間，見一牧童跨於牛背上，口吹短笛而來，玄德歎曰：『吾不如也！』遂立馬觀之。……」

牛背上的牧童雖然平凡，但他正掌握著平安快樂；濕淋淋馬背上濕淋淋的將軍，有任重道遠的不平凡，同時也充滿著焦慮，兩者形成爲尖銳的對比。說明了人生得失互見的定則，若是不甘於平凡平淡平實，要求生命動力在有生之年揮發煌燦，那必然就得捨棄平凡之樂，去承受一切艱危的錯勵。而在巨大心力付出，功業遙遙無期的情形之下，難免有人生疲乏感的湧起，意志動搖，想著要放棄追尋，去田園山林享受恬適安樂。所以玄德會有此一句：「吾不如也。」這是古今中外無數智能之士的心路歷程：由追求絢爛而付出，由付出過多而產生疲乏，由疲乏而轉思返回到平淡。只是生命動力強大的人都該有自知之明；除非事功已遂，憑恃差可交代自己的肯定，能使自己安於息肩之所，否則希求平淡無非只是因疲乏而生的短暫需要，休息恢復之後，又將忍不住要投身於十丈紅塵中去以汗血淋漓與龍蛇角鬪。因此，對動力強旺的人來說，追求絢爛的里程無限，平淡的作用有如加油充氣，永不止歇的長是他萬里之行的決志追求。

另一處精采的人性剖示是玄德的東吳招親。人類常因不同的環境形成不同的性格，從困境中掙扎突破自立的人，優點在心志強韌能力爭上游，缺點之一是不免於自憐。對不曾擁有過的人生享受，一旦獲得常易陷溺。想著：「人生不過如此，何必太辛苦！」以此安慰自己，並作爲放棄追尋的藉口。東吳看中了織蓆販屨出身的英雄的缺點，以安富尊榮的人生享受來誘惑玄德陷溺墮志。這基於人性缺失設計使出的一招的確厲害，在作者的筆下曾寫出玄德一如凡人的中計，滿足在養尊處優的生活裏不知警惕。可貴的是英雄畢竟是英雄，生命動力強大的領袖人物劉玄德，終能憬悟到溫柔鄉是英雄塚，功業未成，享樂的時候未到，迢迢長路蜿蜒在前等待奔馳，決志有待履踐，逸安只有割捨。必須要回去荆州，上馬拚命，參與雄豪共爭逐鹿，從剛獲得的據點擴展建立起他的帝國來，非如此不能滿足他表現的渴欲，這就是玄德與阿斗，英雄與凡庸所以不同的所在了。早在阿斗的幼年，雖然也經歷過長坂坡那樣的九死一生，但對一個襁褓嬰兒來說，是不可能有什麼記憶影響的。其後在漢中王、蜀漢帝國的宮廷裏以太子身份長大，福氣的阿斗有他父王所沒有的逸安環境，自然也沒有他父王那樣櫛風沐雨，親冒矢石征戰拚命的機會。他的一生，前段托庇在父親的羽翼之下，中段有諸葛亮丞相和羣臣諸將爲他服務，環境造成他不能拚命的習性，也影響到他的不能捨棄尊榮逸安。到了後段，他終不能上馬抗敵，爲保全父親傳留的帝國基業而背城一戰，寧願以十萬二千帶甲將士向鄧艾的三萬五千偏師作不戰之降，延續他「安樂公」「此間樂，不思蜀」的生活。阿斗的性行顯示他非是不爲而是不能，所以不能是由於他環境影響的性格使然。再回頭來看他的英雄父親，返回荊州的因素有二：一是男性化的孫夫人沒有糜、甘兩夫人的溫柔，英雄渴需的情愛滋潤平衡不夠，美人計的網羅仍有缺口，中計的呑舟大魚終能突網而去。而另一更重要的原因是在玄德的英雄本質個性使然，他克服艱難創造快樂的習慣，以及他心志的堅決終能發揮作用，召喚他回頭去賡續奔赴事功之途。卽使如糜夫人所言：「可憐他父親飄蕩半世」的勞碌終生。最後兵敗死在白帝江城，英雄事業的終極仍然不免於中道崩殂的憾恨。但，做過畢竟不同於未做，智能之士的才力能有施展揮發，事功的顯示，歷史的刻度，也足以交代他一己生命的價值了。

在作者的筆下讀到這位領袖人才，英雄人物的性行功業，所以特別鮮明，六百年來一直引發讀者同情嗟歎的，不僅只是歷史人物的素材，重要的是作者自我成份的加入揉合。作者在這一位歷史人物身上，寄托了他志未得伸的領袖欲望理想情感。玄德的表現就是作者的表現。由於這一份眞切强烈，才能使得人物的性行形象藉著作品而傳流不朽。

三、關羽：演義作者借用了三位歷史人物的軀殼，分別賦予自己的部份靈魂，而以三足的並立，鑄就了他生命意識的表現之鼎。三位人物之中，關羽最爲特殊，筆者認爲他代表的是作者潛意識升浮的一面。在人類的潛意識裏，經常嚮往著一些自身未之能行的智能，人海之中，如發現有如此性行的，常就會禁不住私心竊慕。這種現象同時又基於人類共性中的比較作用：總是這山望那山，對已得的經常忽略不知珍惜；對得來不易的倍加珍愛；對得不到的最是興趣盎然，那種企羨之所以能濃烈持久的原因就在於未曾得到。小說素材表現這種潛意識升浮層面的：如《紅樓夢》裏的寶玉與柳湘蓮，當然我們不便武斷認爲是同性戀的傾象。但文弱的貴家公子竊慕飄零俠士的英風却是分明，那種人的身份、環境和行事，都是公子爺只能慕想而絕得不到也做不成的。其後就因他的一句「尤物」誤評使得良緣不諧，造成三姐伏劍身殉、湘蓮憾恨終身的悲劇。這一句闖下大禍的話果是出於寶玉的無心？還是出於他絕難自認的微妙潛在意識？可供尋索之處不是沒有。再如《水滸》裏宋江對李逵、武松的特別眷愛也是同理，李逵的血腥嗜殺，代表著宋江潛意識裏的魔性；而武松的快意殲仇，又正是一直縈廻在宋江潛意識裏未之能行的憾恨抑壓。拉回到演義中來，由於羅貫中外緣資料的缺乏，不知他是否文武全才？就一般而言，同具文才武功的畢竟不多，這位讀書人身份的作者，很可能就沒有叱咤喑嗚，斬將搴旗的勇武。這一份不足的憾缺與嚮往，蟄伏在他的潛意識裏，一直吶喊著要求補償，促使他另塑一個勇武絕倫的人物，藉著人物豪勇的快意來滿足平衡他自己。

關羽的神武，精采始見於溫酒斬華雄一段：

「操教釃熱酒一盃，與關公飲了上馬。關公曰：『酒且斟下，某去便來。』出帳提刀，飛身上馬。眾諸侯聽得關外鼓聲大振，喊聲大舉，如天摧地塌，岳撼山崩，眾皆失驚。正欲探聽，鸞鈴響處，馬到中軍，雲長提華雄之頭，擲於地上，其酒尚溫。……」

難能可貴的是作者的敍事手法，不採正面交鋒，而由帳內的聽覺來形容表現，實在佳妙。自此美髯公與赤兎馬、青龍偃月刀相得益彰，大將名馬寶刀，樹立起凛然神威，其後在斬顏良的時候：

「關公奮然上馬，倒提青龍刀，跑下山來，鳳目圓睜，蠶眉直豎，直衝彼陣，河北軍如波開浪裂。關公徑奔顏良。顏良正在麾蓋下，見關公衝來，方欲問時，關公赤兎馬快，早已跑到面前；顏良措手不及，被雲長手起一刀，刺於馬下。忽地下馬，割了顏良首級，拴於馬項之下，飛身上馬，提刀出陣，如入無人之境。……」

斬文醜的時候又是：

「文醜回馬復來，徐晃急輪大斧，截住廝殺。只見文醜後面軍馬齊到，晃料敵不過，撥馬而回。文醜沿河趕來。忽見十餘騎馬，旗號翩翩，一將當頭提刀飛馬而來，乃關雲長也。大喝『賊將休走！』與文醜交馬，戰不三回，文醜心怯，便撥馬遶河而走，那關公馬快，趕上文醜腦後一刀，將文醜斬下馬來。……」

作者筆下的大將神威，正如毛宗崗所評的「如生龍活虎」。六百年來一直引得讀者們快意敬佩無已。只是明眼人一看就知這是過份的誇張。小說場景寫的是戰場而不是戲臺。萬軍之中，哪有可能一人一騎衝進去斬殺主帥，又能從容下馬割頭拴頭，再能全身而退安然返回本陣，除非這眞是「無人之境」。這是文人「想當然耳」沒有戰陣經驗的想像筆觸，荒謬近乎神話的描述，把兵凶戰危的沙場美化、簡化得離了譜。

當然，除了這些不合理的成份之外，作者之寫關公還多有著可信可感的地方。如他的重義，對玄德的精誠不渝，穿著玄德所贈的舊袍，明示不忘故主；獲贈赤兎馬一再道謝，想著的是一日千里的驥足能助他縮短迢遙，提前晤見玄德；義釋華容表現他大丈夫的恩怨分明，刮骨療毒顯示他自制力的超越常人。小說中表現歷史人物的事蹟，雖然部份是實，但作者不僅對眞實事件有所渲染，更在眞實之外另行製造想像情節。例如寫關公性行的嚴正不苟，絲毫不與女性有所關連。由他侍奉二嫂，恪守禮義，在暫歸曹操，班師返回許昌的途中，好色的曹操想要「亂其君臣之禮」，故意安排使關公與二嫂共處一室，書中所記的關公是：「乃秉燭立於戶外，自夜達旦，毫無倦色。」傳說後世的狂才金聖歎，大膽在頁上加上他的疑問：「誰人見著？」到晚夢見關公來送一車金（影射斬字），其後夢兆應驗，聖歎果然死於刀下。如果這一傳說是眞，金聖歎是犯了創作的大忌——未能袪除心理的不協調——（在聖歎處身的清代，關公已被渲染成神，天下廟食供奉，狂士雖有大膽的著墨，內心不無畏懼）。其實章學誠也已指出演義之作是「七實三虛」，虛的部份多半得之於稗史傳說，混入正史不易分解。歷史的批評如：

……古今傳聞譌謬，率不足歎有識，惟關壯繆明燭一章，則大可笑。乃讀書之士，亦什九信之，何也？蓋繇勝國末村學究編魏吳蜀演義，因傳有羽守下邳，見執曹氏之文，撰爲斯說；而俚儒潘氏又不考而贊其大節，遂致談者紛紛。案三國志羽傳及裴松之注及通鑑綱目，並無此文，演義何所據哉。（少室山房筆叢四十一）㈥

而由《三國志》關羽本傳註又見一條：

蜀記曰：曹公與劉備圍呂布於下邳，關羽啟公，布使秦宜祿行求救，乞娶其妻，公許之。臨破，又屢啟於公。公疑其有異色，先遣迎看，因自留之，羽心不自安。此與魏氏春秋所說無異也。

這一條資料的可信度很强。曹操的好色已見於他納張繡的寡嬸，使得張繡降而又叛，這一節中所述的悅美自留當然不足爲奇；不妙的是兩雄爭美的另一位竟是關公。雖然我們還不致懷疑到關公對兩嫂的守禮，但他是人而非神，仍具有人性弱點是可信的，秉燭一事爲後人臆測妄加是可信的。這位歷史人物，在演義中成仁之後，就已被妄加上一連串的迷信成份：玉泉山顯聖（還我頭來）；東吳慶功宴上附體迫殺呂蒙；首級送到洛陽，開匣時的口開自動，鬚髮皆張驚倒了曹操；托夢泣告玄德；以及在先主征吳時顯聖助子復仇。他的靈魂竟然一直在呵護著兒子關興，其後在關興戰陣危殆之時再度顯聖救助，不但有形與力的運作甚至還能發聲說話。小說素材迷信如此，亡人與生人無異，實在已是匪夷所思的神話。在科學昌明的現代，讀者們應當無人採信，奇怪的是至今讀者猶能不介意這些迷信落伍的成份，而爲這位亦人亦神的人物感動嗟歎。甚至多有人在閱讀演義時略去敗走麥城一段，不忍於英雄末路的傷悼。原因何在？兩項明顯的因素：一是武聖關公的神化，自宋眞宗時即已被封爲武安王，其後歷經明清兩代，近千年來屢次加封爲王爲帝，國境之中各地普建關廟，武聖的血食供奉勝過文聖孔子。垂傳千年的世俗習慣，已在國人的心理立下敬畏的牢基，心理因素不由得不信，卽使不信也將難負於惴惴不安。另一項重要因素是演義普及民間家喻戶曉的宣揚之功，功效之所以龐沛宏大，就在於作者以人物代表自身，以理想與情感的貫注，使得人物自然地昇華成聖成神。

三、海狼——依理想與現實的不同而分別塑造人物㈦

研究傑克倫敦比研究羅貫中容易得多，不但是前者與後者相差了五百五十年接近現代的便利，前者外緣資料的完備不同於後者資料的旣少而不確。而且更明晰的是傑克倫敦自然主義的文學傾向，便利研究能有線路可循，對作品意識的探究較有把握，不致流於臆測或偏差太大。

文學創作要求寫境與造境的充實，寫境的源泉在作者生活的采姿，造境的根本在作者性格的複雜敏銳。而生活與性格兩者的形成又都是由於環境。一般來說，「窮而後工」是可信的。基於人類好逸惡勞的共性，智能的發揮常需要藉重環境的迫壓刺戟，就如蘘爾原子經過撞擊放出巨大核能一樣。富足安樂的人生固然可喜，但逸安使智能不須發揮也無從發揮，地底暗流畢竟未能破土而出蔚爲滾滾江河，終其一生的凡庸沒有價值，那就不是可喜而是可悲了。因此，雖然我們悲憫於作家們的困逆，但另一方面也爲他們慶幸，失之東隅收之桑榆，正因爲有此困境的磨練，刺戟了作家們才情煥發，偉大的作品於焉而生。

類同於中國文學史許多位窮而後工的作家，傑克倫敦的一生極不尋常。生父詹尼是一位星相家和精神哲學的「教授」，母親芙羅蕾系出名門但情緒不穩，小傑克出生之時，她就曾企圖自殺未遂，產後八月嫁給經常更換職業的約翰·倫敦。生活常是漂泊流動而又貧困。幼年時的傑克沒人管教，生父已不知去處，繼父經常失業。母親以教授音樂、精神學以及如何迅速致富的方法爲業，音樂與精神學既未能使她穩定，教人致富而自己貧窮又徒然是可笑的反諷。傑克秉承遺傳的敏銳思想，在沒有羈勒也沒有指導的成長發展裏形成過份敏感早熟。幼年時就已學會成人們的一切嗜好，經常耽溺於幻想，如他的自述：

「我是一個病態的孩子……我時常陷入於精神狂亂的狀態中。於是孩子們頭腦中所能想像得出的種種可怕的事情，一齊湧到眼前成爲事實般的搬演出來。我看見別人犯了謀殺罪，也看見兇手前來追逐我。我喊叫，我掙扎……漸漸陷入於狂亂的狀態。我好像被關在瘋人院裏，被看守人鞭打，四面圍繞著狂喊的瘋人。」

從小就在爲混飽肚子的童工零工生活裏掙扎，經常爲一角錢工資在機器旁做苦工，十六歲參加舊金山灣𧑞蠔賊隊，藉著騎馬、航海、拳擊與酗酒來訓練自己的男子氣概，冒險的生活裏有衝動縱慾也充滿焦慮。十七歲參加去日本海白令海獵海獺的船隊，這一次不凡的經歷，成爲他日後創作《海狼》素材的依據。一八九三年參加科克西運動㈧，曾以懾人的力量拯救友人。一八九四年因遊蕩罪判刑三月，出獄後返回故鄉奧克蘭，夢想著寫作、成名和財富。開始發憤讀書，孤獨而著魔地閱讀一切可看的書，用以來教導自己。每天工作十九小時，以鐵的意志來規範自己要求達到成功。兩年後進入加州大學，因不滿學校的教育方法而在數月後放棄。開始拼命寫作，投稿極不順利，其後為了生活去洗衣坊做苦工，耗盡體力的勞動竟使他的寫作力不從心。

一八九六年偕同姊丈參加去加拿大的淘金隊，歷經艱困，因罹患壞血症被迫中止回國。「行萬里路」充實了他創作的寫境，常在半飢餓的狀態下日以繼夜地打字，以他流浪生活豐富的閱歷配合理想發表，以一定成功的自信堅持克服沮喪。直到一九〇〇年短篇結集《狼的兒子》出版，終於使他嶄露頭角。他的小說以嶄新的筆觸揚棄了十九世紀文藝的貧血、敏感、逃避、偽善的濫調，勇敢地剖示人生的殘酷、醜惡、嚴峻以及美善，袒陳人們視為禁忌而避諱的縱慾、野性與死亡。題材著重人與自然的鬪爭，元氣力量龐沛強大，為現代美國小說展開了新紀元。擺脫傳統束縛，以眞實的文學型態促使小說走向大衆平民化的天地，率先透過廿世紀的科學態度，把美國人用來征服新大陸，建設龐大產業的力量元氣，藉著文學酣暢表現出來。

一九〇一年短篇集《他祖先們的上帝》(*The God of His Fathers*) 出版，傑克的技巧再進為嚴謹簡潔，部份的粗糙冷酷特具震撼，作品意識顯示文學中死亡的誘惑更勝於性力誘惑。一九〇三年出版以一隻狗為主角的《野性的呼聲》(*The Call of the Wild*)，作品的新穎強力又贏得大量的讚美。小說的暢銷使他獲得財富，傑克買下一條名為浪花號的單桅船，在船上反芻他水手的經歷，寫出了他的長篇力作《海狼》。一九○四年出版，出版前就已被預訂了四萬部，出版後作者被譽為稀有的獨創天才，提高了現代想像文學的品質。這部小說成為美國文學中另一個里程碑，不僅是由於寫實大膽，更重要的是內涵表現的唯心唯物，現實與理想的衝突，提高了現代小說的學術成份。出版三週之後就躍登暢銷書的首位。

這位勤持終成，具備自我特殊風格的作家，成名之後仍然賡續他的習慣，經常旅行，不停地寫作。每年收入上萬，但無時不在負債之中。在他往日的困逆裏所透支的體力太多，健康的耗損不是金錢所能彌補。同時由於切望寫出自己滿意的偉大作品，而又一直不得不遷就現實賺取稿費還債，作家自期的層面再上表現突破，格於環境健康而力不從心，再加上家庭的失和，一種徒勞無功的空寥，迫使他在四十英年自戕。這位傑出的人才曾如彗星出現似的一夜成名，也曾以創作炫示異彩，結果竟如曇花似的急遽凋落。

形成為傑克倫敦作品意識主幹的是自然主義（naturalism）思想。自然主義以十九世紀末葉現代科學方法來研究自然環境和遺傳對於人類社會的影響，根據達爾文的物種原始論，把人生當作是一種生物化學的現象。認為人類先天性地具有著和宇宙不能調和的弱點，先天性地被命定必然走向死亡解脫之途。上帝不存，形而上學只是一種沒有意識的遊戲。文學領域的自然主義，本質是為對人類進步與理想的反諷，是面對著冷漠世界和沒知覺宇宙的絕望。自然主義冷漠無情的科學與法俄兩國頹廢陰暗的文學，在南北戰爭之後逐漸影響到美國文學。美國社會在工業迅速而無節制的發展之下，資本的集中爲勞工大衆造成日益增長的痛苦不安，社會問題影響到思想與文學的是深刻的悲觀主義，進化論生存競爭，冷酷無情的思想在現實社會裏普遍地被信奉運用。傑克倫敦的人生經歷就是自然主義文學絕好的素材，他曾經不加選擇地吞嚥了含有雜質的達爾文與馬克斯思想，接受尼采的超人哲學，認爲人可以分成兩類，一類是超人另一類是普通大衆。超人要比普通人更高大、强壯、聰明、能克服一切障礙，並且堅信羣衆須由少數超人來統治，因爲：「絕大多數是愚人，必須由少數智者來予以照顧。」同時宣告他的自信：「我一定會使自己成爲有用的超人，我一定會使自己成名。」

成名前的困逆當然是誘使他傾向自然主義的根源。他的作品常以奮鬪求生存作爲主題，超人英雄有如金髮野獸，常與輕視傳統的女性相配，以表現作者對世俗的輕蔑與否定。作品意識就是他性行理想的表白，形式表現眞切大膽而又充具强力。可是這位自許爲超人英雄的作家，在現實生活裏却節節敗退，一直在向傳統世俗妥協，英雄的努力並沒有推翻什麼新建什麼。不斷向上的結果，書中的主角人物無不以失敗爲收場，而他自己也和他筆下的悲劇人物一樣，獲得的只是無垠的空寥。在他自傳式的小說馬丁·伊登(*Martin Eden*)扉頁所寫的小詩，可說就是他作品的總結與人生終極的先兆：

讓我在熱血沸騰中度此一生！

讓我痛飲夢者之酒後醉臥！
但不要讓我見到泥塑的軀體
踉蹌的復歸塵土——一個空虛的神龕！

敏感的作家不能忍受白髮老醜的難堪，難忍與生俱來先天性死亡迫壓的沉重，難禁復歸塵土空寥的悲愴，一直憧憬著憑恃智力長擁有情熱與香美。得自遺傳的過敏特性，可悲的身世與艱困成長流浪的經歷，以及他後天自建的思想線路，驅迫著他去奔赴擷取一朵虛無飄渺的絕巔奇花——以超人成就來肯定交代自己——而人世間的現實與理想永遠是懸差巨大，懷抱著熱切嚮往的傑克倫敦，雖曾在現實人生中努力表現他類似超人的形象，但與他書中塑造的，理想擁抱的畢竟相差太遠。絕巔奇花的可望而不可及，創作的華采雖能使讀者滿意，苦的是却都不是他自許追求的偉大。生命苦短，表現的渴欲預估已難有滿足的機會，過猶不及的敏感作家，既不能忍受現實與理想的差距，就只好接受他書中著墨最濃的死亡誘惑而結束自己。

筆者以為《海狼》一書的意識表現是在現實與理想的衝突。作者塑造了兩個人物來分別代表這對立的兩面：以海狼拉森的超人形象代表作者的理想線路；以韓福的凡人形象代表他現實人生的線路。因為書中大半篇幅側重拉森，所以先行分析這位超人的形象和理念，然後再來介紹與他對立的韓福。

一、**超人的形象**：作者以韓福第一人稱進行敘述，寫出初見時超人的外型以及敘述者的感覺：

「一位壯漢，在艙口踱來踱去，狂嚼著口中的雪茄烟蒂，就是這人無心的一瞥，將我從大海中救了起來，他身高不過五呎十吋或五呎十吋半，但我對他的第一個印象並非如此，而是被他那種體力充沛的神態懾住；他身體雖然並不太高，但非常魁梧；寬濶的肩膀，堅實的胸膛，顯示出瘦削健壯的人特有的堅靱無比的力量。他身材寬厚，好似一隻大猩猩，但面容上卻絲毫沒有猩猩的蠢態。我努力描述的，僅是他那無窮的力量，這是原始動物──野獸，緣木而居的原人──所具有的力量，它的本質是兇殘、野蠻而敏捷。生命的本質在於活動的力量，力量的本質塑出各種不同的生命。總之；這股力量在體內蠕動，好似一塊龜肉或截去了頭的蛇，在手指的刺戳下彈躍顫動。

這給與我強有力印象的人，在甲板上來回踱著，步履穩健而有力，每一絲肌肉的動作──從擺動的肩膀直到咬著雪茄緊閉的嘴唇──都顯得堅強果斷，透出一股力量。實際上，雖然他每一下動作均充滿力量，但卻似更有無窮的力量潛伏體內，待機而動，令人望而生畏，好似雄獅的發威和暴風雨的狂怒。」

這是常態時超人的素描，再看他雄力運作時的動態，也是經由韓福以旁觀角度的形容：

「海狼拉森潛伏的力量再度鼓動起來，這一切是出乎意料的快捷，時間不出『的答』兩秒鐘，他從甲板上向前躍過六呎有餘，把拳頭送上這孩子的肚腹，一剎時，我自己好似挨了一拳，肚子裏感到一陣難受，由此可見我的神經組織是過於靈敏，見不得兇殘的景象，這侍役——體重至少有一百六十五磅——被拳頭打得雙足騰空，凹癟的肚腹貼住拳頭，像是裹在木棒上的一塊濕布，他身體被擊得向上躍起，在空間劃了一條短弧，然後倒跌下來，頭和肩膀衝在甲板上，正跌在大副的屍體旁邊，他痛苦的呻吟著。」

以上對超人的印象還只是停留在外型的階段，其後海狼拉森在敉平一次船上的叛亂中受了傷，韓福替他包紮，有一段深入到男性健美藝術感受的形容：

「我煮好開水，將藥品整理清楚，準備替他包紮傷口，他談笑自若，打量自己的傷處。我從未見過他赤裸的身體，他那強壯的肌肉，使我驚羨得幾乎停止呼吸，這並非由於我自身的瘦弱，而是全憑內在的藝術眼光，使我如此感覺。

我被他全身完美的線條懾住了；那簡直是出奇的美麗。我曾見到前艙那些漢子們的裸體，雖然其中數人也具有堅強的肌肉，但總有些什麼地方不對勁；不是這裏肌肉不足，就是那裏過份發展或彎曲，破壞了人體的對稱，不然就是腿生得太短或太長，筋肉過份飽脹或太弱，祇有夏威夷佬全身線條勻稱，但太勻稱了，好似女人的體態。海狼拉森的身體，洋溢著一股男性美，舉手投足之間，堅強的肌肉在光滑的皮膚下躍動，我忘卻聲明——祇有他顏面的皮膚，被日光灼成古銅色；他的身體，由於斯坎拉維安的族系——潔白得一如婦女的皮膚，他舉手撫摸頭上的創口，我看見他的雙頭肌在皮層下閃動，像是一個活的東西；就是那強壯的雙頭肌幾乎奪去了我的生命，我親眼見到他無數次揮動致人死命的拳頭，我出神凝視著他，一小團消毒棉花，從我手中墜落地下。」

從外緣資料可以想見作者是一位具備強力而慓悍的男子，但在他的心目中，另有著更強的力與智與美綜合的超人形象。在書中透過韓福的敍述，作者塑造了這樣一個近似完美、人間絕無的神。從一些細緻的描述中表現了作者對超人塑像的崇拜，甚至我們還可以察覺到作者潛意識的升浮，有著自愧弗如暗戀著、仰仗著超人假象的變型表現，例如：

「海狼拉森沒有笑，雖然他那灰色的眼睛微微閃出一絲笑意，我這時站得離他很近，他剛才向死者咒罵時，我對他的第一個印象，是屬於身體方面；他的臉是方形的；線條強勁，五官端正。第一眼望去，神態是粗壯的。但當你繼續觀察他全身時，這種粗壯的感覺消失，他體內好似蘊著一股無窮的精力和勇氣，下巴，兩頰，濃密的眉毛高低適度的覆在眼睛上——這些，全都是勁氣內涵，深不可測。

那雙眼睛——我有機會認識清楚——巨大而漂亮，兩眼距離很寬，隱在濃密的眉毛下，四周鑲著長黑的睫毛，眼珠本身是灰色的，但顏色時時改變，好似日光下閃爍的絲光；時而淺灰，時而灰綠，有時更變成海水般的清藍色，這眼睛用多種僞裝將靈魂掩飾，但在極少情形下，這兩扇靈魂之窗突然開啟，赤裸的眼光射出，這雙眼睛有時凝出灰色天空般的陰鬱，有時爆出劍光揮舞的火花，有時閃出北極的寒光，但同時又能射出溫暖柔和的光芒，強烈而剛毅，誘惑而逼人，贏得婦女們的心，使她們心悅誠服的獻身於他。」

二、超人的理念：作者筆下的超人不是徒具健美強力的匹夫，而是同時具備有豐富的學識智能，並且又已建立起一己思想系統的完人。《海狼》一書最主要的部分是在表現超人的理念線路，也就是作者畢生編織的思想體系。這些理念藉著拉森與韓福的對話表現出來，一片片的，在小說裏顯得生硬而不自然。但我們也得想到作者的難處，這種集錦式的設計雖然未臻理想，但總比一條鞭式的直述說教要好一些。理性主體的發表，筆者認爲作者的主要目的有二：一是謀求意識表現之後交代自我的肯定快感。另一項更重要的是，以他的思想理念向讀者世人徵詢同意與否。

本文的析介程序，首先歸納他對生命的基本觀念：

「我認爲生命是一堆污穢，」……「他好似是酵母；一個可以活動一分鐘，一點鐘，一年或一百年的東西；但最後仍是靜止不動，大的吃掉小的，爲的是繼續生存，強者吞噬弱者，爲的是保全氣力；最幸運的將其他一切均咽下肚腹，於是牠活得最長久；這就是一切，……」

「我認爲生命就是酵母，要活著就得吞噬別人的生命，生存僅是卑鄙的成功，嘻，如果按照『供與求』的關係來說，生命是世界上最賤的東西。衹有這樣多的海洋，衹有這樣多的土地和這樣多的空氣，但生命的激增是無限的，『大自然』是一個揮霍的傢伙，不信請看那些魚和牠們數百萬顆的魚卵，由此再反觀你我二人，衹要我們有時間和機會，我們的生殖機能可以製造出數百萬的生命，那麼我們就成爲一個或一洲人的父親。生命？呸！它是沒有價值的，是賤東西中最賤的東西，到處擁塞充斥。『大自然』用一隻濫手撒佈生命。祇能容納一個生命的地方，她播下成千的生命，於是生命吞食生命，直到最強壯最卑鄙的生命存留下來。」

「那麼爲什麼要動？因爲動就是生存嗎？停止不動成爲酵母的一部分那就萬事皆休；但是——就是這樣——我們要生存和動，雖然並沒有理由如此；因爲生命的本質就是生存和動，求得生存和動。……」

由於這種植根於進化論，偏於物質主義的基本觀念，產生出作者對世俗人性缺失的檢討，也列出了他反傳統、反永生的意見：

「你下不了手的，你並不是眞的怕，而是軟弱。你的傳統道德觀念勝過了你。你是日常聽到和書本讀到流行於一般人中間的觀念的奴隸，在你還是口齒不清的孩子時，這些信條就塞進你的腦袋，它不顧你的哲學思想，和我所敎給你的一切東西，不准你殺一個手無寸鐵和不作抵抗的人。」

「而你知道我會殺死一個沒有武器的人，像抽支雪茄那樣平淡無奇，……你知道我是怎樣的人，你罵過我是蛇、老虎、鯊魚、魔鬼和卡力班，並且，你這可憐的傀儡，你這小應聲蟲，你不能殺死我——好像你也是一條蛇或一尾鯊魚，因爲我也和你一樣的有著四肢和軀體。」

「這一切是污穢的，這就是生命。生命是如此污穢，那麼永生又有什麼用處和意義？什麼是最後結局？這一切又是什麼？你自己不會耕種，但你吃掉或耗去的食物，可以救活許多勞苦耕種而自己沒有東西吃的窮人。你信仰的永生是什麼？他們信仰的又是什麼？以你我二人作比，當你我二人生命發生衝突時，你那強調的『永生』還值什麼？你希望回到陸地上，因爲那裏對你這類污穢的生命較爲相宜，但我的怪念使你留在船上，這裏是像我這類污穢的生命興旺的所在，我將你留在這裏；我可以使你生，也可以使你死。可以在今天，這個星期，或下個月內死去，我現在就可以殺死你，用我拳頭的一擊；因爲你是一個悲慘的弱者，但如果我們是永生的，這又是爲什麼？爲什麼我把你留在這裏？……」

「他鼓起反抗精神，他不懼怕上帝的雷電，雖然被驅入地獄，但他並未被擊敗，他煽動世人反抗上帝。爲什麼他被摒出天堂之外？因爲他沒有上帝勇敢？沒有上帝榮耀？不！一千個不！誠如他言，上帝是更具威力，他的電雷威猛強烈，但魔魂是一個自由的靈魂，爲了自由，他寧願拋棄安樂，忍受痛苦，他不屑於伺奉上帝，什麼都不屑於伺奉，他不是傀儡，他用自己的腿站立，他是一個獨立的人。」

一種思想體系的建立，價值就在能影響人類社會破舊佈新。人世之間本無絕對，所有的人類想出來的理念，都要受到不同時空的考驗。舊有的一切合理美善，在空間上既不能涵蓋擧世，在時間上又不能永久恆存，必然會隨著時代進展而變動革新。新建基於破舊的精神是對的，但若只是破壞而沒有建設，那就是淺薄的不智。傑克倫敦的思想體系有破舊也有創新。例如他表現在書中海狼的生活態度，生活意義，以及對快樂的詮釋：

「強權就是公理，這就是一切。懦弱就是錯誤，說也可憐——一個人強壯就是好，懦弱就是壞——或者可以說：強壯是一件快事，因爲能佔便宜。懦弱是一件憾事，因爲到處吃虧，拿眼前情形作比：佔有這筆錢是快樂的；佔有這筆錢對我是件好事，如果我把這錢給你，我就對不起我自己。」

「一個人不會對不起別人，祇會對不起自己。當我考慮別人的利益時，我就對不起我自己，你不懂？當兩個酵母互相吞噬時，怎能顧及對方的利益？這是牠們注定的命運；互相吞噬，要吞食對方，而不爲對方所吞食，不如此，那牠們就錯了。」

「這是你自己的事，你現在沒有任何律師或代理人，所以你必得倚仗自己，當你賺得一塊錢時，緊緊抓牢它，一個人像你這樣，把錢隨手亂放，是應該丢失的，並且你還犯了罪；你沒有權力引誘你的同類，你引誘厨子，於是他落了圈套，你使他永生的靈魂陷入險境……。」

「你想我爲什麼弄出這玩意？」他突然問道：「想揚名於後世嗎？」他嘲弄似的大笑：「完全不是這回事，想獲得專利權，由此賺錢，因貧得無饜而整夜工作，這就是我的目的，同時，完成一件工作也使我快樂。」

「創作的快樂，」我說。

「我想應該這麼說，這是表現生命快樂的另一種方式——它是活的；活動克服了物質，有生命的勝過了死亡的，這就是酵母的驕傲，因爲它活著而且能蠕動。」

「當一個人的生命被別人掌握著時，這對他是一種刺激；人類生來就是賭徒，生命乃是他們最大的賭注，賭注愈大，刺激也愈大，是我將里奇刺激得憤怒如狂，我爲何否認這種快樂？關於此點，我待他眞是不薄，我使他活得比前艙一切都有價值，雖然他自己並不知道，因爲他現在有了目標——想殺死我。說眞的，韓福，他現在活得很有意義，我猜他過去一定從未活得這樣起勁過。老實說，在他憤怒極點的時候，我還眞有些妒忌他呢。」

以上前三段是海狼迥異於一般的自私和冷漠。第四段顯示的創作快樂，目的不同於一般的利他，而是純物質的利己，甚且運作的原理也是基於進化論式的酵母作用。第五段所述的快樂來自畸形的施虐刺戟，雖然在人性中有著因被虐、自虐而產生快感的情形，但那是明智的人類都願去調適而不顧强調的。冷酷的物性偏差如此，相對地削弱了人性。同時，在這一段裏强調生命意義價值只在保持生存，忽略了人類有異於禽獸的生活意義。果然生命只是單純的生存而非具備貢獻價值的生活，人和禽獸又有什麼分別？歷史文明爲人類建立起超越物性的尊貴，而傑克倫敦的物化思想却要把人類拉回到原始，這豈不是一種荒謬的倒車！綜合以上，作者新建的一些理念是不合於現世人類社會情理的。可以想見這只是作者的理想，就連作者自己在現實生活裏也必然做不到。由此分析，可以測度出他的理想與現實之間的懸差之大。

超人典型居然也有與一般人相同的情感，對他的身世環境表示出委屈不甘，這一點與常人的認同，雖只是偶然間情不自禁的一閃，却也彌足珍貴，那也就是傑克倫敦表現自我的假託了。傳出的訊息不僅是他的不平之鳴，間接也說明了他偏激思想形成的根源。這一段寫的是：

於是他說道：「韓福，你知道農夫播種的這個譬喻嗎？如果你還記得，有些種子落在石頭上，那兒土壤不夠，它們就在那裏生長，太陽上升時，它們被灼焦，因爲他們沒有根，於是乾枯了，荆棘又阻遏它們的生長。」

「那麼怎樣呢？」我說。

「怎樣？」他問，略帶怒容，「這是一件憾事，我就是這樣一粒種子。」

三、韓福代表的線路和對立的結果：韓福是本書的敍述者，也是舍超人拉森之外的另一主角，代表著與超人理想相對立的另一線路，唯心而理性，生活在現實中的現代人。身分且是文明人中的尖端分子——文學評論家。由於一次傳奇性的海難，被海狼拉森救起，文明人成了超人的擄獲品，被迫充當侍役。幽靈號航行在大海裏，遠離人類文明國土；整條船在超人的統治之下，也就囘溯到原始世紀，成爲達爾文生存競爭的試驗場。文明紳士淪落到這隔絕的野性天地裏來自是十分尷尬，他所擅長恃以贏得尊敬的智能一下子變得全然無用，就像是滿腹經綸的羅貫中不幸處身在元代，被列爲只比乞丐高一等的「九儒」。飽受嘲弄折磨的韓福，可能的抉擇一是反抗一是適應，反抗既然絕無希望，那就只有適應。韓福奮力掙扎求生，在動輒得咎侮辱欺凌的陌生環境裏從頭學習自衞，他向水手們學習，向超人拉森學習，也在自己錯誤裏學習：在目睹暴行時能抑壓正義衝動而沈默隱忍；利用學識吸引海狼交談，使自己獲得養傷休息的機會；看出厨役的色厲內荏，以牙還牙爭囘地位，贏得大衆的刮目；不參加强生、里奇的反叛，是他有先見之明的智慧。一位文弱書生，在强權蠻橫的環境裏居然不曾沮喪犧牲，反而逐漸適應改進强化。等到海狼船長敉平叛亂，他被擢升爲大副，成爲幽靈號僅次於超人領袖的第二號人物。促成文明人韓福蛻變的因素是環境的壓力，原始的血腥刺戟（如開刀沒有痲醉，患者狂飲威士忌忍痛），以及接近超人拉森的濡染，喚起了潛藏在韓福文明人心性裏的原始動力，恢復了他原始人類求生的本能。而另一項更重要的因素是這位文明人理性自制，智慧運作的功能。蛻變後的韓福已接近超人的標準，只是文明人的理性情義仍在，不同於拉森的物化殘暴，這就是作者自我期許的模式，也就是他矛盾衝突的所在了。

海狼拉森改造韓福的訓練成功，甚至連韓福自己也不無驕傲，執行大副職務能夠稱職，甚至在海狼病發時，他能獨立發號施令統理全船。強生里奇逃亡，追捕的結果意外地出現惟一的女角毛黛，在近似原始的純男性的環境裏，突來一位秀外慧中的文明女性，情節不免於有男有女的俗套。作者的安排絕不只是在增加傳奇故事的浪漫色彩，筆者認爲毛黛出現的作用是很重要的。是她激發了海狼拉森原始的性欲需求，撕破他堅強自制的假面；催促一個獨夫潛藏的自卑感升浮。（在韓福與毛黛惺惺相惜熱切談論文學之時，海狼的冀圖加入凌駕已經力不從心，自卑感促使他遷怒厨師，野性顯露暴力橫施，使這小人物在鯊吻下斷肢殘廢）；促使他企圖以表現來平衡自卑而倒行逆施（暴力演示，懲死強生里奇，向活閻羅挑釁）。直到後來海狼企圖強暴毛黛，物種遺傳的原型顯露，超人的自制力全面崩決。毛黛的危機與愛慕的傾心加速激發了韓福的勇決（韓福的自信已逐漸重建，在毛黛出場之後就已激發他表現的氣概，爲維護強生里奇敢於正面反對海狼），同時也斷絕了韓福爲近似超人而傲的微妙眷戀之絲。重返文明社會的意願燃起，加上所愛者朝不保夕的危機煎迫，促使他偕同毛黛登上冒險的逃亡之途。值得深究的是，作爲韓福逃亡勇氣憑依的，除了愛情力量與文明社會生活習慣的召喚之外，還有沒有其他？有的！那就是本書主題意識的重點所在——超人理想的終不可行，理性的抉擇是復返到現實的文明世界。

海狼拉森命終荒島，理想與現實，兩線的對立與比較有了結果。正如毛黛所說：「他現在已掙脫一切桎梏，他已是一個自由的靈魂。」桎梏著使他不得自由的就是那超人思想的附骨之蛆，一直要到死時才得掙脫。從超人一分分一寸寸的衰竭休止，顯示出卽使強者也難免於死亡終結的可悲。活著的人類不能隨心所欲，又苦於不能有充足的時間來爭取。「乾坤終有同休日，天海原無不了緣。」絕無永恆原是人類先天性最沉重的愴懷，空寥原是宇宙間最大的悲情，傑克倫敦總算是爲億萬人類的抑悒，做了一次差强人意的抒發。

是超人而有不治之症，象徵了人類不可能十全的命定。有病而病在腦部——一切心智體能的中樞——，點明超人致命的所在是他思想的謬誤。超人思想只是一種不宜實踐的理想。過高的理想只是人類自築的空中樓閣，就只能讓它一直懸在嚮往裏，用以來平衡稍減現實生活裏的痛苦。圓顱方趾的人類裏，任何人也不該幻想超越所有的同類，中國易經裏宣告的哲理「亢龍有悔」，早已明示那高處不勝寒的孤絕境地是去不得也達不到的。是以明智者只讓它在意識裏縈迴運作，提供調適功效，而永不去妄求實踐；妄想超人的看似高明其實不智，追尋的途中旣只是徒增痛苦，追尋的結果也只是徒勞無功。

如前所述，作者以理念發表向讀者徵詢，而那否定的答案又已由他自製，在結尾時宣告。許多因素驅迫傑克倫敦曾經試作超人之旅，在這本書裏，藉著對立的線路人物表現他理想與現實意識的衝突。顯示的結果是此路不通，超人永遠只存在於理想；而人——仍必須生活在現實裏。

四、比較與評估

一、比較

㈠**作者**：以十四世紀的羅貫中與十九世紀的傑克倫敦比較。處身亂世的羅貫中眞是「才秀人微，故取湮當代」而「人代冥滅、清音獨遠」，他的作品價值金玉沉埋，光采直到後世始被發現肯定。對一位死後享名的作家，可以想見他生時不爲人知的抑悒寂寞。他的生年卒年已不可考，但可信的是會比傑克倫敦老壽。作者不幸，生長在文士最受輕視迫害的元蒙，遭逢改朝換代的大動亂，生活極可能是坎坷飄零。坎坷的寫境經歷雖不能進入他的歷史小說充作素材，但變相形成爲動力，「配合他敏銳的想像，促成了傑作的表現，這一點是可信的。傑克倫敦的生命雖然橫跨十九、二十兩個世紀，但只有短促的四十年華。他的外緣資料完整，不同於羅貫中的是，在他活著的時候就已由創作表現得享盛名。自戕早逝的因素多半不是外在的社會環境，而是他內在心理的病毒。作者身處的時代，雖是如日正昇的美國現代盛世，但受到當代思潮暗流的激盪，加上他身世的悲苦、飄零坎坷的經歷、複雜的性格與想像力的敏銳豐富，他所具備一流作家的條件，正與羅貫中相同。

㈡**素材**：《演義》是歷史小說；《海狼》是想像小說。但就作家寫境言：《海狼》有作者早年獵獺的經歷依據；《演義》却是假借歷史素材的架空。《演義》素材採自史事傳說，難免受到拘束；而《海狼》全憑作者傳奇性的編造，能有不受拘限的想像恣放：這是兩書造境方面的不同。時代的不同影響古典小說與現代小說在素材採取上多有差異：在《演義》的時代裏，科學實證精神不夠，作品不免有迷信成份；而作者又常以宿命觀的強調用來冲淡讀者對英雄人物失敗的悲愴；在現代文學《海狼》裏就看不到這些成份。此外，在《演義》中的女性是被忽略的，雖有貂蟬、孫夫人表現稍具個性，但也未能構成爲明晰完整的線路；在《海狼》裏則不然，毛黛的安排雖是輔佐韓福線路的配角，但自有她性行表現的價值。這些素材取捨輕重的不同，是因爲中西民族性的不同，也是時代進展，科學實證的影響和男女平等觀念的改進之故。

㈢**手法**：如前所述，兩書都是藉人物分化方式來表現作者的意識，但是線路不同。《演義》是寄情於歷史人物的借屍還魂，將作者自己一分爲三各具重點，分別作性向理想不同的表現；《海狼》則是依理想與現實將作者自己一分爲二，由人物性行的對立中去產生比較。兩部作品手法最好的一點是意識全在人物對話，情節進行中表露，避免正面主觀，最能符合尊重讀者的原則。在小說天地裏，作者只擔任敍述而不做法官，讓讀者自去抉擇、裁斷、認知。讀者的獲得是內發的自然而非外來的接受，讀者在尋繹玩味之餘，除却理性認擇的獲得之外，還能自有其一份參與的珍貴。這一點，在屬於現代文學的《海狼》來說應是不足爲奇，但在《演義》寫成五百多年前的環境來說，實是難能可貴。

㈣**形式**：篇幅的大小：《海狼》的卅九章廿萬言，是《演義》百廿回六十萬言的三分之一。

時空的比較：《演義》敍述史事，自靈帝宦官外戚之亂到西晉一統，時間超過了一個世紀；而《海狼》只是一段海上經歷的短短時日。空間來說：《演義》包括了整個古中國甚至邊地蠻夷；而《海狼》的情節進行只在船上海中荒島三處。人物數目：《海狼》一共只有廿七個有名字、曾經出現的人；而《演義》的敍述之廣，人物繁多，有名而重要的無慮百千。就使用文字來說：《演義》用的是中國古典淺近文言；《海狼》使用現代語言。結構方面都是直敍，《演義》採用舊格章回體；《海狼》用的是現代小說的分章。

㈤**內涵**：兩部作品都是作者「表現」渴欲的發表，但表現的目的不同。《演義》是在藉著人物的表現達到作者假象式自我肯定的目的；《海狼》是在借人物而行對比檢討，以表現作者的認知為目的。《演義》述朝代的興衰，英雄人物的成敗，充具著感性；《海狼》以理念思想為主，偏向理性。思想背景方面：《海狼》一書以作者崇奉的自然主義、進化論為主線；《演義》則以作者的自我意識為中心，以中國讀書人傳統的儒家思想為中堅。在《演義》中的作者是主觀的，由於主觀的愛憎分明以及作者的自我珍愛，在處理人物時難免有偏；而《海狼》的作者就比較客觀，偏激的只是思想本體，在處理人物時態度冷靜，不曾流於感情化的大揚大抑。兩書同樣給予讀者以觀照效用，但各有不同的特性：《演義》是藉人物的優缺互見提供讀者人性調適的省思；《海狼》是以理想與現實的懸差提供讀者人生調適的悟得。

二、評　估

一項定則理應先被確信接受，因爲在人類社會裏，古今中外絕無十全十美的人，所以人爲的文學也絕無十全十美，有的只是優點多於瑕疵的接近理想。

有關兩部作品的瑕疵，已見於在前的分析與比較部份，不再贅列。今就兩書的價值試作評估。就形式方面說：這是小說意識藉人物分化手法而行表現的兩種線路，可供爲創作手法的參考。就內涵方面說：由人物的性行表現，《演義》的敎仁義，說忠烈，《海狼》的理想與現實的調劑，對於人類社會的效用，都是不受時空限制，長存而有用的。

最爲重要的一項價值：《演義》和《海狼》所寫的都是「眞實的人」，和現代億萬讀者一樣，都有優點也都有缺點，而且優點缺點常就是同時存在的一體兩面。就因爲兩位作者具有如此正確的認識，筆下的人物因此鮮活眞切，能被讀者接受，感覺到親近親切，小說的意識效用，因此能由人物的表現充分傳達發揮出來。

令人惆然驚心的是，人物的結局常就是由於他性格形成必然不可避免的因素。如在《演義》裏的諸葛亮，這位讀書人的自白：「吾非不知，但受先帝托孤之重，惟恐他人不似我盡心也。」鞠躬盡瘁是負責的優點，但若過份，就成了讀書人拘泥的短見。身膺重任而事必躬親，影響到分層負責運作功能的失效，以致於勞累早死，功業凌遲，辜負昭烈托孤，多智的孔明嚴重的缺點，就在這過猶不及的不智。如在劉備行事中透露出來的權術：當陽一役，明知沒有勝算，竟然宣告鼓勵百姓追隨，目的在爲他製造因護民遲行而被敵軍追及，因護民而戰敗的藉口。至於故摔親兒，市恩趙雲一節，已是盡人皆知的不誠。甚至在白帝托孤，對著孔明的那一句：「若嗣子可輔則輔之，如其不才，君可自爲成都之主。」看來也不是他的肺腑之言，而是一次有把握的冒險。深知面皮薄是讀書人的特性，這著力有效的一句必能換得諸葛亮肯定的承諾。人君劉備的仁厚竟是如此，稍稍深入，虛僞的另一面分明可見。再如關羽的待人，性行上先天的缺失適與張飛相反。張飛是「凌下」，對待部屬嚴苛；關羽則是「傲上」，瞧不起同僚。馬超來投時他要挑戰比武，名列五虎上將之首還不滿足，大言羞與老卒黃忠同列。忘了他流浪漢的出身，完全沒想到謙遜待人，以增強團結力量。他的剛愎自用，不僅孤立了自己，更影響到蜀漢整體。最嚴重的是違反了「聯吳制曹」的政策，一句「虎女豈配犬子」的率性堅拒闖下了大禍。（金聖歎的指責是「然則虎兄又何配犬嫂？」）破壞了吳蜀聯盟，失去荊州，從此斬絕了蜀漢進圖中原的希望。

《海狼》裏的兩線代表人物亦復如此：拉森只顧他超人理想的向前，却未警覺他人性的淡失與離羣的不智。照理說他早就可以從部屬怨毒的眼光裏警覺回頭的，可悲的是這位一意孤行的獨夫，竟在衆叛親離的情形之下猶不反省，執意去追求那高危而孤絕的境界，終於以生命爲他荒謬的理想殉葬。至於韓福，看似正常其實不然，從環環的更易與海狼的鑑照中，甚至連他自己都能察覺有虛僞做作、懦怯、自憐、多項物種遺傳的原型未除。

兩部書裏的主角人物何以都會如此？最大的理由是他們都是人，是人就會有不自知的共性，看得清別人的缺點而看不到自己嚴重的缺失。這一共性又永遠無法根絕，因爲優缺互見本是人類與生俱來的本質如此。

而文學的價值功效就在於斯，是它藉著人物的性行情節，表現了作者經歷深思的悟得，提供給所有活著的讀者省思調適。雖然在人類社會，人類歷史之中，所有活過的人都只能佔有片段時空，所有的人都不能生活得十全十美，但透過文學觀照調適的功能，能使讀者們在有生之年做得比較好，比較理想，這一點是可信而無疑的。

七一、二、十八於臺北

附註

㈠見太史公《報任少卿書》。

㈡見《王國維先生三種》。

㈢用三民書局《三國演義》，六十七年三月四版。

㈣見孟瑤《中國小說史》第三册，《文星叢刋》五十五年三月初版。

㈤同上，舉《周氏史略》言。

㈥同上。

㈦用拾穗月刋社《拾穗譯叢》《海狼》，山隱、相聲合譯，五十一年十一月再版。

㈧Coxey，美國政治改革家。原註見《二十世紀美國文學》，W・斯魯伯著，王敬義譯，今日世界社五十七年三月初版。

(二)王文秀：蒼茫中的悲情
——從王昌齡邊塞詩說起

公元八世紀中葉，大唐帝國如日中天的盛祚開始跌入衰途。在此盛衰承轉的決定性時代所產生的文學作品，固然代表著這一時空剖面的意識投現；但若深入探究那秋山一片黃葉的飄墜，不唯可知萬木搖落之期不遠，同時它也蘊含著春夏二季的生命演化以及母株的生命型態。所以，盛唐時代的代表文學，既是歷史精神的傳承醞釀，未來文化的始兆先聲，同時也正是為大唐建國兩百多年生命基調的呈現。

經過南北朝民族大熔合而誕生的新血輪——唐人，在性格上是烱然煥發的，一掃六朝的頹靡斂抑，崇尚生命力的活潑恣肆。這種恢閎豪放的精神，於唐人反侵略戰的慷慨悲歌，與邊塞詩作的雄采壯思中，充分反映出來；豐富了中國文學的內涵，開展了詩境中莽莽蒼蒼的悲壯色彩。邊塞詩大家，若論開合變化，波瀾壯濶，自是首推岑參、高適。然而王昌齡的邊塞之作，雄放中含寓悲情，壯濶中呈現蒼茫，將唐人的生命本質，與中國傳統的溫厚氣質和憂患意識交綜融攝，在意蘊上，更見凝鍊深邃。清人沈德潛謂之深情幽怨，意旨微茫。以下試就對他邊塞詩作的分析探討，來揭顯唐人的意識糾結和生命基調，或可深一層地進入華夏民族的性靈底蘊處。

× × ×

王昌齡，約生於則天后久視元年（七〇〇），卒於肅宗至德元年（七五六），正逢大唐由盛入衰的轉變期，早歲或曾從軍，出塞入塞，達十年之久。中年後，顚躓於仕途，頗好道家思想。尋以不護細行，被貶爲龍標尉。安祿山造反，遭亂還鄉，經亳州，以宿怨爲刺史閭丘曉所殺。

從簡傳中，可看出王昌齡的「儒有輕王侯，脫略當世譽」的氣慨來，以如此恣情任氣的性格，自然最適合馳騁於疆場。於是邊塞的戰場成爲他心所嚮往的地方，壯烈的反侵略戰深深和他的內心起了共鳴，這時期的詩歌創作也就都以表現邊戰的豪情，和軍威的怒盛爲主要內容。但是，當詩人親自體驗到絕塞行路的苦痛，和戰爭殺戮的無極，以及世情的譎詭傾軋，奔放的激情不得不斂抑深思，使得豪放的精神染上了愀愴的氣質，表現了時代的悲慟和生命的反省，詩作中遂彌漫著悲傷的情調，產生對生命茫昧的嗟歎。

王昌齡如何以他的詩筆，來描寫這種生命主觀的理想色彩投置於繁複弔詭的時空背景前，所造成意識流轉中的糾結呢？

×　×　×

胡人南下牧馬，莽莽的虜塵點燃了塞外的烽火，也熾燒起詩人的熱情，大唐子民豈容輕侮？大唐的版圖豈容侵寇？「逸氣包簪謿」，「仗劍行千里」的少年，激動著、興奮著，一展宿志的時刻來臨了，再無反顧，猶豫和計較了，〈少年行〉二首之一云：

「西陵俠少年，送客短長亭，青槐夾兩道，白馬如流星。聞道羽書急，單于寇井陘，氣高輕赴難，誰顧燕山銘？」

鏗鏘的韻脚、流暢的音節和明快的聲調，顯示出詩人的意氣何等地慷慨激昂，對於生命了無掛礙的投擲又是何等地自負，此時的詩人是年輕、熱情而單純的。在其他邊塞詩的作家，也有著同樣的高歌，如岑參「萬里奉王事，一身無所求」，薛奇童「自是幽幷客，非論愛立功」，但是王昌齡更能將這分意氣生動地描繪出來。同時本首詩也初次嶄露詩人畢生孺慕，一往情深的忠愛精神，卽使現實的沮挫嘲諷，運命的困促蹭蹬，千回百折之後，詩人的執著只是更加深切。

詩人勇赴國難，參佐王戎，見到了大唐軍威顯赫，兵容壯盛的一面，寫下了驕傲的凱歌——兩首〈從軍行〉：

「大將軍出戰，白日暗榆關，三面黃金甲，單于破膽還。」

「大漠風塵日色昏，紅旗半捲出轅門；前軍夜戰洮河北，已報生擒吐豆渾。」

前首五絕之作，音節舒緩沈穩，表現出天軍雍容威穆的泱泱氣勢；後首七絕之作，音節雄健高亮，則流露著唐人豪邁剛强的本質。

塞外風光的雄奇空濶，戰爭的壯烈偉大，大大地滿足了游俠的慷慨任氣；意興酣暢的詩人，唱出他生命中最豪放快意的一頁，〈城傍曲〉是這情緒的頂點：

「秋風鳴桑條，草白狐兔驕；邯鄲飲來酒未消，城北原平掣皂雕，射殺空營兩騰虎，迴身卻月佩弓弰。」

蕭颯的秋聲，荒涼的草色，進入詩人的耳目反成爲雄壯的樂曲響奏在畋獵的馳驟中，驕狐騰虎使他自擬是逐殺匈奴的英雄，於是在酒意的催促下，歌聲的節奏愈來愈快愈來愈激昂，到了末句卻戛然而止，像震斷的鋼弦。音樂雖停，餘韻盪漾不已，這可說是王昌齡詩的一大特色，即使再高亢的情緒，也不會一發無回，往往在情感可以暢快淋漓吐露的古詩結尾，運用絕句的筆法，使得句絕而意不絕，餘留的韻味，耐人溫誦咀嚼。

現實總有缺憾的一環，社會總有汚暗的一角，而人性總有卑劣的一面；況且在意識衝突、價值弔詭的戰場上，更易促使事物負面意義的彰顯擴大。

唐代强盛的國勢，原是太宗武威文德的塞防思想的實踐，他主張：「理人必以文德，防邊必以武威。孔子曰：夫文之所加者深，則武之所服者大，德之所施者博，則威之所制者廣。不可以武威安民，不可以文德備塞。」認爲文德是武威的根據，而武威則是文德的保障。在這種思想的籠罩下，唐代君臣皆體認到反侵略戰爭不在固守邊疆，而在以攻爲守。固然使得唐人踴躍從戎，執戈驅夷，希望能達成「率土之濱，莫非王土」的理想境域，却也滋長了君王好大喜功的心理，忽視了太宗文德來民的思想，專採武威服人的政策，流於窮兵黷武，不恤士卒。

再者，維持一個大帝國的有機體，是需要高度的政治智慧、完密的組織體系與健全的行政制度。唐朝開國幾位帝王的經營雖善，但世事是不時遷化的，任何完美的結構須能應時而變，否則卽將因僵化板滯而叢弊滋生，終至崩潰解體。高宗以後的君主，已缺少太宗的英明睿智、襟期曠遠，縱然國勢在表面是愈來愈光芒熠耀，但實際上百綱廢弛，中央政府的運作銹蝕困礙，而國力的揮霍已達極致。

但是唐代天子並未從黃金的過去覺醒出來，雖已富於土境，却是「開邊意未已」，仍然想向四夷誇示武威來撐持門面，因此狼煙時頻舉，邊釁無寧日。國力的透支終經不起費用浩繁而迅速衰竭下來，邊將無法阻遏胡騎憑陵的氣勢，而任士卒血流成河，骨亂蓬蒿了。

任何有良知的靈魂，是無法漠視人的生命被輕賤、摧挫。況且詩人原是敏感多情、憂患深刻的。戰爭殺戮的酷烈，早已令他驚心動魄；而對於國君的驅民於死地、邊將的視兵如草芥，更深深感到憤恨哀傷。個性的傲兀橫睨，使他直言指摘，不避權倖了。在〈代扶風主人答〉中：

「殺氣凝不流，風悲日彩寒。……主人就我飲，對我還慨嘆，便泣數行淚，因歌行路難。

十五役邊地，三回討樓蘭，連年不解甲，積日無所餐，將軍降匈奴，國使沒桑乾，去時三十萬，獨自還長安，不信沙場苦，君相刀箭瘢。……」

「凝」、「悲」、「寒」等字眼的使用，使詩一開始卽瀰漫著沉厚的死亡氣息和悽慘的戰爭意象；刪韻的韻脚則渲染了悲哀的悠遠無窮；五言句法令人讀來，彷彿傾訴者呑咽傷心，以痛定思痛的心情對我們娓娓道來。同樣的主題，用七言來表現，却有著不同的情感效果，如〈箜篌引〉：

「……有一遷客登高樓，不言不寐彈箜篌，彈作薊門桑葉秋。風沙颯颯青冢頭，將軍鐵驄汗血流。深入匈奴戰未休，黃旗一點兵馬收，亂殺胡人積如丘，瘡病驅來配邊州，仍披漠北羔羊裘，顏色饑枯掩面羞，眼眶淚滴深兩眸……或有強壯能咿嚘，意說被他邊將讎……九族分離作楚囚，深谿寂寞絃苦幽。……」

登高本可以忘憂，彈琴本可以抒愁，然而似乎愁怨鬱結難解，因爲遷客除了「刀場征戰苦」的幽恨，更有著悲憤莫平的寃抑，所以詩中總藏著一分哀傷與激動，七言在此使情感的流露較上首賁張，但是「尤」韻與「刪韻」同屬平聲韻，將乖戾的怨怒化爲無窮無止的悲傷，這也是王昌齡邊塞詩作的另一特色，亦卽罕用入聲韻來表現過度的泣咽，而以溫厚的氣度來節止乖剛狠戾的偏激產生。

簞筱引，暴露了朝廷的賞罰不明。事實的癥結，是由於君主好大喜功，邊將相對地貪鶩名利。權名利害本身就是割離現實與理想最銳的鋒刃，且又置在人性最昧暗的戰爭下，無異是危石累卵，道德於此實薄弱得不堪一擊，莫怪無能的邊將要嫉賢妒功，傾軋相陷了。詩人對此最是憤恨疾心，相繼在〈塞下曲〉四首之四，和〈塞上曲〉指出：

「邊頭何慘慘，已葬霍將軍，部曲皆相弔，燕南代北聞，功勳多被黜，兵馬亦尋分，更遣黃龍戍，惟當哭塞雲。」

「秋風夜渡南，吹卻雁門桑，遙見胡地獵，鞲馬宿嚴霜，五道分兵去，孤軍百戰場，功多翻下獄，士卒但心傷。」

世情澆薄，天地間遂也是一片淒涼荒寒。詩人傷悼霍將軍，實是自己感受良深，兩首五古的〈從軍行〉：

「向夕臨大荒，朔風軫歸慮，平沙萬里餘，飛鳥宿何處，虜騎獵長原，翩翩傍河去。邊聲搖白草，海氣生黃霧，百戰苦風塵，十年履霜露，雖投定遠筆，未坐將軍樹，早知行路難，悔不理章句。」

「秋草馬蹄輕，角弓持弦急，去爲龍城戰，正值胡兵襲。軍氣橫大荒，戰酣日將入，長風金鼓動，白露鐵衣濕，回起愁邊聲，南庭時佇立，斷蓬孤自轉，寒雁飛相及，萬里雲沙漲，平原水霰澀，惟聞漢時還，獨向刀環泣。」

寫出行路的艱難困頓，人的孤獨無依。飛鳥、斷蓬喻托蒼茫失歸的心境，「向夕」、「日將入」表現日暮途窮的不待悲情，「翩翩」則反襯生命的膠著陷滯。詩人至此不禁百感交集，痛極而泣，於是興起濃摯得化不開的歸愁。昔日爲著「封侯取一戰」而高歌「豈復念閨閣」，今夕重樓獨上的心情則是：（〈從軍行〉七首之三）

「烽火城西百尺樓，黃昏獨上海風秋，更吹羌笛關山月，無那金閨萬里愁。」

「秋」字，點出時間，也點出詩人的情緒。秋天是肅殺悲涼的，也是萬物歸根的季節，睹景傷心，愁思難分難解之際，偏吹羌笛，更添淒怨，月本易引發人的鄉愁，關山月一曲奏來，眞是情何以堪？詩人似乎還不放過自己，從萬里外的對方反寫一筆，透過空間的延伸，遂使這番愁思不僅深濃，而且是龐沛無極地迫壓而來。

另一首〈從軍行〉則顯示此情在時間的悠逝中，却累積得愈多、愈摯、愈貞定：

「琵琶起舞換新聲，總是關山舊別情，撩亂邊愁聽不盡，高高秋月照長城。」

新舊的對待，襯托著不變的喟歎，末句則頗堪玩味，秋月高高遍照大地，象徵愁的悠遠和「一夜征人盡望鄉」的無盡悲情，但朗朗的意象，似乎又透悟了什麼？

「騮馬新跨白玉鞍，戰罷沙場月色寒，城頭金鼓聲猶振，匣裏金刀血未乾。」

儘管是新的白玉鞍，匣裏裝著是金刀，也不再給詩人帶來安慰或興奮，感受到的祇有永遠流不乾的血，詩人是否厭惡了這場永遠上演的景象？

「蟬鳴空桑林，八月蕭關道，出塞復入塞，處處黃蘆草，從來幽并客，皆共塵沙老，莫學游俠兒，矜誇紫騮好。」

淒涼的自我解嘲，掩不住生命無邊的蒼白和疲怠。眼前出現的，永遠是不變的黃蘆草和漫天覆地的黃沙，生命的色彩，難道就如此的荒涼嗎？

「飲馬渡秋水，水寒風似刀，平沙日未沒，黯黯見臨洮，昔日長城戰，咸言意氣高，黃塵足今古，白骨亂蓬蒿。」

生命的太陽已將沉淪，遙遠的希望微弱地隱現，詩人面對這景象，不禁深切反省著生命現象的底蘊，而了悟自古以來的邊爭是恒常不變的。人類熱情的追求，到頭來只是蓬蒿叢裏一堆堆虛無枯寂的白骨而已。生命眞是一場茫昧的追逐啊！

儘管詩人對生命的茫昧有著極深的感慨，然而忠愛的情操早已成爲他生命的烙印，正如前面所說的：現實的沮挫嘲諷，運命的困促蹭蹬，千折百回之後，只是執著得更加深切。〈從軍行〉七首之四，卽含蘊著這樣的精神：

「青海長雲暗雪山，孤城遙望玉門關，黃沙百戰穿金甲，不破樓蘭誓不還。」

不盡的邊爭似乎永無寧日，詩人的心情就如同青海長雲般的暗晦陰沉，玉門關外已是春風不來，了無生意，而身處的孤城又是遙絕於略有人煙的地方。孤獨寂寞啃蝕著他，此時誰不望歸？詩人經過內心的徬徨掙扎，然而畢竟報國的意氣重於個人的存有啊！耿耿忠愛，沒死不辭。

這種大我的愛充塞在王昌齡的胸臆，表現出來的另一面則是悲憫的情懷與寬大的博愛，如〈從軍行〉七首之三：

「關城榆葉早疎黃，日暮雲沙古戰場，表請回軍掩塵骨，莫教兵士哭龍荒。」

一片憐恤的憂情，正是詩人敦厚本質的流露。另一首〈胡笳曲〉，則表現出廣泛的同情心：

「城南虜已合，一夜幾重圍，自有金笳引，能霑出塞衣，聽臨關月苦，清入海風微，三奏高樓曉，胡人掩涕歸。」

詩人親自體驗到戰爭的殘酷無情，終於醒悟胡人與自己都同是受害者，自己的痛苦也就是敵人的痛苦，雙方都是最值得憐憫的。在此一推己及人的轉變中，王昌齡表現了唯有偉大民族才具有的博愛精神。

然而這分源自內心眞誠流露的愛，本是生命最眞實的存在根據，但是詩人不曾去深思，不知經過當下直覺的肯定，這分愛卽是生命的貞定者，反而遯進道家虛靜無爲中，於是這分愛遂成爲無法褪去的烙傷。生命情調的錯擇，使王昌齡陷入了意識流轉的糾結，而不能自我超拔。中年篤好道家的他，並不能眞正借此來安頓調護自己的生命，因此他的心靈深處總有一分亙古無法平復的哀傷，這可謂爲蒼茫中的悲情，其實這是大多數唐人共有的生命基調啊！

× × ×

唐人這分蒼茫的悲情，雖說是唐人生命中最具特色的情調，其實它是以整個民族的心靈饑渴做爲龐大的背景，表現的是唐人如何去除生命的虛無，反而弔詭地帶來更深的茫昧悲情。斛律金的〈勅勒歌〉：「勅勒川，陰山下，天似穹廬籠蓋四野，天蒼蒼，野茫茫，風吹草低見牛羊」，寫盡了生命的茫昧悲情。在遼敻空濶的天地間，在刹那生滅的無常中，人所自負的存在，原是何等的卑微，又是如此的偶然脆弱，頓失所依的人類立足於不仁天地間，難道只是朝生暮死同於蚍蜉螻蟻嗎？

雖然存在的熱情，因著不仁天地的漠視而受到抑挫，但身爲萬物之靈的人類，畢竟有著與天地相參的氣慨。早在先民的文化創作中，即已不經意地流露出來，在遠古之初，有各種不死或轉型的神話，欲乘著幻想的雙翼，憑陵生死之上，求與天地並壽。然而肉體生命的永生，並未能眞正安慰人類虛無的心靈。因此，又有夸夫追日，后羿射鳥，他們正視現實人生的缺憾與限制，而追求另一種形式的不死——即整體生命的延續和精神價值的長存。二千多年以前叔孫豹提出的三不朽：「太上有立德，其次立功，其次立言。」最能代表中華民族生命意識的覺醒，所作的自我肯定。然而太上立德是屬於生命的內斂、理性的踔厲，怎能爲唐代充滿生命活力的子民所取，惟有睥睨醜類，縱橫沙塞的封侯立功，方是大開大放、剛陽雄邁的民族憧憬的不朽。

而唐人立功的理想目標，總在邊塞的戰爭中追求，這又是基於什麼心理因素呢？

自古以來的邊塞，往往是黯雲荒磧，莽塵昏日，天地只是玄黃二色的鋪陳，極其單調空寥，也十分蒼茫壯濶。但對唐人却有著不可言喻的吸引力，因邊塞彷彿是鴻濛初闢的草稿，它是天地粗胚的形象。喚醒了每個人心靈深處都埋藏有的原始鄉愁，而身不由己去追尋這分宇宙的悲情。在唐人豪放的生命本質裏這分具有悲壯美的情感，最能與他們心靈相契，成爲他們的生命基調之一。

而戰爭，原是人類對基本欲望的衝突，所作的掙扎與對抗，繼而在部落中成爲能力的象徵與權利的保證，但由於人性的貪饜不足，永無止盡的欲求，使它淪爲擴張勢力的侵略工具，甚至是好大喜功君王的炫耀物，或者成爲精力過剩民族的發洩方式，尤其對於空虛膚淺的心靈，它是最能迅即獲得成就感的自欺物。雖然唐自立國以來，外患較諸往代頻繁，但何嘗不是君王誇耀武力招致的後果？戰爭本質的變化，已使立功的不朽眞義淪喪，而成爲人性負面的呈現。利祿的逐求，殺伐的崇尙，是一將功成萬骨枯的悽慘意象，而唐人由於生命力的充沛活躍、意氣的鋒發橫肆，使他們天眞地嚮往李廣、衞青、霍去病的叱吒風雲，立功百代，而不能先具慧識透視戰爭本質的變化，反將不朽的追尋錯置於草芥民命的戰場上。戰爭若是關係民族生命的延續，立功則是這個不朽的肯定，然若只是陷於個人英雄意識的自我滿足中，則適足加速其幻滅。況且，得以因緣際會騰於風雲之上的人，實寥寥無幾，大都是運命蹇促，功名無獲，若不是埋骨黃沙，逝若鴻毛，便抑鬱怨憤，快快終身，這實是將生命誤置於外物逐求的茫昧之悲啊！

在中國古老的意識中，認為生命有如四時的循環運行，春生、夏長、秋收、冬藏，這是生命的基本形態，也將它用來詮釋社會的興衰、民族的起落。然而宿命論所決定的必然歸趨，沒有參贊人力的容措處，一切不關涉於人力，悲劇是自存在即決定的。但我們似乎也可將生命比喻成一個擺盪，虛無和存有是兩極，加施的力量愈大，在虛無和存有的兩極的擺動愈激烈，振幅也愈大。唐人面對虛無的生命時空，以為生命活力的強烈迸現，才能充實這個荒涼的宇宙，肯定自我的存在，雖然了無餘蘊的生命揮霍，固可激起光芒四射的輝煌，波瀾壯濶的雄偉，然而相對地是民族生命力的快速萎縮衰竭，回到更加虛無的荒涼，這是唐人生命中的蒼茫悲情，惟眞正具有智慧的人方能超拔出來。王昌齡雖然了悟生命的茫昧，但是情調抉擇的錯置，使得他一生擁抱著生命的烙傷，深情幽怨，無可自遣，而走上乖戾俗譽結怨禍身的悲劇下場。

五、參考書篇

古典小說散論　樂蘅君　純文學
分水嶺上　余光中　純文學

滄海叢刊已刊行書目(八)

書名	作者	類別
文學欣賞的靈魂	劉述先	西洋文學
西洋兒童文學史	葉詠琍	西洋文學
現代藝術哲學	孫旗譯	藝術
音樂人生	黃友棣	音樂
音樂與我	趙琴	音樂
音樂伴我遊	趙琴	音樂
爐邊閒話	李抱忱	音樂
琴臺碎語	黃友棣	音樂
音樂隨筆	趙琴	音樂
樂林蓽露	黃友棣	音樂
樂谷鳴泉	黃友棣	音樂
樂韻飄香	黃友棣	音樂
樂圃長春	黃友棣	音樂
色彩基礎	何耀宗	美術
水彩技巧與創作	劉其偉	美術
繪畫隨筆	陳景容	美術
素描的技法	陳景容	美術
人體工學與安全	劉其偉	美術
立體造形基本設計	張長傑	美術
工藝材料	李鈞棫	美術
石膏工藝	李鈞棫	美術
裝飾工藝	張長傑	美術
都市計劃概論	王紀鯤	建築
建築設計方法	陳政雄	建築
建築基本畫	陳榮美 楊麗黛	建築
建築鋼屋架結構設計	王萬雄	建築
中國的建築藝術	張紹載	建築
室內環境設計	李琬琬	建築
現代工藝概論	張長傑	雕刻
藤竹工	張長傑	雕刻
戲劇藝術之發展及其原理	趙如琳譯	戲劇
戲劇編寫法	方寸	戲劇
時代的經驗	汪琪 彭家發	新聞
大衆傳播的挑戰	石永貴	新聞
書法與心理	高尚仁	心理

滄海叢刊已刊行書目(七)

書名	作者	類別
印度文學歷代名著選(上)(下)	糜文開編譯	文學
寒山子研究	陳慧劍	文學
魯迅這個人	劉心皇	文學
孟學的現代意義	王支洪	文學
比較詩學	葉維廉	比較文學
結構主義與中國文學	周英雄	比較文學
主題學研究論文集	陳鵬翔主編	比較文學
中國小說比較研究	侯健	比較文學
現象學與文學批評	鄭樹森編	比較文學
記號詩學	古添洪	比較文學
中美文學因緣	鄭樹森編	比較文學
文學因緣	鄭樹森	比較文學
比較文學理論與實踐	張漢良	比較文學
韓非子析論	謝雲飛	中國文學
陶淵明評論	李辰冬	中國文學
中國文學論叢	錢穆	中國文學
文學新論	李辰冬	中國文學
離騷九歌九章淺釋	繆天華	中國文學
苕華詞與人間詞話述評	王宗樂	中國文學
杜甫作品繫年	李辰冬	中國文學
元曲六大家	應裕康 王忠林	中國文學
詩經研讀指導	裴普賢	中國文學
迦陵談詩二集	葉嘉瑩	中國文學
莊子及其文學	黃錦鋐	中國文學
歐陽修詩本義研究	裴普賢	中國文學
清真詞研究	王支洪	中國文學
宋儒風範	董金裕	中國文學
紅樓夢的文學價值	羅盤	中國文學
四說論叢	羅盤	中國文學
中國文學鑑賞舉隅	黃慶萱 許家鶯	中國文學
牛李黨爭與唐代文學	傅錫壬	中國文學
增訂江皋集	吳俊升	中國文學
浮士德研究	李辰冬譯	西洋文學
蘇忍尼辛選集	劉安雲譯	西洋文學

滄海叢刊已刊行書目(六)

書名	作者	類別
卡薩爾斯之琴	葉石濤	文學
青囊夜燈	許振江	文學
我永遠年輕	唐文標	文學
分析文學	陳啓佑	文學
思想起	陌上塵	文學
心酸記	李喬	文學
離訣	林蒼鬱	文學
孤獨園	林蒼鬱	文學
托塔少年	林文欽編	文學
北美情逅	卜貴美	文學
女兵自傳	謝冰瑩	文學
抗戰日記	謝冰瑩	文學
我在日本	謝冰瑩	文學
給青年朋友的信(上)(下)	謝冰瑩	文學
冰瑩書柬	謝冰瑩	文學
孤寂中的廻響	洛夫	文學
火天使	趙衞民	文學
無塵的鏡子	張默	文學
大漢心聲	張起鈞	文學
囘首叫雲飛起	羊令野	文學
康莊有待	向陽	文學
情愛與文學	周伯乃	文學
湍流偶拾	繆天華	文學
文學之旅	蕭傳文	文學
鼓瑟集	幼柏	文學
種子落地	葉海煙	文學
文學邊緣	周玉山	文學
大陸文藝新探	周玉山	文學
累廬聲氣集	姜超嶽	文學
實用文纂	姜超嶽	文學
林下生涯	姜超嶽	文學
材與不材之間	王邦雄	文學
人生小語(一)(二)	何秀煌	文學
兒童文學	葉詠琍	文學

滄海叢刊已刊行書目(五)

書名	作者	類別
中西文學關係研究	王潤華	文學
文開隨筆	糜文開	文學
知識之劍	陳鼎環	文學
野草詞	韋瀚章	文學
李韶歌詞集	李韶	文學
石頭的研究	戴天	文學
留不住的航渡	葉維廉	文學
三十年詩	葉維廉	文學
現代散文欣賞	鄭明娳	文學
現代文學評論	亞菁	文學
三十年代作家論	姜穆	文學
當代臺灣作家論	何欣	文學
藍天白雲集	梁容若	文學
見賢集	鄭彥棻	文學
思齊集	鄭彥棻	文學
寫作是藝術	張秀亞	文學
孟武自選文集	薩孟武	文學
小說創作論	羅盤	文學
細讀現代小說	張素貞	文學
往日旋律	幼柏	文學
城市筆記	巴斯	文學
歐羅巴的蘆笛	葉維廉	文學
一個中國的海	葉維廉	文學
山外有山	李英豪	文學
現實的探索	陳銘磻編	文學
金排附	鍾延豪	文學
放鷹	吳錦發	文學
黃巢殺人八百萬	宋澤萊	文學
燈下燈	蕭蕭	文學
陽關千唱	陳煌	文學
種籽	向陽	文學
泥土的香味	彭瑞金	文學
無緣廟	陳艷秋	文學
鄉事	林清玄	文學
余忠雄的春天	鍾鐵民	文學
吳煦斌小說集	吳煦斌	文學

滄海叢刊已刊行書目㈢

書名	作者	類別
不疑不懼	王洪鈞	教育
文化與教育	錢穆	教育
教育叢談	上官業佑	教育
印度文化十八篇	糜文開	社會
中華文化十二講	錢穆	社會
清代科舉	劉兆璸	社會
世界局勢與中國文化	錢穆	社會
國家論	薩孟武譯	社會
紅樓夢與中國舊家庭	薩孟武	社會
社會學與中國研究	蔡文輝	社會
我國社會的變遷與發展	朱岑樓主編	社會
開放的多元社會	楊國樞	社會
社會、文化和知識份子	葉啓政	社會
臺灣與美國社會問題	蔡文輝 蕭新煌 主編	社會
日本社會的結構	福武直 著 王世雄 譯	社會
三十年來我國人文及社會科學之回顧與展望		社會
財經文存	王作榮	經濟
財經時論	楊道淮	經濟
中國歷代政治得失	錢穆	政治
周禮的政治思想	周世輔 周文湘	政治
儒家政論衍義	薩孟武	政治
先秦政治思想史	梁啓超原著 賈馥茗標點	政治
當代中國與民主	周陽山	政治
中國現代軍事史	劉馥 著 梅寅生 譯	軍事
憲法論集	林紀東	法律
憲法論叢	鄭彥棻	法律
師友風義	鄭彥棻	歷史
黃帝	錢穆	歷史
歷史與人物	吳相湘	歷史
歷史與文化論叢	錢穆	歷史

滄海叢刊已刊行書目㈣

書名	作者	類別
歷史圈外	朱桂	歷史
中國人的故事	夏雨人	歷史
老臺灣	陳冠學	歷史
古史地理論叢	錢穆	歷史
秦漢史	錢穆	歷史
秦漢史論稿	刑義田	歷史
我這半生	毛振翔	歷史
三生有幸	吳相湘	傳記
弘一大師傳	陳慧劍	傳記
蘇曼殊大師新傳	劉心皇	傳記
當代佛門人物	陳慧劍	傳記
孤兒心影錄	張國柱	傳記
精忠岳飛傳	李安	傳記
八十憶雙親 師友雜憶 合刊	錢穆	傳記
困勉強狷八十年	陶百川	傳記
中國歷史精神	錢穆	史學
國史新論	錢穆	史學
與西方史家論中國史學	杜維運	史學
清代史學與史家	杜維運	史學
中國文字學	潘重規	語言
中國聲韻學	潘重規 陳紹棠	語言
文學與音律	謝雲飛	語言
還鄉夢的幻滅	賴景瑚	文學
葫蘆・再見	鄭明娳	文學
大地之歌	大地詩社	文學
青春	葉蟬貞	文學
比較文學的墾拓在臺灣	古添洪 陳慧樺 主編	文學
從比較神話到文學	古添洪 陳慧樺	文學
解構批評論集	廖炳惠	文學
牧場的情思	張媛媛	文學
萍踪憶語	賴景瑚	文學
讀書與生活	琦君	文學